A NOVA JERUSALÉM

A NOVA JERUSALÉM

ANTONIO DEMARCHI

pelo espírito

IRMÃO VIRGÍLIO

intelítera editora

A Nova Jerusalém

Editores: *Luiz Saegusa* e *Claudia Z. Saegusa*
Imagem da Capa: *Thamara Fraga*
Finalização da Capa: *Luiz Saegusa / Mauro Bufano*
Projeto gráfico e diagramação: *Casa de Ideias*
Ilustrações: *Rui Joazeiro*
Revisão: *Rosemarie Giudilli*
1ª Edição - 1ª Reimpressão: *2016*
Impressão: *Lis Gráfica e Editora Ltda.*

Rua Lucrécia Maciel, 39 - Vila Guarani
CEP 04314-130 - São Paulo - SP - 11 2369-5377
www.intelitera.com.br - facebook.com/intelitera

Dados Internacionais de Catalogação na Publicação (CIP)
(Câmara Brasileira do Livro, SP, Brasil)

Irmão Virgílio (Espírito).
A Nova Jerusalém / espírito Irmão Virgílio ;
psicografado Antonio Demarchi. -- 1. ed. --
São Paulo : Intelítera Editora, 2015.

1. Espiritismo 2. Psicografia 3. Romance
espírita I. Demarchi. Antonio. II. Título.

15-07017 CDD-133.9

Índices para catálogo sistemático:

1. Romance espírita psicografado : Espiritismo
133.9

ISBN: 978-85-63808-58-5

Dedicatória

Dedico este livro aos meus filhos queridos, Nathália, Lívia, Thales e agora meu caçulinha Mathews.

Aos meus netinhos muito amados, Luciano, Giovana e Noah.

À minha esposa muito querida, Juliana Guimarães de Melo.

Aos amigos Claudia e Luiz Saegusa por acreditarem em nosso trabalho.

Agradeço a Deus, o Senhor da Vida, a Jesus nosso Divino Mestre e ao inesquecível Chico Xavier.

Sumário

I

A grande tribulação

Quando pois, virdes o abominável da desolação de que falou o Profeta Daniel, então os que estiverem na Judeia, fujam para os montes, quem estiver sobre o eirado não desça para tirar da casa coisa alguma, e quem estiver nos campos não volte atrás para buscar a sua capa, porque nesse tempo haverá grande tribulação como desde o princípio dos tempos até agora não tem havido, nem haverá jamais.
Mateus – Cap. XXIV –Vers. 15/21

Ouvireis falar de guerras e rumores de guerras, olhai, não vos assusteis, pois será necessário que aconteçam essas coisas, mas ainda não é o fim. Levantar-se-á nação contra nação, povo contra povo, haverá grandes terremotos, epidemias e fome em vários lugares. Coisas espantosas acontecerão e haverá grandes sinais nos céus!
Lucas – Cap. XXI – Vers. 9/11

ೲ ೲ

Após a conclusão dos estudos anteriores, cuja experiência de aprendizado tivemos a oportunidade de registrar através das obras *O Sétimo Selo* e *Jesus o Divino Amigo*, aguardava por instruções de novas oportunidades de aprendizado e estudos. Enquanto isso, aproveitava o tempo estudando algumas obras fundamentais que sempre tivera interesse, na Biblioteca *Eurípedes Barsanulfo*, localizada no edifício central de nossa Colônia, denominada Irmão Nóbrega. Em verdade, ainda me encontrava perplexo e pensativo, porque de um modo geral, em meu entendimento, as inúmeras mensagens espirituais levadas a efeito pareciam não produzir o resultado desejado no ser humano encarnado.

Absorto com meus pensamentos não me dei conta de que uma figura admirável havia se aproximado e estava ao meu lado, a quem eu havia aprendido a respeitar e admirar, por sua bondade e sabedoria.

Era o Instrutor Ulisses.[1]

Recordei em meus pensamentos a última lembrança que guardava do generoso amigo, quando mergulhando na escuridão das regiões mais sombrias adjacentes à Terra,

---

1 Irmão Virgílio faz menção à obra O *sétimo selo* – O silêncio dos céus. Petit Editora. (Nota do médium).

partiu em missão de socorro aos irmãos infelizes nas trevas do sofrimento.

Abracei-o emocionado e perguntei comovido por aquele encontro inesperado para mim:

– Que alegria o reencontrar, Instrutor. Há quanto tempo!

– É verdade, Virgílio, o tempo passa rápido. Lá se foram mais de três anos! Tenho acompanhado seu trabalho e confesso, que, como você, nós também estamos preocupados. Mensagens espirituais têm sido efetivadas levando grande conforto e esclarecimento e beneficiado a milhares de criaturas encarnadas, mas ainda não é o resultado que esperávamos. Nem o suficiente!

Fiquei em silêncio meditando as palavras do Instrutor, pois pontuava com minha opinião e meus pensamentos.

– Também tenho observado isso – ponderei. – Tenho notado que, no primeiro momento, as reações das pessoas são muito positivas. A maioria dos irmãos recebe as mensagens, assimila, manifesta preocupação, mas passado algum tempo, acaba se dispersando motivada por questões do dia a dia, e entra novamente na rotina, negligenciando a gravidade do momento em que vivemos.

O Instrutor Ulisses ficou pensativo. Em seguida respondeu:

– Por esta razão, aqui estamos novamente, Virgílio. O tempo urge, sabemos disso. Infelizmente, as hostes das trevas também e continuam atuando fortemente sobre as criaturas invigilantes.

Lembrei-me da reunião das forças das trevas comandadas por Érebo e Polifemo. Os planos e as estratégias do mal estavam em pleno andamento com atividade intensa neste período de transição que estamos atravessando.

Diante dos meus pensamentos, o Instrutor complementou:

– Sim, Virgílio, os ataques das forças contrárias ao bem recrudescem tendo como fonte de combustão uma forte onda de negativismo, de descrença, de indiferença e de egoísmo que assola os corações humanos. O que é mais grave, aqueles que compactuam, sintonizando com esses pensamentos, contribuem oferecendo material de combustão que alimenta essa pesada onda vibratória que envolve o planeta e a todos aqueles que se encontram nessa faixa de sintonia.

Sim, pensei comigo mesmo em respeitoso silêncio: Aqueles que se sintonizam nessa onda negativa tornam-se também polos transmissores e multiplicadores de energias negativas de que se alimentam nossos irmãos menos felizes do plano espiritual inferior em seus ataques contra os desavisados.

O Instrutor prosseguiu seguindo minha linha de pensamento, esclarecendo:

– Tem toda razão, Virgílio. Sabemos quão difícil é viver em um momento como esse, quando os descalabros ocorrem por todos os lados. São os detentores do poder que desviam recursos do povo como se fosse a coisa mais natural. É a violência que visita todos os dias lares e famílias enlutadas que choram a perda de entes queridos. São os desmandos dos homens públicos que levam o ser humano mais necessitado a descrer da seriedade da política no que tange à saúde pública, à educação e à segurança. São os espertalhões e os poderosos envolvidos em escândalos e desvios monetários assustadores e ainda posam de honestos alegando inocência. Fica a impressão de que a impunidade impera, e os astutos se dão bem, e nada acontece diante dos descalabros de notórios culpados. Tudo isso tem levado até as criaturas mais ponderadas ao desalento, se perguntando: "Até quando?"

Diante das palavras do Instrutor fiquei em silêncio, ouvindo com a atenção que a questão exigia. Aquele era um assunto atualíssimo, motivo de queixas e desânimo de muitas criaturas espiritualizadas. Como entender esse momento tão difícil sem emitir um pensamento de contrariedade?

O Instrutor sorriu diante do meu questionamento mental e prosseguiu:

– Esta é uma pergunta complexa, Virgílio, pois se já temos conhecimento que as hostes do mal estão atuando fortemente no plano invisível, alimentando-se do negativismo, do pessimismo, da ira, da revolta, da indignação desmedida, temos dois pontos a considerar: Em primeiro lugar, as forças negativas têm atuado fortemente sobre muitos de nossos irmãos da classe política que neste período de transição planetária parecem ter perdido o viés da moralidade e do bom-senso. Assim sendo, os noticiários do dia a dia trazem em seu bojo escândalos e mais escândalos. Foi Jesus quem nos alertou dizendo que era necessário que viessem os escândalos e seriam exatamente os escândalos um dos sinais da gravidade do momento, mas ai daqueles por quem os escândalos viessem.

As palavras do Instrutor eram pertinentes e atualíssimas. O assunto era muito palpitante, de forma que permaneci em silêncio enquanto o Instrutor prosseguia:

– Em seguida, temos outro aspecto a considerar, Virgílio: aqueles que provocam os escândalos são a fonte original das ondas negativas. O segundo ponto, que é o polo secundário, tão perigoso quanto o primeiro, são as atitudes do povo que ouve o noticiário e se revolta, lastima, lamenta, criando nova onda que se multiplica e se propaga pelo espaço em fator exponencial, porque nas conversas do dia a dia falam mal dos políticos, dos governos, dos empresários inescrupulosos, reclamam da saúde, da segurança, da educação, do trânsito, da violência, do frio, do calor, das secas e das chuvas. Em suma, o próprio povo, por meio de suas lamúrias e de seus queixumes negativos, transforma-se em gigantesco polo negativo do qual se utilizam as forças do mal para propagar essa gigantesca onda vibratória que envolve todo o planeta.

– Mas quem assim procede não tem razão? Não são justas a reclamação e a indignação do povo diante dos desmandos do poder público ineficiente? – questionei.

O Instrutor olhou-me e com um sorriso respondeu-me pacientemente:

– É exatamente isso que planejam e desejam as forças do mal que atuam no mundo invisível, Virgílio. Até as pessoas mais sensatas e equilibradas têm se indignado, e com justa razão. Mas é exatamente esse o objetivo das inteligências das trevas. Nosso objetivo é alertar para que estejamos atentos, de modo a não contribuirmos com o agravamento do quadro em que vivemos, e ainda servirmos de polos multiplicadores de energias negativas que envolvem todo nosso planeta nos dias atuais. Sabemos como é difícil para o homem de bem assistir a tudo isso passivamente. Não é isso que desejamos, mas também precisamos estar em vigilância e oração constantemente para que não venhamos a cair nas armadilhas do mal. Não se trata de passar a imagem de bonzinhos e caridosos enquanto os espertalhões se locupletam no erário público e riem da impunidade que o poder lhes faculta, mas de fazer nossa parte orientando, esclarecendo, iluminando os caminhos das criaturas tendo por luz o Evangelho do Cristo, conscientes de que estamos no meio do vórtice do furacão que trará, neste período de transição, a renovação para o ser humano que tiver a felicidade de habitar nosso planeta após a grande transição.

As palavras do Instrutor calaram-me fundo na alma fazendo com que eu meditasse: É verdade, nós que temos conhecimento da Doutrina Espírita e temos consciência de que estamos vivendo um período de transformações, devemos estar atentos porque foram essas as palavras de João Evangelista para descrever estes dias: *Continue o injusto fazendo injustiça, continue o imundo em sua imundície e os justos, justifiquem-se, os santos continuem a se santificar.*[2] E ele continuou:

---

[2] *Apocalipse,* cap. XXI – vers. 11.

– É exatamente assim mesmo, meu querido Virgílio. Que o ser humano não desanime diante do caos que se instala em todos os sentidos, consciente de que Jesus nos alertou que esses dias seriam de intensa tribulação. Por isso ressaltou: *Olhai e não vos assusteis, porque é necessário que assim seja, mas ainda não é o fim, mas o princípio das dores.* Esse estado de coisas é muito sério, pois obedece a planos sutilíssimos arquitetados pelas mais elevadas inteligências desencarnadas a serviço do mal, cujo objetivo é levar até as pessoas mais esclarecidas à descrença, ao desalento, à desesperança e à intemperança. Não que não tenham razão, mas não podemos servir de polo negativo para auxiliar a propagação tão perigosa dessas ondas negativas que povoam a atmosfera do planeta nos dias de hoje.

A fala do Instrutor levou-me mais uma vez à meditação profunda, pois tenho observado nos últimos tempos acontecimentos que desafiam o bom-senso na inversão dos valores morais. Tornou-se difícil ao cidadão entender por que os representantes públicos eleitos com o voto popular, que deveriam zelar pelo bem-estar do povo, enveredam por caminhos tortuosos, com as honrosas exceções de praxe. Tenho acompanhado legisladores inescrupulosos que legislam em favor dos próprios interesses e na leniência permitem que as leis se tornem anacrônicas, obsoletas, com o passar do tempo. Aproveitam-se das falhas e das lacunas das leis para se beneficiarem das facilidades e dos privilégios enquanto o povo se sente desamparado pelas leis frouxas, diante da violência que campeia por todos os lados, dos serviços públicos ineficientes no que tange à saúde, educação e segurança. Até mesmo leis redigidas com bons propósitos, que em seu princípio objetivavam a proteção dos jovens e adolescentes, perderam sua eficácia com o decorrer do tempo porque não sofreram correções de trajetória devidas e necessárias e dessa forma, até os pontos positivos acabaram por perder seu valor diante dos malefícios causados. O resultado é uma geração de jovens que vive nas periferias das grandes metrópoles, onde o Estado teria de marcar sua presença e autoridade, oferecendo escolas, educação, segurança e oportunidades e, no entanto, essa geração fica ao desalento, ao desamparo da própria lei. Em acréscimo, temos observado que parte desses jovens perdeu o estímulo ao estudo, aos caminhos do bem e do trabalho, pois ficou mais *bacana* enveredar por caminhos tortuosos, e o resultado é o que temos assistido nos dias atuais: Instituições criadas para abrigar e reeducar o menor infrator acabaram fracassando em sua missão, visto que o gosto pelos caminhos tortuosos e a frouxidão da lei facilitam para que o mal se propague.

Nos centros das cidades, temos visto verdadeiras legiões de *zumbis* drogados que perambulam pelas ruas, prisioneiros do terrível vício das drogas baratas, e, na ansiedade do vício impiedoso, assaltam e praticam violências absurdas por quase nada. A par de todos esses acontecimentos, temos assistido autoridades aparvalhadas não sabendo o que fazer com a multidão de dependentes que se multiplicam dia a dia, na busca de soluções que são meramente paliativas. Espantam "as moscas" em vez de curar a ferida!

Enquanto isso, nos gabinetes dos palácios legislativo e executivo, sentados em confortáveis poltronas, com ar condicionado e funcionários dedicados para servir bebidas geladas e cafezinho feito na hora, nossos homens públicos vivem alheios e distantes ao que acontece no dia a dia das grandes cidades e nas regiões mais remotas do país, onde a miséria e as dificuldades se abatem sem piedade sobre as criaturas mais humildes. Viajam em jatos modernos, embalados pelas regalias e nas alturas distantes da dura realidade que se transforma em um pequeno ponto escuro que se perde no espaço vazio dos interesses de nossos políticos. Penso que os homens públicos deveriam deixar o conforto dos gabinetes e pelo menos uma vez por mês fazer uma caminhada pelas ruas das cidades, para sentir junto ao povo a dimensão dos problemas *in loco*, tomar uma condução pública no final do dia, ou ainda visitar as regiões mais remotas, os grotões, pisar no chão molhado pela chuva e sentir o cheiro da terra. Quem sabe, despertariam para a realidade que vive o povo mais humilde. Perdoem-me, pois de vez em quando tenho esses pensamentos, mas reconheço que é uma utopia de minha parte, infelizmente.

O Instrutor Ulisses aguardou calmamente que eu concluísse minhas elucubrações e com um sorriso concluiu meus pensamentos:

– Tem toda razão, Virgílio. Todavia, não podemos esquecer que os políticos são eleitos pelo próprio povo e que refletem também, neste período de final de tempos, os segredos inconfessáveis de muitos daqueles que hoje reclamam dos políticos; se tivessem a oportunidade fariam a mesma coisa que hoje criticam. O poder é inebriante, o poder é perigoso, o poder corrompe as mentes fracas. Quer conhecer uma pessoa? Dê poder a ela!

Calei-me diante da ponderação do Instrutor, que prosseguiu em seus esclarecimentos:

– Sabemos, Virgílio, que todos esses acontecimentos, que esse estado de coisas a que estamos assistindo é típico deste período de final de ciclo que estamos atravessando. É necessário que assim seja, nos asseverou Jesus, para que possa ser separado o joio do trigo, o lobo das ovelhas, os da direita e os da esquerda!

– As forças do mal também sabem que o momento é propício para sua atuação. Nossos irmãos das hostes negativas têm consciência da gravidade do momento que a humanidade vive, mas eles se alimentam, como já dissemos anteriormente, dessa onda negativa, e dessa forma atuam com precisão sobre as mentes invigilantes, de forma que potencializam essas energias que se propagam perigosamente sobre a atmosfera astral do planeta. É dessa armadilha que as pessoas de bem têm de se prevenir, atuando como um polo positivo para que através de suas atitudes, em favor do bem, tenham autoridade e discernimento para despertar outros tantos invigilantes. As criaturas de bem devem estar atentas, perseverantes, devem dar testemunhos constantes, fortalecendo-se na prática do bem, porque a onda negativa é avassaladora, envolvente e quase irresistível, arrastando em seu bojo todos aqueles que sintonizam na faixa vibratória do negativismo exacerbado.

Por meio de nossa experiência anterior[3] já havia constatado a gravidade desse período de transição planetária que o mundo atravessa.

Eu também tinha consciência de que estamos exatamente no meio da travessia de um mar encapelado em que poderosas ondas do mal atuam de forma agressiva sobre as mentes humanas para provocar dissensões e desentendimentos até nas vertentes do bem, se oportunidade tiverem. O que fazer? Na mensagem do Divino Amigo, aprendi que enquanto houver uma última ovelha a ser resgatada no fundo do abismo, haverá sempre uma réstia de esperança, e o Cristo não desistiria e jamais abandonaria nenhuma de suas ovelhas. O bem sempre haverá de prevalecer, porque o mal é transitório, mas o bem é eterno! Todavia, neste período de final de um ciclo evolutivo, haverá muitos que serão varridos da face do planeta, em virtude da forte atração das ondas negativas a que se vincularam. Aos que aqui permanecerem, encontrarão a oportunidade maravilhosa de vivenciarem um novo ciclo, renovados pelo amor, na Nova Jerusalém, cuja luz jamais se apagará, pois a luz que brilha é a luz do amor do Criador sobre a nova humanidade que herdou um planeta para ser reconstruído sob a égide do amor do Cristo!

---

[3] Irmão Virgílio refere-se à obra *O sétimo selo* – O silêncio dos céus. Editora Petit (Nota do médium).

II

Os tempos são chegados

No Monte das Oliveiras, achava-se Jesus assentado quando se aproximaram Dele os discípulos em particular e lhe pediram: Dize-nos quando sucederão essas coisas e que sinal haverá de sua vinda e da consumação dos séculos. E Ele lhes respondeu: Vede para que ninguém os engane. Porque virão muitos em Meu nome, dizendo: 'eu sou o Cristo!', e enganarão a muitos. Nesses tempos, ouvireis falar de guerras e rumores de guerras, olhai e não vos assusteis, porque é necessário que assim seja, mas ainda não é o fim.
MATEUS – CAP. XXIV – VERS. 3/4/5

Assim também vós, quando virdes todas essas coisas, sabei que o final está próximo, às portas.
MATEUS – CAP. XXIV – VERS. 33

Mas a respeito do dia e da hora ninguém sabe. Nem os anjos dos céus, nem o Filho, senão somente o Pai.
MATEUS – CAP. XXIV – VERS. 36

ꕥ ꕥ

Na sintonia de meus pensamentos, o Instrutor Ulisses deu sequência aos esclarecimentos.

– É assim mesmo que funciona, Virgílio. Muitas pessoas poderiam questionar se é justo que esses irmãos, que forem reprovados no exame do final deste ciclo, sejam banidos para um mundo ainda em estágio primitivo. Responderemos que sim, pois é exatamente para preservar os direitos e os interesses do próprio infrator que as leis divinas agem, por misericórdia, oferecendo nova oportunidade, através de novo estágio de aprendizado em uma sala de aula adequada aos alunos desordeiros, compatível com seu estado de adiantamento.

Vivamente interessado, perguntei:

– Instrutor Ulisses, poderia nos esclarecer como se processa, no plano espiritual, essa migração em massa de espíritos repetentes para um novo planeta, ainda em estágio primitivo?

O Instrutor sorriu com benevolência à minha pergunta e disse:

– Sua pergunta é muito oportuna, Virgílio, pois é exatamente quando os mensageiros do Cristo se desdobram em levar as mensagens de esperança e consolo ao ser humano, é que verificamos como é difícil a realização eficaz desse intercâmbio, uma vez que muitos se encontram sintonizados nas ondas do negativismo, pois ainda é próprio da natureza de muitos dos seres humanos que assim agem. Tem-se então uma falsa ideia, particularmente para aqueles que desconhecem o funcionamento das leis divinas que, usando uma expressão bem ao gosto dos encarnados, é que estamos perdendo o jogo de goleada e teremos de lutar muito para que, aos quarenta e oito minutos do segundo tempo, possamos virar o jogo em favor do bem. Podemos afirmar que é uma falsa ideia de quem desconhece os mecanismos da justiça divina!

Não pude deixar de sorrir diante da analogia bem terrena utilizada pelo Instrutor, que prosseguiu, naquele momento, com a fisionomia mais séria:

– Na verdade, Virgílio, este é um processo inerente à evolução de toda humanidade que povoa o Universo sem fim e que faz parte da infinita bondade e misericórdia do Criador. Nenhum de seus filhos se perderá, porque todos nós, sem exceção, fomos criados para um dia atingirmos a perfeição em espírito e, dessa forma, alcançar a suprema felicidade. Somos centelhas divinas originadas do próprio Criador, temos em nossa essência o DNA do Pai Eterno! Por conseguinte, somos seres divinos em estágio evolutivo. A infinita bondade do Criador faculta-nos oportunidades, quantas necessárias, para que possamos, nesta grandiosa aventura do espírito, na jornada rumo à perfeição, atingirmos os páramos celestiais.

O Instrutor fez breve pausa para em seguida prosseguir:

– Quando nas noites escuras observamos o Universo, ficamos extasiados, pois tudo é extremamente grandioso, e no estágio em que nos encontramos, ainda temos dificuldades para entender a real dimensão do Universo e de suas peculiaridades com milhares de galáxias e nebulosas que se perdem nas distâncias cósmicas, incompreensíveis para nossa condição de entendimento. Milhões de mundos rodopiam pelo espaço infinito obedecendo aos ditames superiores em um balé mágico, ao toque de uma sinfonia maravilhosa que se espalha por todos os quadrantes, porque o amor de Deus é a força que rege o Universo. Sabemos que Deus é a inteligência suprema do Universo e a causa primária de todas as coisas e isso nos basta, pois ainda estamos muito distantes de ter a vã pretensão de entender o Criador em sua grandiosidade e suas sábias leis. Além da informação dada pelos espíritos a Kardec poderíamos ainda dizer que Deus é a essência mais pura e sublime do amor, vez que Deus é a personificação do amor!

Anotei com emoção as palavras do Instrutor que fluíam rapidamente em minha mente. Deus é o próprio amor em sua essência mais sublime!

– Tem razão, Virgílio – prosseguiu o Instrutor. – Nós humanos, no estágio evolutivo que apresentamos, estamos apenas aprendendo a soletrar as primeiras letras desse grandioso alfabeto de amor. Ainda temos dificuldades de entendimento para compreender a dimensão do amor pregado por Cristo. Nós também somos amor, porque detemos em nossa essência divina o DNA do Pai Eterno. Um dia, quando alcançarmos o grau máximo da perfeição evolutiva, então o amor também se manifestará em nós em sua plenitude, e aí então estaremos na condição de refletir em nós mesmos a imagem do próprio Criador que habita no íntimo de cada um.

Percebi que o Instrutor fizera uma pausa para que pudesse retornar à origem de minha pergunta e esclarecer a respeito dos mecanismos da separação do joio e do trigo, no processo de migração dos espíritos degredados.

– O que desejamos deixar bem claro, Virgílio, é que na grandiosa obra de Deus não existe improviso. Tudo obedece aos ditames de leis universais, que funcionam na perfeição do Criador em todos os recantos do Universo. Quando dissemos que observamos no espaço cósmico infinitos mundos que bailam sob a sinfonia do amor divino, queremos dizer que a transição de ciclos evolutivos funciona em todos os mundos e humanidades. Cada planeta, cada mundo com suas humanidades, peculiares às dimensões que vivem, passam por esse período de transição que marca o final de um ciclo e início de um novo mais adiantado, onde brilha a luz do amor do Criador! Assim, como no princípio da evolução terrena, quando vieram para cá os habitantes reprovados, expulsos de um dos orbes que integram o Sistema de Capela por terem sintonizado com as forças negativas.

Em todos os planetas do Universo o processo é semelhante.

O Instrutor fez uma pausa natural, para em seguida prosseguir:

– Em todos eles, encontram-se criaturas que já atingiram um estágio evolutivo mais elevado e anseiam por viver em um mundo melhor. Essas criaturas estão longe da perfeição, mas já começam a despertar em suas consciências o ser divino que habita em cada uma. Desejam o bem, praticam o bem e se alegram no bem. São criaturas mansas e pacíficas, porque já venceram em seu íntimo o instinto da violência e da agressividade. Por essa razão, Jesus afirmou em **O Sermão da Montanha:** *Bem-aventurados os mansos, porque eles herdarão a terra!*[4]

– Dessa forma – prosseguiu o Instrutor –, para que possa ser processada a separação do joio e do trigo, é necessário que venham os escândalos. Todas as criaturas serão submetidas a provas extremas no período final deste ciclo e apenas os que perseverarem no bem é que poderão, na sintonia do bem, libertarem-se das armadilhas perigosas que campeiam por todos os lados. É exatamente o que o ser humano encarnado está experimentando nos dias de hoje: desmandos, corrupção, violência, imoralidade, apelos sexuais desvirtuados em que tudo se justifica levando a criatura de bem a se revoltar, tendo a impressão de que na luta contra o mal estamos perdendo a batalha. As hostes do mal sabem disso e contam com isso! São inteligências respeitáveis que se comprazem com o mal e não se importam em cair nas profundezas do abismo, desde que possam levar na queda o maior número possível de criaturas invigilantes.

Enquanto o Instrutor Ulisses fazia breve pausa, lembrei-me de um conceito interessante. Aproveitei para pedir ao bondoso amigo que pudesse esclarecer:

---

[4] *Mateus*, cap. V – vers. 5.

– Instrutor Ulisses, me vem à mente uma frase de um benfeitor que disse em certa ocasião: *O imã que atrai o ferro, não atrai a luz.* Seria uma analogia para este período que estamos vivenciando?

O generoso amigo sorriu diante de minha lembrança e respondeu:

– Perfeitamente, Virgílio. A ciência material já identificou que as ondas cerebrais que se irradiam através de nossos pensamentos são energia pura. Segundo a ciência, as ondas eletromagnéticas são originadas pela atividade cerebral, isto é, pelos nossos pensamentos. Ora, sabemos que para o pensamento não há barreiras e dessa forma as ondas magnéticas negativas, irradiadas pelos pensamentos de milhões e milhões de espíritos encarnados e desencarnados, que se propagam pelo espaço, e todos os que se encontram na mesma faixa de sintonia, são a ela atraídos, enquanto alimentarem o mesmo teor na sintonia de seus pensamentos, tal qual a limalha de ferro é atraída pelo imã magnético.

Entendi perfeitamente a analogia. Por essa razão, a necessidade da elevação do padrão vibratório dos pensamentos, pois caso contrário, a lei de atração pela sintonia é simplesmente irresistível, levando de roldão todos aqueles que se situarem na referida faixa vibratória de pensamentos negativos.

O Instrutor prosseguiu:

– Dessa forma, Virgílio, o Apóstolo João, em sua visão, descreve a Cidade Santa, que em verdade será todo o planeta e a humanidade que nele irá habitar após a seleção do joio e do trigo, do lobo e das ovelhas, os da direita e os da esquerda! Os mansos herdarão a Terra! Imagine um lugar onde as pessoas que lá vivem sejam todas pacíficas, desejam o bem, praticam o bem e já venceram o egoísmo! Esses serão os escolhidos porque perseveraram no bem e deram seus testemunhos para terem o merecimento de habitar a Cidade Santa, a Nova Jerusalém, onde brilhará a luz do Senhor dia e noite, pois o bem predomina em seus corações!

– Por essa razão, não haverá necessidade de templos, vez que o templo é o Universo e os corações que se encontram na sintonia do Criador! Essa humanidade herdará um planeta sofrido e destruído pelos desmandos do ser humano neste final de ciclo e terão a árdua tarefa de reconstruírem um mundo melhor de paz, que sonham, sob a égide do Cristo! Todavia, esses irmãos abraçarão a tarefa de reconstrução de bom grado, entoando cânticos de alegria, embalados pela luz do Criador que brilhará no coração de cada um, para nunca mais se apagar!

Enquanto o Instrutor fazia breve pausa, em pensamento fiquei imaginando um mundo feliz, onde os pensamentos e desejos de todas as pessoas convergissem para o bem comum, em sentimentos de amor e solidariedade. Realmente o paraíso seria aqui, na própria Terra!

– Por essa razão – prosseguiu o Instrutor –, muitos irmãos de outras respeitáveis crenças creem que a Terra seria um paraíso, contudo, essa crença refere-se apenas a um estágio mais elevado na grande escala evolutiva rumo à perfeição! A humanidade terrena viverá, então, uma nova era que chamamos de *Regeneração,* deixando para trás o período de *Expiação e Provas.* Em verdade, o planeta ainda estará distante do paraíso verdadeiro, mas os que daqui forem banidos, recordarão nas noites escuras do exílio que um dia habitaram um paraíso e de lá foram expulsos, por insubordinação, por rebeldia, por terem feito mau uso do fruto do bem.

O assunto era extremamente interessante de forma que não pude resistir a um questionamento. O generoso instrutor, ao perceber minha curiosidade sorriu, permitindo minha pergunta:

– Instrutor, fico imaginando como será a vida desses nossos irmãos que serão banidos para um planeta ainda em estágio primitivo. Poderia nos dar mais detalhes de como ocorre esse processo de migração? Não seria uma penalidade muito pesada imposta a esses nossos irmãos?

O Instrutor sorriu benevolente ao meu questionamento.

– É por essa razão, Virgílio, que as Hostes do Bem atuam sobre o ser humano trazendo avisos e alertas, para que despertem enquanto há tempo. A lei é rigorosa, mas também misericordiosa. Até que sejam esgotados os últimos recursos, os infratores contarão com os benefícios da lei, mas para que isso ocorra, terão de mudar seu padrão vibratório, suas disposições íntimas e suas atitudes. Cristo esteve conosco há mais de dois mil anos nos trazendo as inesquecíveis lições do amor e do perdão, mas muitos ainda, à semelhança dos Apóstolos na noite do Getsêmani, continuam dormindo. Todavia, ninguém em sã consciência poderá alegar desconhecimento da lei, pois o que existe mesmo é indolência, resistência às mudanças, dificuldades no desapego e, infelizmente, nessas condições o mal prospera, porque de um modo geral as criaturas se acomodam e se comprazem no negativismo enquanto engrossam o coro das lamentações inúteis, das reclamações infrutíferas e blasfêmias sem se darem conta de que, a exemplo da limalha de ferro atraída pelo imã, estão se envolvendo perigosamente em uma onda magnética negativa, poderosíssima, que os arrastarão de forma indelével ao abismo profundo de um planeta primitivo.

Enquanto fazia minhas anotações, o Instrutor prosseguia:

– O ser humano muitas vezes confunde suas leis falhas e seus sistemas educacionais equivocados com as leis divinas, que são perfeitas, Virgílio. Por essa razão, não se trata de punição aos que daqui forem banidos. São infratores que habitarão um novo *Jardim* do Criador, e no Universo existem incontáveis *Jardins do Éden* à espera de seus habitantes para servirem de escola no aprendizado educacional. Será a oportunidade renovada de reverem as lições negligenciadas no pretérito onde, à custa dos esforços, lágrimas e suor, haverá de reaprenderem as duras lições do dia a dia e a valorizarem a oportunidade da vida que o Criador concedeu a cada um: o dom de existir!

– Diferente de uma prisão asfixiante, os habitantes segregados da Terra também herdarão um novo planeta, que embora esteja em estágio primitivo, mas generoso de bênçãos, assim como foi a Terra para os Capelinos, vai propiciar oportunidade para que eles possam se reerguer e superar seus equívocos do passado, nas difíceis lições que os esperam. É na dificuldade, no trabalho, na dedicação, que o espírito evolui! O benefício é inquestionável, porque fomos criados para evoluir e atingir o estágio máximo da perfeição, sem exceção: pelo amor ou pela dor! Infelizmente, os que forem banidos fizeram sua própria escolha, porque como já vimos, o mal se propaga onde encontra sintonia favorável!

– E como se processa essa seleção? Não existe risco de que eventualmente possa algum espírito ser degredado indevidamente?

O Instrutor sorriu diante de minha pergunta. Ele sabia que eu estava questionando para que ele pudesse trazer mais detalhes e informações aos irmãos encarnados.

– Como já dissemos, Virgílio, não existem injustiças na aplicação das leis divinas. Nem improviso. Tudo obedece a leis perfeitas, como perfeito é o Criador. Por essa razão, vamos mais uma vez esclarecer acerca dos critérios da seleção final que, aliás, é bom que se repita: Não existe dia nem hora marcada para que isso ocorra. Jesus nos informou que *o dia e a hora* apenas o Pai Eterno sabe.[5] Entretanto, ele nos avisou que haveria os sinais específicos.[6] O Evangelho será pregado em todos os cantos da Terra, para que todos tenham oportunidade do despertamento.[7] Este é mais um dos sinais apregoados por Cristo.

As palavras do Instrutor traduziam a seriedade do momento planetário em curso. Mesmo assim ainda questionei:

---

[5] *Mateus*, cap. XXIV – vers. 36.

[6] *Mateus*, cap. XXIV – vers. 32/33/34.

[7] *Mateus*, cap. XXIV – vers. 14.

– Como podemos ter absoluta convicção de que estamos vivendo o período previsto dos *tempos chegados?*

O bondoso instrutor sorriu benevolente. Era necessário que houvesse esclarecimentos inequívocos, para que o ser humano encarnado pudesse analisar esse momento com mais seriedade e responsabilidade.

– Meu querido Virgílio. Tem toda razão no questionamento, porque já houve muita confusão em torno de um assunto de extrema gravidade ao ser humano encarnado. Vou apresentar a você um relatório completo de observações anotadas por noticiários dos próprios encarnados. Essas notícias são veiculadas diariamente na mídia, mas de um modo geral acabam se perdendo no vazio de tantas tragédias que infelizmente ficam banalizadas, e as pessoas acabam por não dar o devido valor. Venha aqui amanhã nesse mesmo horário, para que você tenha acesso às informações catalogadas a respeito dos acontecimentos atuais que ocorrem na face do planeta.

Agradeci ao convite do Instrutor. Mas ainda faltava a explicação de como se processa a seleção do joio e do trigo no plano espiritual, bem como, o remanejamento de milhões de espíritos até o novo domicílio espiritual. Deveria ser um processo extremamente complicado. Todavia, o Instrutor, em sintonia com meus pensamentos, respondeu com um sorriso:

– Caro Virgílio, não me esqueci de sua pergunta.

Sorri diante da observação do bondoso amigo, que prosseguiu:

– Como dissemos anteriormente, todos os pensamentos geram ondas mentais que são energia vibrante em consonância com o diapasão vibratório do teor de sentimento que a criatura vive. Nunca é demais repetir: pensamentos de mágoas, de ódio, de rancor, de ressentimentos, de inveja, de maledicência, de desejos nocivos e imorais, trazem por sua própria natureza energia magnética projetada pelo pensamento da criatura que vive esse estado de sentimento. Cada pensamento tem forma e peso específico gerando ondas mentais densas, pesadas, que se propagam pelo espaço na sintonia de todos aqueles que se encontram na mesma faixa vibratória de pensamento. As pessoas não se dão conta, mas estão *lincadas* a milhões de indivíduos encarnados e desencarnados que comungam com o mesmo teor energético de pensamentos doentios e deletérios. Para cada onda de pensamento existe um peso específico de densidade. E quando o indivíduo chega ao grau mais baixo dos sentimentos primitivos e bestiais, gera a figura do número 666[8], o número da besta, relatada pelo Apóstolo João no Apocalipse.[9]

Sabia exatamente o que o Instrutor estava dizendo. O teor vibratório que traduz o número 666 impressiona. É uma energia extremamente negativa e poderosa que parece ter vontade própria, arrastando em sua esteira

[8] Veja a ilustração da energia vibratória formas-pensamento 666 na página 315.

[9] *Apocalipse,* cap. 13 – vers. 18.

aqueles que sintonizam mentalmente com aquela faixa vibratória extremamente agressiva e primitiva, que remete o indivíduo aos primórdios dos instintos bestiais e animalizados.[10]

O Instrutor completou meu pensamento:

– Ora, Virgílio, por que o Evangelista disse que a marca da besta estaria sobre a fronte das criaturas? Por uma simples razão, e quem tem sabedoria que calcule. Sabemos que os pensamentos fluem através do Centro de Força Frontal, que se encontra localizado na fronte de cada um e se materializa pela vontade do pensamento, cuja vontade converge para as mãos, na simbologia dos atos praticados, motivo pelo qual o Apóstolo faz menção ao número 666 que, em sua visão, identifica a marca vibratória localizada na fronte e nas mãos. A visão do número 666[11] é a fluência do baixíssimo teor vibratório, extre-

---

[10] Irmão Virgílio refere-se ao episódio relatado na obra O *sétimo selo* – O silêncio dos céus, capítulo: "O Número da besta" – páginas 188/189. Petit Editora.

[10] Recordei a visão do número 666 e a explicação do Instrutor Ulisses quando no episódio relatado na obra O *Sétimo Selo* – O Silêncio dos Céus (Ed. Petit): Os pensamentos são energia atuante. Bons pensamentos geram um diapasão vibratório que apresentam formas mentais harmônicas e suaves que se expandem e se sutilizam na sintonia do bem. Todavia, à medida em que o pensamento se brutaliza, as formas mentais se apresentam cada vez mais densas, grotescas, escuras e avermelhadas. O teor mais baixo de vibração, que remete o ser humano à condição da brutalidade animalizada dos instintos primitivos, exteriorizam pelo Centro de Força Frontal em forma de um borrão escuro avermelhado que se expande, forma um vórtice que gira com violência, forma um rabicho e se expande novamente no formato do número 6 e, se retroalimenta como se tivesse vontade própria, formando novo vórtice que serpenteia formando novamente o número 6, repetindo o mesmo processo como um fogo serpentino, tomando forma do número 666. É o padrão vibratório característico dos sentimentos mais baixos do ser humano que o remete à condição da brutalidade dos sentimentos e dos sentidos, cuja visão o Evangelista identificou como do ser humano, afirmando que o número 666 era do ser humano e quem tivesse ciência que o calculasse. – Nota do autor espiritual.

[11] *Apocalipse*, cap. 13 – vers. 18.

mamente agressivo e primitivo a que estão sintonizadas todas as criaturas que transitam nessa faixa vibratória, e por esta razão serão atraídas como o imã atrai a limalha de ferro. Esse processo ocorre no plano invisível tornando-se extremamente perigoso e envolvente, à medida que os acontecimentos no plano físico recrudescem, atingindo seu ápice em termos de descontrole emocional que viverá o ser humano, na prática dos desejos exacerbados, dos sentimentos primitivos de ódio e violência que aqueles que se encontram encarnados irão vivenciar nos últimos dias, que voltamos a repetir, está em franco andamento.

– Todavia, voltamos a enfatizar que se trata de um processo natural, lento, gradativo e inexorável, cujo período de duração não pode ser determinado com exatidão em termos de calendário terreno, motivo pelo qual Jesus nos alertou que o dia e a hora apenas o Pai saberia. Enquanto isso, a humanidade irá assistir, estarrecida, a ocorrência de repetidas catástrofes naturais assustadoras, cataclismos sem precedentes na História da humanidade, acidentes coletivos jamais vistos, violência de conflitos armados, ações terroristas cuja violência deixará perplexa a humanidade, por ser inconcebível para o seu atual estágio evolutivo. São os sinais inequívocos do final de um período de transição planetária necessário.

– O que poderemos dizer é que esse processo seletivo estará em vigor continuamente até que a atmosfera terrena esteja higienizada por completo, e quando o último irmão que se encontra naquela faixa de sintonia for atraído ao apelo vigoroso e irresistível do teor vibratório negativo é que o processo será encerrado. Interessante observar que o novo planeta, para onde esses irmãos serão encaminhados, tem por sua natureza primitiva o teor vibratório típico das ondas vibratórias caracterizadas pelo número 666, que aliás, é o número da besta. Na Terra, a transição estará encerrada, mas no novo planeta, novo processo evolutivo estará se iniciando.

Atento aos esclarecimentos do Instrutor Ulisses e ao mesmo tempo preocupado, procurava anotar tudo com cuidado, evitando que escapasse algum detalhe das informações recebidas. O Instrutor prosseguiu:

– É dessa forma que se processa a seleção do joio e do trigo, Virgílio. À medida que ocorrem as desencarnações e o tempo se esvai, aqueles que se encontram na sintonia vibratória primitiva do planeta que os irá receber em seu seio serão direcionados a determinado local do espaço, onde permanecerão por algum tempo em estado de letargia, sob a tutela e o amparo de irmãos de esferas mais elevadas, responsáveis por essa grandiosa tarefa.

– Entretanto, existem alguns que já estão sendo encaminhados para o novo destino. Desnecessário é dizer que o Divino Mestre acompanha de perto esse processo, juntamente com os espíritos luminares, responsáveis por essa missão, no cumprimento dos desígnios divinos, assegurando o sucesso dos propósitos maiores, para que essa imensa legião de espíritos possa viajar pelo espaço trafegando por uma estrada espiritual invisível, criada pelas ondas mentais poderosas desses espíritos. O que podemos dizer é que esses espíritos são da mais alta hierarquia evolutiva e trazem em sua natureza evolutiva a sublime essência do amor pela sintonia que mantêm com o Pai Eterno. É um processo complexo que envolve poderosas energias-pensamento que o ser humano, no estágio evolutivo em que se encontra, ainda está distante de compreender. O que estamos esclarecendo é que se trata de uma analogia para os padrões do entendimento atual, para que o ser humano possa ter uma pálida ideia de como ocorre esse processo migratório dos espíritos terrenos para um planeta tão distante, cujo teor vibratório encontra sintonia com a energia magnética dos pensamentos dos degredados, que é típico nesse período de transição planetária.

– Poderíamos dimensionar que velocidade essa onda magnética se deslocará pelo espaço, levando em seu bojo esses espíritos? – perguntei, vivamente interessado.

O Instrutor sorriu ao meu questionamento, respondendo:

– Esses são processos que ocorrem rotineiramente em todo o Universo, Virgílio. Como transmutar o significado de velocidade e tempo, que é um conceito nosso que ainda gravitamos em torno de um planeta como a Terra, para espíritos que já se desprenderam das amarras da matéria e habitam esferas sutilíssimas nas dimensões da luz? Apenas para ilustrar, poderíamos dizer que o espírito, quando atinge essas esferas, torna-se grandioso pela expansão de sua mente, de sua consciência e pelo amor que irradia que se propaga atingindo dimensões inimagináveis para nossa compreensão. Espíritos que atingiram essa envergadura espiritual, pelo influxo de seu amor, irradiam energia mental com tal intensidade que envolvem a todos em uma enorme onda amorosa, e o deslocamento pelo espaço em direção ao destino ocorre na velocidade do pensamento que eles imprimem no sentimento de amor e auxílio fraterno, porque tudo se traduz em amor, até nesse momento de *segregação* dos espíritos rebeldes.

Fiquei por alguns instantes pensativo, e o Instrutor deu-me o tempo necessário para absorção dos ensinamentos recebidos. Estava vivamente impressionado.

– E como será o processo de recepção desses nossos irmãos degredados daqui? Temos ouvido muitas correntes filosóficas afirmando que esse planeta se aproximará do sistema solar e que inclusive, irá provocar importantes alterações em nosso planeta e nos demais componentes do sistema solar. Tem fundamento esta afirmação?

O Instrutor sorriu diante de minha pergunta, mas ficou em silêncio. Observei que sua fisionomia adquiria um tom de extrema seriedade. Também me quedei em respeitoso silêncio, porque sabia da importância daquela resposta.

III

O Novo Planeta

O terceiro anjo tocou a trombeta e caiu do céu sobre a terça parte dos rios e sobre as fontes das águas, uma grande estrela ardente como tocha. O nome desta estrela é absinto. A terça parte das águas se tornou como absinto e muitos morreram por causa destas águas, porque se tornaram amargas.

APOCALIPSE – CAP. VIII – VERS. 10/11.

∾ ∽

Depois de longo silêncio, o Instrutor prosseguiu:

– Virgílio, a bem da verdade, é importante que possamos informar aos nossos irmãos encarnados que tudo que um espírito informa, deve ser analisado cuidadosamente com bom-senso e pelo crivo da lógica e da razão. Inclusive o que estamos dizendo neste momento. Este foi o princípio do Codificador: recuse nove verdades, mas não aceite uma mentira. Temos de ter cuidado com as informações, porque eventualmente alguns de nossos irmãos, mesmo que bem-intencionados, por vezes não conseguem traduzir com fidelidade algumas informações pela própria complexidade do assunto e em função da paixão que desperta em muitos.

– O homem moderno evoluiu muito, e por meio da ciência já conseguiu identificar algumas forças que atuam sobre o Universo. Mesmo com todos os avanços auferidos pelos profundos conhecimentos através da Física Quântica, a ciência ainda desconhece a maioria das forças que rege a sinfonia de todos os corpos celestes, sistemas solares, galáxias, nebulosas, antimatéria, buracos negros e dobras de tempo e espaço. Entretanto, uma coisa é certa e nossa ciência já nos traz esse conhecimento: cada estrela torna-se por sua natureza um poderoso núcleo de energia gravitacional, atraindo para si planetas que orbitam ao seu redor com velocidade e distâncias milimétricas, de tal forma que se estabelece um sistema harmônico ao redor de cada estrela, através dos movimentos elípticos perfeitos, tal qual um balé onde rodopiam corpos celestes na mais perfeita sinfonia regida pelo Criador. Então, de princípio sabemos que esta é uma ordem natural entre todos os sistemas solares existentes no Universo. Inclusive os cometas, supostamente errantes, sempre gravitam em torno de alguma estrela cumprindo enormes distâncias cósmicas, retornando sempre à estrela que o atrai, e semelhante ao arremesso de uma catapulta, são impulsionados para o espaço até perderem força e novamente serem atraídos por meio de um ciclo que se repete indefinidamente. Dessa forma repetimos: não existe improviso nem arranjos de última hora na sabedoria divina.

As informações que o Instrutor trazia, eram de extrema importância. Minha preocupação era não perder nenhum detalhe na explanação. O instrutor fez breve pausa e em seguida prosseguiu com os esclarecimentos:

– Ora, Virgílio, não se pode imaginar, em sã consciência, um planeta perdido no espaço, vagando tal qual uma nave sem rumo e que de repente venha em direção ao nosso sistema solar provocar desarranjos e desarmonia na Terra e nos demais planetas. Esse planeta existe sim, mas jamais irá se desprender do Sistema ao qual está afeito para provocar distúrbios e tropelias pelo espaço. Mesmo porque está localizado a alguns anos luz de distância do nosso sistema solar. Da mesma forma que ocorreu a migração dos capelinos, que viviam em um dos planetas do Sistema Capela, não houve necessidade que a Terra se deslocasse até lá, para captar os degredados daquele orbe! Eles viajaram para cá em processo semelhante ao que viajarão para lá os reprovados do nosso planeta. Entendeu? Por favor, anote para que nossos irmãos encarnados possam ter a paz e a tranquilidade, preocupando-se com os próprios desmandos do ser humano que nesse final de ciclo têm se intensificado e muito.

Anotei tudo cuidadosamente, mas o assunto era palpitante, de forma que resolvi insistir um pouco mais.

– Instrutor, por favor, o que dizer então da visão do Apóstolo João que diz textualmente ter visto uma grande estrela cair sobre a terça parte da Terra, e que o nome dessa estrela era Absinto? Não era uma alusão a um corpo celeste estranho ao nosso sistema solar?

– Sem dúvida, Virgílio. Todavia, há que se ponderar que o Evangelista teve uma visão que ocorreria em um espaço de tempo elástico, no espaço de poucas horas. A visão da estrela pela qual ele a denomina de Absinto, porque iria ferir a terça parte das águas e das terras, na verdade é a simbologia do remédio amargo que atingiria grande parte das criaturas não vigilantes. Ele teve a visão do planeta tal qual um planeta incandescente de grandes proporções, em cujo bojo seriam atraídos todos aqueles que estivessem na sintonia vibratória primitiva do próprio planeta, que representa o remédio amargo que o ser humano terá de tomar, na visão calculada segundo o Apóstolo – um terço da humanidade.

Estava satisfeito com as explicações do Instrutor. Em meu entendimento, tudo estava muito claro, pois afinal, finais de ciclo são previstos com milênios de antecedência pelas Hostes Espirituais Superiores. Não existem probabilidades de equívocos nem surpresas, conforme já alertado anteriormente pelo Instrutor: Não existem improvisos ou surpresas de última hora. Tudo realmente obedece a planos perfeitos, acompanhados pelas esferas mais elevadas da Espiritualidade, onde o campo da visão e do conhecimento estende-se muito além da compreensão de nós humanos, em nosso atual estágio de desenvolvimento.

Mesmo satisfeito, insisti ainda um pouco mais, para que pudesse extrair do generoso amigo informações adicionais que pudessem servir de subsídios aos nossos irmãos encarnados.

– Instrutor Ulisses, todos nós sabemos o que a humanidade está vivenciando neste momento de grave transformação de final de ciclo. Entretanto, ainda encontramos irmãos que insistem em afirmar que tudo isso é obra de ficção e que o próprio Apocalipse não tem sentido, e que muitas informações, lá contidas, são desconexas e fora de propósito. O que o senhor poderia dizer a esses irmãos?

O instrutor sorriu com tristeza. Ficou pensativo por alguns segundos para depois responder com a voz pausada:

– Irmão Virgílio, as hostes inferiores contam com esse propósito e se regozijam à medida que os incrédulos descreem apresentando argumentos como esses. Todavia, repetimos que o momento que a humanidade vive é de solene gravidade. Podemos afirmar com absoluta tranquilidade que todos os sinais mencionados são reais, não apenas os mencionados pelo Evangelista através de sua visão apocalíptica, mas do próprio Jesus! Podemos acrescentar ainda mais: A simbologia a qual João se refere na abertura de *O Sétimo Selo* já ocorreu, e o tempo está se esvaindo enquanto os acontecimentos recrudescem mundo afora, em demonstração inequívoca de que os tempos são chegados.

– Os incrédulos, embalados pela falta de conhecimento e pelo envolvimento das hostes negativas que campeiam, riem e debocham daqueles que desacreditam de tudo, embasados muitas vezes em informações equivocadas de que um novo astro irá surgir de repente no espaço e bagunçar nosso sistema planetário, arrastando consigo uma horda de desordeiros, tal qual o próprio planeta. É por essa razão que aqui estamos, para trazer novo alerta, porque todas as tentativas de esforço são válidas, até que seja esgotado o último minuto e nada mais se possa fazer.

Após breve pausa, o instrutor prosseguiu:

– Assim sendo, não vamos nos deter apenas nos relatos contidos no Apocalipse de João, mas buscar subsídios no próprio Jesus que nos trouxe relevantes e graves informações e alertas a respeito desse período que a humanidade atravessa de forma que não paire resquício ou dúvidas a esse respeito. Disse o Cristo que naqueles dias (os dias atuais) viriam falsos Cristos e falsos profetas, operando grandes sinais e prodígios para enganar, se possível, os próprios eleitos.[12]

– Ouvireis falar de guerras e rumores de guerras, porquanto se levantará nação contra nação, reino contra reino, haverá fome e terremotos em vários lugares.[13] O Evangelho será pregado em todas as nações.[14] Haverá a multiplicação das iniquidades, o que irá fazer esfriar o ânimo de muitos.[15] Quando virdes o abominável da desolação sendo praticado onde não deveria estar.[16] Haverá grandes terremotos, epidemias e fome em vários lugares, coisas espantosas e também grandes sinais do céu.[17] Haverá sinais no sol, na lua e nas estrelas. Sobre a terra a angústia e entre as nações a perplexidade por causa do bramido do mar e das ondas.[18]

– A respeito dos sinais, Jesus ainda enfatiza: *Porque aqueles dias serão de tamanha tribulação como nunca houve desde o princípio do mundo, que Deus criou, até agora, e nunca haverá.*[19] E o próprio Cristo esclareceu dizendo: *Aprendei pois, com a parábola da figueira. Quando seus ramos se renovam e as folhas brotam, sabeis que está próximo o verão. Assim também, quando virdes acontecer*

[12] *Marcos*, cap. XIII – vers. 22; Mateus, cap. XXIV – vers. 24.

[13] *Mateus*, cap. XXIV – vers. 6/7.

[14] *Marcos*, cap. XIII – vers. 10.

[15] *Mateus*, cap. XXIV – vers. 12.

[16] *Marcos*, cap. XIII – vers. 14.

[17] *Lucas*, cap. XXI – vers. 11.

[18] *Lucas*, cap. XXI – vers. 25.

[19] *Marcos*, cap. XII – vers. 19.

todas estas coisas, sabei que o fim está próximo.[20] E com grande sabedoria e prudência finaliza: *Mas a respeito daquele dia ou da hora, ninguém sabe. Nem os anjos no céu, nem o Filho, senão somente o Pai.*[21]

– Compreendeu, Virgílio? Não encontramos apenas no Apocalipse de João informações a respeito do momento de transição que atravessamos. Mas o próprio Jesus, a fonte mais fidedigna traz-nos esclarecimentos de forma inequívoca, indicando, através dos sinais, os dias em que estamos vivendo, e de acordo com as palavras do próprio Cristo, que citamos acima, vejamos: Campeiam nos dias de hoje falsos Cristos e falsos profetas, produzindo fenômenos e alardeando sua santidade, operando sinais e prodígios. Quem tem olhos de ver, que veja; e quem tem ouvidos para ouvir, que ouça. Nunca se ouviu falar tanto de guerras e rumores de guerra. Quantos países nos dias de hoje estão em conflitos bélicos ou se preparando para a guerra? Basta prestar mais atenção ao noticiário do dia a dia.

– Anualmente, os relatórios da ONU e demais órgãos mundiais trazem em seus relatórios o número espantoso de milhões de crianças e adultos que morrem de fome todos os anos! É algo inconcebível, porque não há falta de alimentos, mas a exploração do ser humano pelo próprio ser humano, semelhante à citação do *homo lupus homini* na analogia do grande pensador Hobbes.

---

[20] *Marcos*, cap. XIII – vers. 28/29.

[21] *Marcos*, cap. XIII – vers. 32.

– Por meio do labor de muitos irmãos bem-intencionados, o Evangelho do Cristo tem sido difundido e pregado em todas as partes do mundo, como jamais foi anteriormente. Testemunhamos terremotos destruidores cuja intensidade e graduação jamais tinham ocorrido no Haiti, Chile e Japão, além da ocorrência dos arrasadores Tsunamis nos países e ilhas localizadas no lado oriental do planeta.

– Quando Jesus se refere às coisas abomináveis sendo praticadas onde não deveriam ser, poderíamos citar as deformidades morais daqueles que praticam a pedofilia mesmo em ambientes sagrados, algo tão abominável e inconcebível para o ser humano. São palavras do próprio Cristo, as quais deveríamos atentar com mais cuidado, porque as coisas abomináveis estão acontecendo, infelizmente, nos dias atuais com intensidade jamais imaginada.

– Diz ainda o Divino Mestre que haverá sinais no céu, o sol escurecerá e a lua não dará sua claridade.[22] Ora, é o que estamos assistindo presentemente. O desenvolvimento industrial e os interesses imediatos provocaram nos países industrializados e em desenvolvimento uma corrida desenfreada para alcançarem o progresso material a qualquer custo, queimando combustíveis fósseis em larga escala, com emissão de poluentes venenosos na atmosfera através das chaminés industriais, além do desmatamento desenfreado, chegando a ponto de, em algumas regiões do planeta, a poluição atingir níveis alarmantes, toldando completamente

---

[22] *Marcos*, cap. XIV – vers. 24.

a luz do sol pela espessa nuvem poluente que por semanas paira no espaço; até mesmo a lua não é mais vista nessas regiões por ocasião da incidência mais forte dos gases poluentes, principalmente no inverno.

– Quando Jesus diz que o ser humano ficará perplexo e angustiado pelo bramido do mar e a fúria das ondas, o Mestre refere-se particularmente aos perigosos e assustadores Tsunamis que destroem tudo pela frente, deixando o ser humano perplexo e angustiado diante de uma força tão poderosa da natureza, que se rebela aos desmandos do ser humano invigilante.

– Alertou ainda o Divino Amigo que naqueles dias, multiplicar-se-iam as iniquidades de tal forma que haveria de esfriar o bom ânimo de muitos. Ora, nos dias de hoje, infelizmente existem aqueles que detêm o poder e dilapidam o patrimônio público em benefício próprio com tamanha desenvoltura e de tal forma que tudo parece ser natural. Políticos inescrupulosos e corruptos locupletam-se do erário desviando recursos da saúde, educação, segurança, creches, asilos, e ainda zombam das leis e se vangloriam de sua esperteza, enquanto as criaturas mais necessitadas morrem nos corredores dos hospitais, nas vias públicas, na violência do dia a dia que campeia por todos os lados. O noticiário é farto nos escândalos em regiões onde imperam a miséria e a pobreza, mas o feudo dos poderosos está preservado tal qual uma capitania hereditária. As pessoas de bem assistem a tudo isso de forma desanimada, descrentes da classe política, dos governantes e da própria justiça, porque nada acontece aos infratores que continuam sua faina destruidora e ainda posam na condição de salvadores da pátria.

Aquelas palavras do Instrutor fizeram-me lembrar do grande professor Rui Barbosa que desencantado com tudo que assistia em nosso país e com a ignorância passiva das pessoas, também sentiu descrença e a manifestou em seus escritos que ficaram imortalizados.[23]

O Instrutor sorriu diante de minha lembrança.

– Nosso insigne e querido professor entristeceu-se diante dos desmandos de sua época, Virgílio. Mas, esse também é um equívoco em que muitos incidirão, porque não é um momento para desânimo, pois tudo isso acontece exatamente em função do período que estamos atravessando em que as criaturas estão sob a influência dessa onda negativa que assola a atmosfera terrestre, pois vibram em sua sintonia, exteriorizando todos os descalabros e deformidades morais que levam em seu íntimo, revelando sua verdadeira natureza, para que na seleção do joio e do trigo tudo seja de acordo com a sintonia vibratória de cada um.

– Atualmente, nosso querido professor tem acompanhado, atentamente, junto a outros irmãos bem-intencionados de nossa esfera, a difícil tarefa de inspirar positivamente a classe política, bem como aqueles que detêm o poder. Para nossa satisfação, Virgílio, devemos dizer que ainda encontramos no seio da classe política homens de boa vontade e íntegros em sua conduta moral que ainda se esforçam em

[23] *De tanto ver triunfar as nulidades, de tanto ver prosperar a desonra, de tanto ver crescerem as injustiças, de tanto ver agigantarem-se os poderes nas mãos dos maus, o homem chega a descrer da virtude, rir-se da honra e ter vergonha de ser honesto.* – Nota do médium.

favor do bem. Não são muitos, mas temos de esclarecer que nem todos os políticos se deixam corromper pelo brilho do vil metal, como disse nosso estimado professor.

As palavras do instrutor deixaram-me pensativo. Ponderei comigo mesmo que infelizmente existem muitas pessoas imbuídas de boa vontade antes de assumir o mandato, mas quando têm o poder sob as mãos, deixam-se corromper, embriagando-se pela força e pelo brilho das posses transitórias. Recordei um pensamento que dizia: *Quer conhecer uma pessoa? Dê poder a ela.* Apenas quando a pessoa tem a condição de agir sem ser questionada e sob o amparo da imunidade é que acaba por revelar o conteúdo de sua intimidade moral.

O Instrutor aguardou bondosamente que eu colocasse meus pensamentos em ordem para prosseguir:

– Para finalizar, Virgílio, Jesus nos alertou dizendo que, à semelhança dos ramos da figueira quando começam a brotar e as flores aparecem, sinalizando que o verão está próximo, todos esses acontecimentos atuais demonstram de forma inequívoca que o final do Ciclo de Expiação e Provas está em pleno curso, mas o dia e a hora final, apenas o Pai o sabe. Dessa forma, podemos assegurar que a Transição Planetária de um período evolutivo para outro está ocorrendo conforme previsto com muita antecedência, de forma gradativa e inexorável, e, até que expire a última possibilidade, haverá ainda esperança aos retardatários das possibilidades de serem acolhidos ao redil do Sublime Pastor. E aquela preocupação de alguns, de que as forças do bem estão perdendo a batalha para as forças do mal, é apenas impressão dos mais apressados que não entenderam ainda que no Universo nada se perde na grandiosidade da Criação Divina.

IV

Acontecimentos Atuais

Porque aqueles dias serão de tamanha tribulação como nunca houve desde o princípio do mundo, até os dias de hoje e nunca jamais haverá.

MARCOS – CAP. XIII – VERS. 19.

No dia imediato, encontrava-me no grande Salão do Edifício Central da Colônia Irmão Nóbrega, acessando os arquivos de registros, vinculados ao cotidiano terreno, para poder analisar adequadamente os fatos em curso, tendo como base as notícias do dia a dia da humanidade terrestre.

O Instrutor havia me recomendado para que me detivesse ao acesso das informações mais recentes, que trouxessem subsídios para compreensão como um todo dos sinais específicos referentes ao noticiário em geral da própria crosta, no que tange à grande transição planetária, em consonância com as palavras de Jesus e do próprio Apocalipse de João.

Examinei os apontamentos com muito interesse, e com grande admiração verifiquei que o relatório trazia farto material com pormenores dos acontecimentos relativos ao período de transição.

Como seria impossível reproduzir, na íntegra, os dados e para facilitar a compreensão dos encarnados, o Instrutor recomendou-me que preparasse um resumo das informações colhidas, procurando dar ênfase aos avanços da ciência e da tecnologia das informações, sua influência no cotidiano do ser humano e suas consequências em relação aos acontecimentos atuais da grande Transição Planetária.

Dessa forma, procurei fazer um resumo objetivo dos fatos constantes do referido relatório, no tocante aos fatos que vêm ocorrendo nas últimas décadas em nosso planeta, conforme abaixo transcrito:

O mundo atual traz em seu seio uma humanidade que exibe diferenças gritantes no que concerne aos avanços tecnológicos e desenvolvimento moral. Alguns países, denominados de primeiro mundo, pela condição de riqueza e organização alcançada através dos avanços no campo da tecnologia, têm o privilégio de desfrutar dos benefícios em favor de seus povos.

Nada mais justo.

Todavia, a par desta situação, países denominados em desenvolvimento ou ainda os mais pobres padecem das necessidades mais básicas para o atendimento das necessidades primárias, como alimento e saúde.

O que fica evidente e nos preocupa em todo este cenário é a constatação de que a maioria dos problemas que a humanidade vivencia, nos dias de hoje, tem origem na ação do próprio homem. O ser humano ainda encontra enormes dificuldades para a simples operação algébrica da divisão caridosa. Nos países desenvolvidos, apesar do grande progresso tecnológico e da riqueza acumulada, também contemplam o reverso da moeda através das criaturas abandonadas e esquecidas pelo poder público e, ao lado da opulência, miseráveis ainda perambulam pelas ruas das cidades, ditas de primeiro mundo, relegadas ao descaso dos poderes constituídos.

Nos países pobres, temos assistido à ação daqueles que conduzem os destinos dos povos se locupletando dos privilégios facultados pelo poder em benefício próprio. A massa ignara perambula faminta de alimento e de instrução, o que permite a perpetuação no poder daqueles que dominam. Em alguns países mais pobres, as lutas fratricidas alimentadas por forças rivais e diferenças tribais, escravizam o povo e os condena à morte pela violência e miséria, onde as crianças são as maiores vítimas.

Constatamos que os Organismos que congregam os representantes do mundo civilizado envidam esforços bem-intencionados, com envio de víveres e auxílio humanitário, mas, às vezes, são impedidos em sua consecução, sendo que muitas vezes os recursos acabam desviados por aqueles que dominam, pela força das armas e da brutalidade desenfreada, e novamente o povo faminto morre à míngua em cenas desumanas e chocantes, fartamente divulgadas pela mídia, em que pobres mães esqueléticas tentam amamentar crianças esquálidas, cujas cenas comovem pela dureza da realidade cruel, e nos remetem ao momento apocalíptico que vivemos.

Os atentados contra a integridade humana espalharam-se por todo o mundo, e o valor da vida ficou resumido aos interesses de extremistas e fanáticos adeptos do terrorismo religioso, que espalham terror desmedido e inconcebível em cenas dantescas de execuções impiedosas a prisioneiros indefesos. O resultado é a perda irreparável de preciosas vidas, de inocentes, mulheres e cidadãos sacrificados todos os dias.

A violência está em toda parte através de guerras e conflitos armados que recrudescem em todos os cantos do planeta.

A tecnologia que deveria trazer conforto ao ser humano trouxe também em seu bojo o distanciamento no seio da própria família. São os modernos aparelhos celulares que ocupam integralmente o tempo das pessoas que andam pelas ruas distraídas lendo mensagens e até dirigem perigosamente na ânsia de enviar e digitar mensagens, como se fosse de vital importância, sem se dar conta do risco que correm, bem como a vida de terceiros. É a internet que pluga o ser humano aos acontecimentos do mundo todo, mas infelizmente diante de tantas notícias, o próprio ser humano tornou-se insensível aos acontecimentos, parecendo em sua insensibilidade que tudo está normal. No seio da família, a televisão ocupa lugar de destaque, com aparelhos ligados em todos os cômodos da casa. Pais não mais conversam com os filhos, marido não conversa com a esposa e filhos não conversam mais com os pais. Cada um assiste ao seu programa favorito, ou se liga ao computador através da rede mundial e se distancia cada vez mais do convívio e do diálogo saudável.

É a alienação tal qual uma hipnose diante da televisão, na qual muitos ficam horas e horas assistindo a novelas de moral duvidosa, programas chulos e de cultura inútil que acabam por transmitir novidades e modismos estranhos aos menos avisados.

São os filmes que trazem em seu contexto cenas de violência extrema, sexo sem nexo, além dos 'games' virtuais que trazem em sua estrutura de entretenimento a violência gratuita, que contribuem para a formação ou a deformação daqueles que se divertem, criando um mundo virtual perigoso onde muitos confundem o mundo virtual com a realidade material, e o resultado fica estampado nos noticiários do dia a dia da violência dos grandes centros urbanos.

A inversão dos valores prepondera, parecendo aos desavisados que a esperteza vale a pena, que o trabalho honesto é de responsabilidade dos otários enquanto as drogas penetram sorrateiramente todas as classes sociais, desde os mais miseráveis até os mais abastados, trazendo em seu bojo a violência e a degradação humana, como jamais foram vistos anteriormente.

A célula familiar vem sofrendo profundos abalos no conflito de gerações, em que pais aparvalhados e sem autoridade não conseguem transmitir noções de autoridade aos filhos adolescentes, que a pretexto de diversão, adotam músicas e danças de conteúdos eróticos e duplo sentido, levando a vida descompromissada com os valores morais que deveriam vir desde o berço, na falha da educação de pais omissos.

Os meios de comunicação em massa encarregam-se de diariamente levar aos lares costumes adulterados através de programas de qualidade e gosto duvidosos, para deleite daqueles que se comprazem no ócio mental e nas facilidades em vez do esforço e do trabalho. Alimentados por essas facilidades, jovens acalentam sonhos de se tornarem celebridades sem contar com a lei do esforço e do talento necessário, bastando para tal, participar de programas chulos em que a moral passa longe, em busca de cinco minutos de fama a qualquer custo.

Os resultados não poderiam ser mais desastrosos. Verificamos as estatísticas que são assustadoras em que meninas e garotos que em outros tempos ainda estariam se distraindo com brincadeiras típicas da idade, entregando-se cada vez mais precocemente à prática sexual, trazendo como consequência a gravidez indesejada, tornando-se mães e pais prematuros, achando que tudo é uma brincadeira, sem ter uma ideia exata da enorme responsabilidade do significado da paternidade e da maternidade. Em outros casos mais tristes ainda, são as mortes estúpidas como consequência dos abortos realizados em clínicas clandestinas, além dos casos em que jovens contraem o vírus HIV, cada vez mais frequente nessa faixa etária, pela falta de noção e de responsabilidade, na prática do sexo sem preservativos.

A irritação desmedida ao lado da brutalidade e da violência exacerbada campeia no dia a dia do cidadão comum nas grandes cidades, onde uma simples fechada no trânsito funciona como um catalisador psíquico que faz explodir o lado violento das criaturas que, lamentavelmente, muitas vezes acabam descambando para a fatalidade, momento em que se perdem vidas preciosas devido à explosão dos sentidos primitivos que ainda prevalecem em muitos.

Crimes bárbaros são perpetrados contra o ser humano em todos os cantos do planeta. A presença do abominável, como alertou Jesus, acontecendo em lugares onde jamais poderia e deveria acontecer. A prática da pedofilia, que envergonha a condição do ser humano, espalhou-se em condições alarmantes. A deformidade moral de alguns é assustadora, em que pais abusam das próprias filhas descendo ao nível mais baixo da condição humana, porque vibram na sintonia do mal que se espalha na onda das vibrações da besta apocalíptica.

É preocupante a constatação da insensibilidade humana na agressão violenta contra a natureza, a crueldade na matança de animais indefesos, os desmatamentos desmedidos, o envenenamento dos rios e da atmosfera através da emissão de gases poluentes que chegaram a condições extremas, produzindo já, de forma bastante sensível, importantes alterações climáticas no planeta, que irão se agravar nas próximas décadas, porque o ser humano ainda não demonstra maturidade suficiente para frear sua escalada insana em busca do desenvolvimento material a qualquer custo.

Como consequência, temos assistido à fúria da natureza, através de furacões impiedosos que têm devastado vários países localizados no Hemisfério Norte. Nevascas jamais antes vistas na História têm trazido angústia e morte a milhares de criaturas, interrompendo o tráfego aéreo e terrestre em cenas que impressionam e assustam.

Secas impiedosas assolam várias regiões do planeta, e chuvas torrenciais têm trazido devastação sem limites a várias localidades, tendo como consequência, além das perdas materiais, também perdas de preciosas vidas em seu curso.

O planeta explode enfurecido através de erupções vulcânicas dantescas, lançando lavas e cinzas a distâncias inimagináveis. Tremores de terra têm sacudido o planeta com a incidência de terremotos avassaladores, em escalas jamais observadas, particularmente na região oriental do planeta. Lembramos as advertências de Jesus quando disse que naqueles dias, o homem agoniado e perplexo iria se assustar com o bramido das ondas do mar. Isso tem acontecido por meio dos Tsunamis arrasadores, que têm ceifado milhares e milhares de vidas.

A despeito da evolução intelectual e tecnológica, a insanidade humana ainda tem levado nações ao uso da força e das armas letais como forma de solução para seus conflitos e interesses. Milhares de criaturas são desalojadas de suas casas formando um triste contingente de refugiados, na dependência da comiseração humanitária, enquanto os canhões, foguetes e aviões, continuam a rugir e a cuspir fogo que destroem cada vez mais, espalhando a morte sem fronteira e causando dor extrema ao ser humano, particularmente às crianças e mulheres, as maiores vítimas das atrocidades humanas.

Conflitos bélicos explodem em vários países, ao lado de constantes ameaças de países poderosos que detêm tecnologia e armamentos atômicos com incalculável poder de destruição que colocam em risco a vida no planeta.

Paira no ar um espectro soturno de que algo sombrio está para acontecer. Sabemos que estamos vivenciando um momento de gravidade planetária, mas o próprio Cristo nos alertou que esses dias seriam de grande tribulação.

Nesse cenário de desolação, temos registrado a ocorrência de filosofias sérias que procuram levar ao ser humano desatento, perdido e muitas vezes confundido, mensagens de esperança e conforto espiritual. A mensagem do Evangelho tem se espalhado pelo mundo, levando a palavra de esclarecimento e orientação neste momento em que o ser humano se apresenta desorientado em sua caminhada. Por essa razão, o Evangelho do Cristo tem sido pregado aos quatro cantos do planeta.

Criaturas abnegadas pregam a palavra e exemplificam a moral do Cristo, apesar da incompreensão de muitos. O bem floresce em muitos corações e a luz do Evangelho tem brilhado nas trevas.

Todavia, de forma sorrateira, esgueirando-se na proteção das sombras e conforme alertado pelo próprio Jesus, percebe-se a presença de falsos profetas, que vieram para confundir, produzindo sinais e prodígios, em clara demonstração de que as forças do mal não brincam em serviço.

*(**Atentai, pois surgirão falsos Cristos e falsos profetas operando grandes sinais e prodígios para enganar, se permitido fosse, os próprios eleitos**).*[24]

Concluído o resumo, submeti à apreciação do Instrutor Ulisses. Após sua leitura, questionou-me:

– Tem certeza de que não se esqueceu de nada, Virgílio?

---

[24] *Mateus*, cap. XXIV – vers. 24.

Eu sabia a respeito do que o Instrutor falava. Não havia me sentido à vontade para mencionar a respeito daquele assunto, uma vez que se tratava de questão de fundamental importância, que tem levado ao desalento e à revolta muitas criaturas do bem, engrossando as fileiras da descrença e do pessimismo, contribuindo para a propagação da onda negativa que tem se agigantado nos últimos tempos.

Assunto delicado, escorregadio, sensível. O Instrutor insistiu.

– Justa sua preocupação, Virgílio, mas infelizmente não poderemos deixar de mencionar esse item tão delicado, porque também se refere a um dos sinais que caracterizam a degradação moral típica dos tempos que vivemos.

Aquiesci com a ponderação do Instrutor que estava pleno de razão. São situações de fato que ocorrem nos dias de hoje e que se alastraram como epidemia moral em alguns segmentos da sociedade, mas particularmente na política.

– Sim, Instrutor Ulisses, deixei propositadamente de mencionar um assunto em especial, pois gostaria de submeter à sua ponderação, por se tratar de um assunto muito atual, que tem provocado desânimo de um modo geral no cidadão de bem. Queira por favor detalhar esse assunto a que se refere Jesus quando disse: *Naqueles dias se multiplicarão as iniquidades de tal forma que o amor se esfriará em quase todos*. O que o senhor poderia dizer a esse respeito?

O Instrutor fez breve silêncio para em seguida responder:

– Tem razão, Virgílio. Embora esse assunto já tenha sido abordado anteriormente, nunca é demais dar o destaque devido, considerando a gravidade do momento. O que desejamos deixar claro é que o estado de degradação moral de muitos daqueles que detêm o poder também é um sinal apocalíptico, a que o próprio Jesus faz referência. Os desmandos e a corrupção alastraram-se de tal forma assumindo proporções nunca antes vistas. Começa pelo cidadão no dia a dia, que para encontrar facilidade ou se livrar de alguma penalidade, procura corromper o oficial do trânsito ou da justiça. Aqui é o servidor que investido na condição de serventuário que deveria atender dignamente ao cidadão cria dificuldades para receber benefícios indevidos. Acolá é o empresário que suborna a fiscalização para escamotear impostos devidos. Mais além é o político que se locupleta pela facilidade que seu cargo faculta, para se apropriar indevidamente de recursos públicos em seu próprio benefício. São os contratos superfaturados e as artimanhas ardilosas que permitem desvios de montantes assustadores de recursos financeiros milionários que, fatalmente, irão fazer falta no provimento dos benefícios sociais na área da saúde, educação, segurança e obras de infraestrutura, necessárias ao bem-estar do povo.

Após rápida pausa, o Instrutor prosseguiu:

– Alguns desses escândalos vêm a público, Virgílio, pois de alguma forma acabam deixando rastros. Outros jamais virão porque foram muito bem arquitetados, permanecendo na obscuridade, como obscura é a consciência dos responsáveis por esses atos abomináveis. Entretanto, podemos afiançar que não estão encobertos para Deus, nem para a Espiritualidade, que acompanham esses acontecimentos e sabem de sua existência oculta na consciência dos responsáveis, detentores do poder temporal. São escândalos e mais escândalos que assustam o cidadão comum e a criatura de bem. Ora é a notícia do superfaturamento da merenda escolar, enquanto as crianças passam fome. Outras vezes é o superfaturamento de medicamentos e remédios, enquanto doentes morrem à míngua nas filas dos hospitais públicos – é algo que leva ao desalento os necessitados.

– Constroem-se obras faraônicas a peso de ouro enquanto faltam escolas e até carteiras nas escolas das regiões mais longínquas, que permitam aos alunos o direito de se sentar para assistir aulas, ao lado de professores mal remunerados que se desdobram feito heróis anônimos, na gloriosa tarefa de ensinar, mais pelo amor à profissão, apesar do descaso das autoridades constituídas.

– No dia a dia, ouve-se rumores desse ou daquele político e seus apadrinhados que se tornaram milionários, desviando recursos em falcatruas bem urdidas, de tal forma que escapam às garras da lei, e ainda reivindicam para si a aura de honestidade. E ainda posam de cidadãos respeitáveis e são venerados, devido a ignorância de muitos. É a típica inversão de valores característica da colheita de final de tempos, que oportunamente o Evangelista João alerta: *Continue o injusto praticando a injustiça, continue o imundo a praticar suas imundícies. Continue o justo na prática da justiça e o santo a se santificar.*[25] Por todos esses acontecimentos é que Jesus alerta que as iniquidades naqueles dias se multiplicariam de tal forma que iriam esfriar o coração de muitos. É exatamente isso que está acontecendo. O cidadão de bem, ao verificar todos esses acontecimentos, entrega-se ao desânimo, ao desalento e ao negativismo. Todavia, não podemos esquecer que cada um colhe o que semeia, e os responsáveis por todos esses desmandos irão resgatar ceitil por ceitil da semeadura imprudente.

Fiquei em silêncio, meditando nas palavras do instrutor, que finalizou:

– Também não podemos deixar de salientar aos irmãos encarnados que as forças do mal vêm nos últimos anos atuando fortemente, sem tréguas, pois tem encontrado sintonia das mentes corruptas e fracas, que se tornam instrumentos dóceis na consecução do mal, porque o mal ainda está presente no íntimo e na moral daqueles que ainda não despertaram para a consciência da responsabilidade e do bem. As forças das trevas também contam com o desânimo, o desalento e o negativismo de muitos, para engrossar as falanges dos desatentos, desavisados e revoltados, sérios candidatos à queda espetacular na seleção do joio e do trigo. Todavia, o amor do Cristo vela por todos e, em seu nome, as forças do bem procuram de todas as formas trazer para a segurança do redil as ovelhas que diante das tormentas encontram-se desmotivadas e perdidas, sem saber que rumo seguir. Mesmo diante de todas as perspectivas

---

[25] *Apocalipse,* cap. XXI – vers. 11.

contrárias, o amor do Cristo jamais desiste ou desampara ninguém, e todo esforço sempre valerá a pena, até que seja resgatada a última ovelha perdida no abismo.

Fiquei em silêncio meditativo acerca das ponderações do Instrutor. Para entender a extensão e a grandiosidade do amor do Cristo pela humanidade, recordei uma de minhas experiências mais gratificantes vivida há algum tempo, que levei ao conhecimento do público, em um capítulo especial, onde pude ter uma pálida ideia da criação do nosso planeta, as manifestações de vida e as migrações ocorridas.[26]

O assunto era palpitante e oportuno, de forma que prossegui em meu questionamento:

– Instrutor Ulisses – inquiri mais uma vez –, diante dos noticiários que ocorrem quase todos os dias, não acha que é justo o questionamento, a desmotivação, o desânimo que tem se abatido nas pessoas de bem? Esta é a razão do desalento que tem tomado conta de muitos. Todavia, considerando que as forças do mal contam com atitudes de pessimismo das pessoas, que mensagem de esperança e alento poderíamos levar aos nossos irmãos encarnados, em dias tão difíceis, para que pudessem vislumbrar um horizonte mais otimista, a fim de prosseguirem na boa luta sem se deixar levar pelo vendaval do negativismo?

– É oportuno seu questionamento, Virgílio. Realmente, nos dias atuais as pessoas de bem devem dar testemunhos

---

[26] Irmão Virgílio se refere à obra: *Jesus o divino amigo* (Petit Editora) – Capítulo V – "Mistérios do Infinito". – Nota do médium.

constantes e perseverar com o Cristo para não caírem na vala do desânimo improdutivo e no negativismo imprevidente. É uma armadilha. E as forças do mal contam com isso para desestabilizar e enganar, se possível fosse, até os próprios escolhidos.[27]

– Por essa razão, é que devemos ter em mente as oportunas e previdentes palavras do Apóstolo João quando exortou: ... *aquele que é santo, santifique-se ainda e aquele que é justo, justifique-se ainda.*[28] O que as pessoas de bem precisam ter em mente é que tudo isso é parte integrante do período em que estamos vivendo e foi previsto com milênios de antecedência. Mas é assim mesmo, pois na separação do joio e do trigo, os da direita e os da esquerda, é necessário que tudo isso ocorra para que o próprio indivíduo se posicione acerca de sua real situação, se aqueles que na condição de mansos e pacíficos que herdarão a Terra, ou os que serão expulsos do paraíso para um mundo primitivo, no lago ardente do enxofre onde haverá ranger de dentes.

– Em verdade, Virgílio, tudo obedece a um plano superior, mesmo porque os espíritos que hoje são devotados ao mal um dia também se cansarão da própria maldade retornando à casa paterna, e o Pai os receberá com alegria, conforme a figura da parábola do filho pródigo, pois por mais que se prolongue, o mal é transitório, mas o amor é eterno! Nenhuma das ovelhas se perderá, mas cada qual colherá o fruto de sua semeadura. Assim também acontecerá

---

[27] *Marcos*, cap. XII – vers. 22.

[28] *Apocalipse*, cap. XXII – vers. 11.

com esses irmãos, quando um dia se arrependerem do mal praticado e decidirem buscar o abrigo no seio do amor paterno. Cansados pelos sofrimentos decorrentes de seus próprios equívocos, irão implorar pela oportunidade redentora para o resgate dos males praticados, e o Pai amoroso sempre concederá todas as oportunidades necessárias ao infrator arrependido, com amor e alegria, porque seu reino é de amor!

O Instrutor fez breve pausa, para em seguida prosseguir:

– Para aqueles que se entregam ao desânimo diante de tantas iniquidades, podemos deixar uma mensagem de esperança dizendo:

Irmãos em Cristo, não se deixem abater nem desanimem jamais da luta. As Hostes do Divino Mestre operam no coração daqueles que não se deixam influenciar e irão alimentar com esperanças aqueles que ainda creem em seu amor e misericórdia. Façam por merecer e persistam um pouco mais, perseverando no bem, apesar de tantas injustiças aparentes. Dê sua contribuição de amor através de testemunhos, apesar das iniquidades. Sabemos que é difícil, mas ninguém prometeu facilidades, particularmente nos dias de transição que atravessamos. Um dia, não muito distante, após o vendaval da renovação, os enganadores, os falsos profetas, os corruptos, os mentirosos, os que fomentam ódio e os violentos serão finalmente varridos da face do planeta. Entretanto, aqueles que perseveraram terão a alegria de conhecer a 'Nova Jerusalém', que será iluminada pela luz da glória de Deus e do Cristo, porque nela permanecerão os escolhidos após a grande tribulação, vividos nestes dias de tormentas e dores, aparentemente sem fim.

Ao proferir aquelas palavras, notei que o Instrutor se encontrava muito emocionado.

Quedei-me pensativo, meditando naquelas palavras tão sábias, imaginando em meus pensamentos a extensão da beleza e da paz daqueles que terão perseverado e dado testemunhos do bem, motivo pelo qual alcançarão a bênção de viver em um mundo melhor, em um planeta regenerado, habitado por uma humanidade feliz, devotada à prática do bem e ao exercício do amor fraterno. A Nova Jerusalém, onde a luz do Senhor haverá de brilhar por todo o tempo nos corações humanos.

V

Nas veredas do mal

Então, vi descer do céu um anjo que tinha nas mãos a chave do abismo e uma grande corrente. Ele segurou o dragão, a antiga serpente que é o Satanás, e o prendeu por mil anos. Lançou-o no fundo do abismo, fechou com um selo sobre ele, para que não mais enganasse as nações até que se completasse aquele tempo. Depois disso, seria solto no final dos tempos.

APOCALIPSE – CAP. XX – VERS. 1/2/3.

No dia imediato, ao me encontrar com o Instrutor, aproveitei para pedir esclarecimentos adicionais de certo assunto, que havia se tornado para mim um questionamento de extrema importância.

Havia examinado os apontamentos onde encontrara fartos registros de material que continham relatos de acontecimentos com muitas minúcias, as últimas ocorrências da crosta, as turbulências do dia a dia, as convulsões telúricas, a violência desenfreada e os conflitos entre os povos. Sinais específicos localizados no âmbito da esfera física. Meu questionamento era: quais eram os sinais específicos na esfera espiritual? Sabia da ação arquitetada pelas trevas no âmbito do mundo invisível, relatada em nossa experiência anterior.[29] Seria possível detectar consequências perceptíveis na esfera física em decorrência da ação provocada pelas hostes do mal, comandadas por Érebo e Polifemo? Haveria informações mais recentes acerca do andamento e das novas e possíveis táticas de ação das forças tenebrosas? Em que estágio de atuação se encontraria o plano de ação arquitetado pelas forças das trevas?

Notei o semblante de seriedade do Instrutor, e sua resposta foi lacônica:

[29] Irmão Virgílio mais uma vez faz menção aos acontecimentos relatados na obra *O sétimo selo* – O silêncio dos céus. Editora Petit.

– Eles não perdem tempo e estão agindo com muita fúria!

O Instrutor fez breve silêncio para em seguida complementar:

– A ação das hostes trevosas tem transformado o mundo visível e invisível em um campo de batalha sem tréguas, Virgílio. Comandadas por mentes dotadas de rara inteligência a serviço do mal, vêm ganhando espaço em importante parcela da população que, distraída, cai em suas teias tornando-se prisioneira da onda mental negativa, tal qual a sorrateira e traiçoeira teia tecida pelos aracnídeos, da qual não adianta se debater, ficando perigosamente exposta em seu temido visgo mortal, do qual é extremamente difícil se libertar.

Sorri intimamente com a perfeita analogia do Instrutor. A aranha tece caprichosamente seus fios formando curiosos mosaicos, que possuem um visgo poderoso, além de incrível resistência, e fica pacientemente aguardando que algum inseto em seu voo distraído caia em suas teias sorrateiras. A aranha não tem pressa, pois sabe que não adianta a sua vítima se debater. É sempre uma luta inglória e inútil porque a vítima jamais consegue se libertar daquela armadilha mortal.

O Instrutor prosseguiu:

– Sim, Virgílio, a analogia não é por acaso. As vibrações negativas avolumam-se e se expandem pelo espaço à semelhança da perigosa teia de aranha. Todavia, ao contrário da aranha, são as próprias vítimas que tecem e se enredam em suas próprias teias. As forças do mal, à semelhança da aranha, ficam pacientemente à espreita aguardando que suas vítimas se aprisionem através dos poderosos visgos contidos nos seus próprios sentimentos e pensamentos negativos. Ainda poderíamos apontar um curioso detalhe nessa analogia, Virgílio: Enquanto o inseto prisioneiro debate-se, procurando se libertar e salvar sua vida, ao contrário, as criaturas que se enredam nessas teias não se dão a esse trabalho. Poucos são aqueles que se esforçam para se libertar. A maioria se compraz porque, em verdade, encontra naquela sintonia o atendimento de seus próprios anseios, mazelas, sentimentos mórbidos e desejos desregrados que alimentam em sua própria intimidade.

As palavras do instrutor levaram-me a meditações a respeito daquele problema. Afinal, qual fora o objetivo de trazermos à luz novas informações, pois a despeito de tantas mensagens e alertas, podemos constatar ainda a existência de grande parcela da humanidade que se enreda e se compraz nas próprias teias da ignorância espiritual. É exatamente à semelhança do inseto distraído que cai nas insidiosas teias do mal sem se dar conta do perigo mortal que está exposto. E o que é pior: a maioria não se dá conta do terrível perigo que corre e nem se dá ao trabalho de buscar a própria libertação; alguns até zombam fazendo pilhérias, para satisfação das forças do mal que se regozijam da ignorância e da falta de vigilância do ser humano.

– Amanhã à noite – prosseguiu o Instrutor –, estaremos em companhia de amigos responsáveis por esse trabalho, no âmbito de nossa esfera, em mais uma visita às regiões de domínios de Érebo e Polifemo. Você estará conosco, Virgílio.

Temos acompanhado as ações e estratégias das hostes do mal e sabemos que amanhã à noite haverá uma reunião com chefes das muitas falanges, ocasião em que farão um balanço minucioso das ações relatando aos dois dirigentes máximos os resultados alcançados nos últimos tempos. Será uma oportunidade ímpar de levarmos aos nossos irmãos encarnados informações atualizadas acerca das artimanhas das sombras.

Assim aconteceu.

Na noite seguinte, em presença de amigos experientes nas lides junto às sombras, lá estávamos nós, prontos para mais uma incursão nas regiões do abismo, dominadas por forças temíveis, já nossas conhecidas.

Acompanhava-nos um novo companheiro. Era Augusto César, ainda jovem na aparência, de fisionomia sorridente. De imediato, simpatizei com o novo amigo que me foi apresentado pelo Instrutor Ulisses:

– Virgílio, nosso irmão Augusto César viveu sua última experiência física na condição de um sacerdote católico. Foi um trabalhador dedicado e incansável na luta pelas verdades do Cristo, levando sempre sua palavra vibrante de amor e esperança aos necessitados. Ainda na vida material, dotado de rara sensibilidade, percebia a influência dos espíritos negativos e muito lutou para levar a verdade que liberta à criatura humana enredada no cipoal das ilusões da vida. Desencarnou jovem ainda, mas traz em seu propósito, o aprendizado para compreensão do que ocorre nos bastidores das ações das trevas. Essa visita será para o nosso irmão de grande valia, pois tem em seus objetivos levar mensagens específicas à respeitável comunidade católica, através de seus apontamentos de tudo que irá verificar, sob seu ângulo de visão, mas sob nossa orientação.

Abracei o amigo dando-lhe boas-vindas, sentindo imensa simpatia pelo novo companheiro de aprendizado.

– Seja bem-vindo, Augusto César! – eu o cumprimentei com carinho e respeito.

– Obrigado, Virgílio, mas por favor, me chame apenas de Augusto. Já tinha ouvido referências a respeito de seu trabalho e de seu esforço levando mensagens de esclarecimento aos nossos irmãos da esfera física. Para mim é uma satisfação e um privilégio a oportunidade desse aprendizado, mas confesso que estou um tanto quanto receoso. Sou simplesmente um calouro e peço a complacência de vocês que são veteranos neste tipo de experiência.

Sorri com simpatia com a espontaneidade do novo companheiro. As palavras de Augusto eram revestidas de sinceridade e humildade.

– Fique tranquilo, Augusto – retruquei procurando encorajá-lo. – Eu também me considero um calouro, pois essa será apenas a segunda vez que tenho o privilégio de participar dessa caravana. Todavia, posso assegurar que se você foi escalado para essa incursão, não foi por acaso, absolutamente. Certamente, você reúne credenciais para essa experiência. Por outro lado, contamos nessa caravana com amigos que reúnem larga experiência de décadas em visitas às regiões do abismo e que irão nos amparar, se necessário for. Fique tranquilo, serene seu coração, confie sempre! Estaremos juntos, em nome de Jesus e de Maria, sua Mãe Santíssima. Se Cristo está conosco, nenhum mal poderá nos atingir – completei com um sorriso procurando transmitir confiança ao companheiro de jornada.

O Instrutor interrompeu nossa conversa para que pudéssemos nos preparar para a incursão.

Reunimo-nos ao redor do Instrutor Ulisses que do mesmo modo que da vez anterior, fechou os olhos, elevou sua fronte e proferiu com voz suave comovente prece:

Mestre Jesus, amigo querido de todas as horas, abençoa nosso propósito. Fortaleça em nós o bom ânimo diante das adversidades! Fortifica em nós a fé, diante das dificuldades! Edifica em cada um de nós a vontade de servir, mesmo quando incompreendidos! Dê-nos coragem para enfrentar nossos medos e fraquezas, Senhor, porque já temos consciência de que o maior inimigo habita em nós mesmos! Permita, Divino Amigo, que possamos olhar nossos irmãos com seus olhos de amor, como nos olhastes um dia! Nesta noite em que visitamos irmãos menos felizes, permita-nos observá-los com sentimentos de amor e compaixão, porque são irmãos relapsos movidos pela revolta que ainda não tiveram a bênção da compreensão de seu amor infinito. Enfim, dá-nos o amparo e a sabedoria necessária para que possamos compreender que mesmo na presença do mal, podemos tirar preciosas lições de aprendizado e amor! Sê conosco, Senhor, agora e sempre!

Suave luz fosforescente de tonalidade azul-claro, proveniente de esferas mais elevadas, envolveu o grupo. Sentia em meu íntimo uma alegria contagiante que envolvia todo meu ser. Estava em estado de graça tomado por profunda emoção. O Instrutor esclareceu:

– A luz que recebemos é o amor de Maria, a bondosa mãe de Jesus que nos acompanha com seu amor, a fim de levarmos nossa tarefa avante, com amor e compaixão por nossos irmãos que ainda não aceitaram a luz do Cristo.

Observei Augusto que, a exemplo de mim, estava com a fisionomia molhada de lágrimas. Abracei-o comovido e, sem demora, nos deslocamos no espaço em direção à crosta terrestre, sob o comando do Instrutor Ulisses.

À medida que adentrávamos as dimensões mais densas das camadas da subcrosta, era sensível a percepção do impacto provocado pelas pesadas vibrações dos ambientes por onde transitávamos. Aquelas regiões já eram minhas velhas conhecidas, entretanto, não evitavam as impressões de desagradável impacto visual.

O forte odor exalado era horrível e nauseante, assemelhando-se a algum tipo de matéria em decomposição, misturado com lama e materiais em putrefação, típicas de regiões pantanosas, que infestavam a atmosfera ao redor tornando o ar daquele ambiente praticamente irrespirável, para quem estivesse estagiando pela primeira vez naquelas paragens. Simplesmente repugnante. Estávamos em sintonia vibratória mais elevada o que, no entanto, não nos isentava da sensação desagradável de desconforto às percepções daquele odor que beirava o insuportável. Augusto parecia sufocado, e por essa razão um dos companheiros da caravana o auxiliou, envolvendo-o em um abraço, transmitindo energias e coragem.

Por orientação do Instrutor Ulisses, reduzimos nossa velocidade de deslocamento, para que Augusto e eu pudéssemos bem mais registrar as impressões do ambiente por onde transitávamos. Dessa forma, a caravana passou a gravitar de forma mais lenta permitindo nossa observação de forma mais acurada.

Adentramos uma região mais densa, onde espessa e escura neblina se espalhava em todas as direções, dificultando minha visibilidade, que se apresentava muito limitada. Orientados pelo Instrutor Ulisses, passamos a concentrar melhor nosso foco de visão, e dessa forma conseguimos ampliar consideravelmente nosso campo de percepção. Terreno pantanoso, árvores retorcidas entrelaçadas por cipós que pareciam envolvê-las em mortal abraço. O cheiro fétido exalado assemelhava-se ao odor de gases sulfurosos e de enxofre. Soava no ar gritos de imprecação, revolta, ódio, choro e lamentos. Era possível divisar figuras difusas e desfiguradas, que se retorciam em meio ao lamaçal que as envolvia. Pareciam não ter consciência de sua real situação, e seus lamentos eram um misto de revolta e ódio.

Volta e meia era possível divisar, em meio à neblina, a presença de figuras grotescas portando rústicas chibatas que sibilavam quando agitadas no ar, emitindo um som característico para, em seguida, chicotear as vítimas, que gritavam desesperadas diante do suplício, que possivelmente para elas, parecia infindável.

Espectros assustadores de figuras aladas destacavam-se na escuridão em voos rasantes e pesados, emitindo silvos, tal qual a figura do grifo mitológico. Era um espetáculo simplesmente aterrador que se descortinava à nossa visão.

Observei que Augusto fazia atentamente suas anotações, possivelmente observando suas dúvidas e questionamentos que, oportunamente, faria ao Instrutor para obter os esclarecimentos necessários. Deveriam ser muitas as perguntas daquele irmão, em função do impacto da verificação *in loco* de uma região em que muitos irmãos de outras crenças confundem com purgatório ou inferno.

Nossa incursão seguia penetrando regiões cada vez mais densas e pesadas em termos vibratórios, até que alcançamos um enorme paredão em declive íngreme, escorregadio em virtude da lama acumulada e dos musgos que haviam se formado em torno das pedras.

Descemos cuidadosamente, até o momento em que atingimos o fundo daquela região abismal, que se assemelhava, à minha visão, a um extenso e profundo lago, completamente tomado por substâncias escuras e viscosas. Enormes bolhas formavam-se, estourando na superfície daquele líquido viscoso cujo odor era extremamente desagradável, que invadia o ambiente deixando exalar nos arredores forte cheiro, misto de carbureto com enxofre.

Para que pudéssemos observar, mais atentamente, o que acontecia naquele ambiente, o Instrutor recomendou-nos que fixássemos nossa visão na superfície do lago. Foi o que fizemos – Augusto e eu.

Assim que direcionei meu campo de percepção visual mais focado na superfície, observei que em meio às substâncias viscosas havia fisionomias humanas disformes, prisioneiras daquele lamaçal viscoso. A expressão de cada uma era de tormento, sofrimento e revolta. Todavia, todos sem exceção pareciam não ter consciência da própria situação aflitiva em que se encontravam, como que tomados por profundo torpor, o que não os isentava do sofrimento, motivo pelo qual exibiam suas fisionomias deformadas no esgar da dor.

Era uma multidão de corpos perispirituais distorcidos que se acumulavam e se contorciam como se obedecessem a um movimento rítmico, ditado por alguma sintonia maligna a que pareciam estar submetidos. E o visgo a que se mantinham prisioneiros era, em verdade, o resultado dos miasmas plasmados através das formas-pensamento deterioradas e das emanações mentais desequilibradas dos próprios inquilinos que lá se encontravam domiciliados.

Aquela visão não era novidade para mim, porque já tivera oportunidade de observar e ouvir os esclarecimentos anteriormente, mas ansiava por ouvir os questionamentos de Augusto, para enriquecer meus apontamentos, particularmente sob outra ótica de observação, considerando o campo de visão e compreensão do companheiro que trazia larga experiência, na condição de sacerdote católico.

As perguntas de Augusto não demoraram.

– Instrutor Ulisses – questionou Augusto –, no meio católico ainda permeiam dúvidas e questionamentos a respeito de céu, inferno e purgatório. Entretanto, a realidade espiritual que no momento se descortina à minha visão é um pouco diferente do que aprendi nos estudos da teologia católica. Afinal, o que poderíamos dizer a esses irmãos a respeito do céu, inferno e do purgatório?

– Na verdade, Augusto – esclareceu o Instrutor –, aprendemos que Deus, a suprema inteligência do Universo, a causa primária de todas as coisas, está presente e reina em todos os lugares. Ora, dessa forma poderíamos então afirmar sem medo de errar que Ele também está aqui. Afinal de contas, o que é o paraíso? Paraíso é todo lugar onde reina alegria, felicidade, paz, harmonia, luz e a presença do bem e do amor. Não podemos circunscrever o paraíso por determinada região no espaço. Podemos ainda afirmar que o Reino de Deus é o paraíso que edificamos em nosso íntimo, e por esta razão Jesus nos afiançou: *O Reino de Deus está em vós.*[30] Assim, as pessoas que amam, que alimentam o bem, que praticam a caridade, que seguem e exemplificam a palavra, edificam em seus corações o tão almejado paraíso. Da mesma forma, onde existe a presença do ódio, dos ressentimentos, mágoas, desejos de vingança, inveja, mentiras, maledicência, o mal prospera e se alastra. Existem muitas pessoas que fazem da vida um verdadeiro purgatório e inferno. Elas não precisam desencarnar para viver o paraíso ou o inferno. Somos nós que cultuamos esse estado espiritual.

---

[30] *Lucas*, cap. XVII – vers. 21.

O Instrutor fez breve pausa para que Augusto e eu pudéssemos fazer nossas anotações, para em seguida prosseguir:

– Esferas de luz são esferas de luz porque são habitadas por espíritos que já atingiram o grau de elevação espiritual da pureza absoluta, de forma que seus pensamentos e sentimentos refletem a essência do amor mais puro e sublime, pois estão em perfeita comunhão com o Criador. São regiões felizes, uma vez que são habitadas por espíritos felizes. São regiões de luz, porque aqueles que lá estão irradiam luz de seus pensamentos. São regiões de amor porque aqueles que lá habitam, vibram o sentimento do amor mais puro e sublime. Isso pode estar em toda parte: onde você estiver, você edifica em seu interior o paraíso ou o seu inferno particular. Se você é capaz de vibrar amor, carinho, amizade, compreensão, respeito, tolerância, paciência e também praticar o bem, você está edificando em si mesmo seu paraíso íntimo.

– O Reino de Deus está em vós, nos disse Jesus. Da mesma forma, as regiões habitadas por aqueles que se revoltam no sentimento de ódio, que nutrem mágoas, alimentam desejos de vingança, brutalidade, emitem pensamentos que se adensam, tomam forma, adquirem densidade e matiz escuros, em consonância com o teor dos pensamentos emitidos. Por isso são regiões de trevas, pois os pensamentos geram energias negativas, plasmam formas distorcidas que povoam os ambientes como o que estamos verificando nesse momento. São as criações mentais oriundas das mentes desequilibradas daqueles que estagiam nessas paragens, porque vibram constantemente nas faixas do negativismo, plasmando o ambiente típico das regiões onde se concentram espíritos dessa ordem.

As explanações do Instrutor eram de extrema importância, e o assunto palpitante. Aproveitei o breve intervalo que se fez, para que pudéssemos nos aprofundar ainda mais no assunto. Então questionei:

– Instrutor, gostaria que pudesse esclarecer um pouco mais a respeito da afirmação de Jesus quando disse que o *Reino de Deus está em vós*.

O Instrutor sorriu diante da minha pergunta, respondendo com bondade:

– Sem dúvida, Virgílio! A pergunta é muito oportuna. Ora, aprendemos que todos nós, sem exceção, somos uma *centelha divina* cuja origem é o próprio Criador. Nós temos o *DNA* do Criador e detemos em nossa essência os atributos da divindade. Somos seres divinos, e por essa razão Jesus nos disse: *Sede perfeitos como perfeito é o Pai que está nos céus.*[31] Um dia, quando atingirmos a perfeição, que é o glorioso destino de todos nós, seremos à imagem e semelhança do Criador na condição espiritual, não na forma física, pois Ele, feito Pai Amoroso, criou-nos para esse grandioso porvir. O ser humano necessita tomar consciência dessa verdade, porque somos uma partícula divina e o Altíssimo habita em nós. O Pai Amoroso acompanha os nossos passos, nosso crescimento espiritual, nossas lutas, dores e decepções. Ele sabe tudo o que acontece com cada

[31] *Mateus*, cap. V – vers. 48.

um e nos espera com paciência, pois conhece nosso íntimo e as energias ilimitadas que detemos em nosso interior. Ele é nosso Pai, acompanha-nos desde o princípio e sabe que apesar de todas as dificuldades impostas por nossa ignorância às leis, um dia chegaremos lá, porque detemos em nossa essência seu *DNA* divino. Por mais que nos percamos nos desvios dos caminhos, por mais que nos detenhamos nos devaneios e distrações da longa jornada, Ele sabe que um dia, inexoravelmente, chegaremos ao nosso destino.

As informações do Instrutor eram de extrema valia. Augusto estava maravilhado com os ensinamentos recebidos.

– O senhor está dizendo que até os espíritos trevosos, que comandam as legiões das trevas, também detêm em sua essência a partícula divina, ou minha interpretação está equivocada? – Augusto questionou.

O Instrutor sorriu com benevolência, para em seguida complementar seus pensamentos elucidativos:

– Sem dúvida, irmão Augusto. O Criador não estabeleceu privilégios em sua grandiosa obra. Todos nós fomos criados simples e ignorantes, com a responsabilidade e a tarefa de buscarmos a perfeição através das experiências sucessivas, amando, sofrendo, caindo, levantando, chorando e sorrindo, morrendo e renascendo de novo para que, em algum espaço do tempo no futuro, finalmente possamos atingir a perfeição e, então, desfrutar da glória da vida espiritual em perfeita comunhão com o Criador! A perfeição é a grande meta do espírito, e a jornada em direção à perfeição é a grandiosa aventura do espírito imortal! Essas criaturas que assumem hoje a personificação do mal também são criaturas de Deus e elas também estão destinadas à perfeição, uma vez que por mais que perdure, o mal é transitório, mas o amor é eterno!

Enquanto ouvia os esclarecimentos, em pensamento recordava as figuras pavorosas de Érebo e Polifemo, as grandes inteligências das sombras, a serviço do mal. O Instrutor sorriu porque acompanhava meus pensamentos e complementou:

– Sim, Virgílio, Érebo e Polifemo, hoje devotados ao mal por opção, um dia se cansarão do próprio mal e desiludidos com suas próprias tropelias e equívocos, retornarão ao regaço do Pai Eterno, à semelhança da parábola do filho pródigo. A eles também está reservada a glória e o direito do arrependimento, purgando através de dolorosos resgates o mal que plasmaram em si mesmos ao longo dos séculos, buscando a melhoria necessária por meio do esforço íntimo do autoaprimoramento, pois a perfeição é uma meta, e evoluir é a necessidade imperiosa do espírito, seja pelo amor ou pela dor. Infelizmente, no estágio em que a maioria de nós se encontra, ainda necessita da visita da dor em nosso caminho.

Augusto parecia maravilhado com as revelações do Instrutor.

– Perdoe-me, Instrutor! – questionou Augusto. – Quer dizer que esses espíritos devotados ao mal ignoram que detêm em sua essência a partícula divina que mencionastes?

Que apesar do mal transitório eles também estão destinados à glória do Altíssimo? Isso não me parece justo!

Mais uma vez o Instrutor sorriu diante da espontaneidade no questionamento de Augusto.

– Sim, Augusto, da mesma forma que cada um de nós foi criado, eles também o foram: simples e ignorantes. Todavia, à medida que o espírito evolui, desenvolve suas habilidades juntamente com suas potencialidades espirituais e intelectuais. Adquire o livre-arbítrio e juntamente com o livre-arbítrio, a responsabilidade por seus atos. Espíritos iguais a Érebo e Polifemo e outros dirigentes das Hordas das Trevas não têm consciência que detêm em sua intimidade a essência divina. Ignoram em sua maldade que, mesmo espalhando o mal, fazem parte do grandioso plano do Criador! Praticando o mal, procurando atrair para o abismo os afins que vibram na sintonia do mal. Todavia, esses espíritos maldosos, inconscientemente laboram servindo de instrumentos do Plano Maior para depuração da atmosfera espiritual, de um planeta que adentrará o estágio da Regeneração, quando a Terra vivenciará uma era de amor e luz, destinada aos mansos e pacíficos, que por conquista e mérito tiverem a oportunidade de aqui viver. A Nova Jerusalém! Por essa razão, Jesus disse nas bem-aventuranças: *Bem-aventurados os mansos, porque herdarão a Terra.*[32]

– Estes espíritos, desterrados a um planeta primitivo, verdadeiro viveiro de experiências dolorosas no Jardim do Éden, aprenderão nas duras lições do exílio espiritual o

[32] *Mateus*, cap. V – vers. 5.

valor do que perderam alhures. Vagarão nas noites dos séculos incontáveis e um dia, cansados da própria maldade, retornarão ao caminho do bem, porque assim é a lei em todo Universo! Em cada nebulosa, em cada galáxia que cintila no infinito, existem milhares e milhares de planetas que atingem o estágio da maturidade, expurgam seus inquilinos intransigentes e malcriados, para povoar milhares e milhares de planetas primitivos no encantador dos inumeráveis Jardins do Éden!

Enquanto o Instrutor fazia sua explanação, confesso que também estava maravilhado com a beleza e a profundidade dos ensinamentos recebidos. Recordei um pensamento de um grande pensador que dizia: *Na natureza nada se perde, nada se cria, tudo se transforma*. Sim, na vida nada foi criado para se perder, mas para se transformar, evoluir e alcançar a glória pelo mérito do próprio esforço. O Instrutor sorriu e complementou meus pensamentos dizendo:

– Lavoisier!

Sim, Antoine Laurent de Lavoisier! O grande pensador e químico francês guilhotinado durante a Revolução Francesa em 1794.

O Instrutor aquiesceu fazendo um sinal que deveríamos prosseguir em nossa jornada.

Seguimos em frente, devassando as regiões escuras em direção às cavernas onde reinavam os senhores das sombras.

VI

Nos bastidores das sombras

Quando, porém, se completarem os mil anos, Satanás será solto de sua prisão e sairá para seduzir as nações e tudo que há nos quatro cantos da terra, de Gogue a Magogue para reuni-los na grande batalha. O número desses é como a areia do mar.

APOCALIPSE – CAP. XIX – VERS. 7/8.

~ ~

Imediatamente, reconheci o local quando chegamos ao soturno pórtico que estabelecia o limiar da enorme gruta, onde os dirigentes das sombras costumavam realizar suas assembleias para debater as estratégias de ataque. Então, nos orientou, dirigindo-se particularmente a Augusto, dizendo:

– Nada temais! Estaremos daqui a instantes diante de espíritos detentores de admirável conhecimento e de mentes privilegiadas no que tange à condição intelectual. São espíritos que reúnem grande experiência mundana e conhecem sobejamente o Evangelho, mas o mal é uma opção transitória desses irmãos. Por dedução, eles têm conhecimento que estamos aqui acompanhando seus planos e estratégias, irão fazer blefe e se divertirem porque se acham senhores da situação nessa grande batalha, pois conhecem as fraquezas humanas e sabem que esse é um fator que pesa favoravelmente a eles.

Augusto ouviu atentamente, enquanto o Instrutor concluía suas orientações:

– Estamos em elevada sintonia vibratória, o que nos permite acompanhar tudo sem qualquer risco, desde que estejamos em estado de oração, visto que a vibração do ambiente onde nos encontramos é extremamente envolvente e perigosa.

Prosseguimos pelas veredas da caverna que se assemelhavam a labirintos tenebrosos para em seguida alcançarmos o espaço da caverna em que Érebo e Polifemo usavam como quartel general. O ambiente era enfumaçado, iluminado por archotes embebidos em uma espécie de resina onde ardiam exibindo débeis chamas bruxuleantes, que deixavam o local envolto em uma penumbra que parecia resistir à luz emitida pelos archotes, estrategicamente, dispostos ao longo do enorme salão, à nossa frente.

A presença dos dirigentes das sombras era maciça. Lá estavam os responsáveis pelas diversas falanges dos operários do mal que atuavam na crosta, na coordenação de seus comandados no ataque frontal às mentes invigilantes, encarnadas.

Pela expressão de suas fisionomias, não era difícil identificar o clima de euforia que tomava conta dos comandantes das trevas. Como se diz na expressão popular, o clima era o do *já ganhou.* Estavam felizes com seus feitos e os resultados alcançados.

Um deles comentava:

– Meus comandados têm atuado fortemente na classe política. Confesso que está sendo mais fácil do que havia imaginado inicialmente. Sinto tanta satisfação que, pessoalmente, tenho acompanhado o trabalho de meus subordinados e, vez por outra, procuro pessoalmente inspirar esse ou aquele político a perder os escrúpulos e a legislar em causa própria. Por vezes, encontramos algum que em pensamento titubeia e resiste, talvez porque ainda lhe reste um pouco de decência. Então, insisto, não por eles relutarem, mas porque estão doidos para se locupletarem. Identifico o teor de seus pensamentos inconfessáveis e insuflo ideias em seus ouvidos que na verdade é exatamente o que eles querem ouvir. – Não se preocupem, pois todos têm o direito de primeiramente pensarem em si mesmos. Não diz o Evangelho que você deve amar o próximo como a si mesmo? Então, você pode pensar no próximo, mas primeiramente deve pensar em você mesmo!

Eu estava prestando muita atenção àquela conversa e o que ouvia daquele espírito deixou-me extremamente preocupado. Sua tática de convencimento era perfeita, inclusive utilizando palavras do Evangelho por estratégia de persuasão. Sua ação era eficaz e mortal, simplesmente apavorante! Todavia, continuei a prestar atenção, pois ele concluía seu raciocínio dizendo:

– É tiro e queda! De vez em quando ainda reforço: Não tenha receio, aja de acordo com sua consciência e tudo estará bem!

Seu interlocutor sorriu matreiro questionando:

– Você não se preocupa sugerindo que ele aja conforme a consciência? Não é um tiro no pé? De repente, você poderá encontrar algum político honesto!

Ambos gargalharam gostosamente, em tom de deboche.

– E você acha que existe político honesto? Que eles têm consciência?

Em seguida, com a fisionomia séria complementou:

– Mas, infelizmente, existem. É difícil admitir, mas existem políticos honestos e a esses tenho procurado me dedicar pessoalmente, mas não importa, porque a maioria está em nossas malhas iguais a insetos presos na teia de aranha! Só que ao contrário dos insetos, eles não se debatem não, companheiro!

Prosseguindo em suas confidências, seu comentário adquiriu tom de seriedade:

– Temos procurado insuflar ideias a alguns parlamentares a redigirem leis equivocadas, adornando a pérola como se fosse algo produtivo e bom ao povo. Por outro lado, também temos inspirado alguns a apresentarem leis com conotações positivas, mas com o decorrer do tempo tornam-se inócuas pela inoperância e inércia dos próprios legisladores que, inspirados por nós, deixam o barco rodar, não se importando se na frente da correnteza existem perigosas cachoeiras.

– O fator preponderante de nosso sucesso é que realmente tem ocorrido a desagregação familiar, isto é um fato inconteste. Como consequência dessas políticas, os jovens sentem que tudo podem, e desorientados enveredam pelos caminhos das drogas, crimes e sexo sem compromisso, sem nenhum sentimento de culpa, pois tudo é permitido! Os políticos progressistas estão alarmados diante do número absurdo de abortos cometidos em clínicas clandestinas, levando à morte muitas vidas e, então, clamam: Temos que aprovar a lei do aborto, visto que o aborto assumiu proporções alarmantes e se tornou um problema de saúde pública. Ha! Ha! Ha! – o comandante trevoso gargalhou. – Eles estão preocupados com a consequência e não com a causa. Eles estão preocupados em espantar as moscas e não curar a ferida! Isto tudo é muito divertido! – o zombeteiro novamente gargalhou.

Confesso que a conversa que ouvia provocava-me arrepios. O que aquele dirigente das sombras deixava claro é que a interferência no meio político legislativo era um plano bem orquestrado e bem sucedido. Augusto não estava menos impressionado que eu e questionou:

– Instrutor Ulisses, como isso é possível? Esses obsessores conseguem se infiltrar de tal forma que interferem no dia a dia do ser humano, inclusive no que tange à inspiração de leis equivocadas?

– Equivocadas não, Augusto – ponderou o Instrutor. – É regra geral que no início as ideias são bem-intencionadas, mas esses espíritos conhecem de sobra a natureza humana e o comodismo de nossos políticos. Leis foram criadas para proteger e resguardar os interesses da criança e do adolescente. Nada mais justo, uma vez que o direito ao estudo e à preservação do futuro da criança devam ser algo sagrado. Leis são redigidas com as melhores das intenções, e seus autores sonham com um futuro promissor de nossos jovens. Todavia, os próprios governantes falham clamorosamente quando deixam de investir adequadamente na estrutura educacional e na preservação do esteio familiar que, efetivamente, ofereça garantias que nossas crianças tenham boas escolas, alimentação saudável e material didático necessário. Infelizmente na prática, não é o que sempre acontece. Nas regiões mais pobres e distantes, escolas desabam por falta de manutenção, faltam carteiras para que a criança possa se sentar e assistir às aulas com o mínimo de conforto. Além da carência de material didático, falta alimentação, que ao ser comprada é superfaturada. Além do mais, não podemos deixar de mencionar nossos professores, aqueles profissionais dedicados ao ensino e à formação de nossas crianças, verdadeiros pilares para uma educação bem-sucedida, que infelizmente foram relegados ao esquecimento.

– Nossos professores, profissionais que no passado sentiam-se orgulhosos e recompensados pelo respeito que inspiravam aos jovens, hoje se encontram completamente desmotivados diante do descaso dos poderes públicos, por falta de uma remuneração adequada e condições dignas de trabalho. São heróis que ainda lutam pelo ideal que abraçaram, mesmo sem o reconhecimento das autoridades e dos próprios alunos. Tudo isso é uma constatação muito triste, porque uma boa educação é o princípio básico de um país civilizado. Podemos citar o exemplo de uma lei que foi criada para proteger e resguardar os interesses de nossas crianças e adolescentes e que com o passar do tempo deveria, como todo projeto, sofrer reavaliação e redirecionamento de curso naquilo que deixou de ser eficaz, mas não foi o que aconteceu. Dessa forma, com o passar do tempo, tornou-se obsoleta e inócua, e como nosso irmão obsessor se ufana, hoje é uma constatação que as forças das trevas se vangloriam com o sucesso de seus objetivos.

– A par disso tudo, a desagregação familiar tornou-se uma realidade assustadora; as drogas se alastraram sob inspiração das mentes trevosas e o mal prosperou atingindo totalmente nossos jovens diante da leniência de leis fracas e falta de coragem de nossos legisladores.

– Com o conhecimento da proteção dos requisitos da lei, muitos jovens passaram a ser aliciados por facções criminosas perigosas, porque podem fazer o que bem entendem, afrontando a própria lei e as instituições que foram criadas para protegê-los. Abusam do direito, desrespeitam a autoridade, zombam e agridem seus professores, e a sociedade assiste atônita e impotente a essa situação, sem que os responsáveis por modificar e alterar as leis, para torná-las saudáveis, façam algo de produtivo e sério. Este é apenas um exemplo de leis que são arquitetadas com os melhores propósitos, mas depois, manipuladas por interesses invisíveis do mal, os legisladores simplesmente deixam que os projetos rolem ladeira abaixo sem direção nem sentido.

O Instrutor fez breve pausa, para em seguida prosseguir:

– Como triste consequência de tudo isso, muitos jovens perderam a motivação para o estudo diante das facilidades de uma geração que tudo pode, levando-os a transitar por despenhadeiros perigosos. O que assistimos são jovens despreparados para a vida, para o futuro, buscando apenas a diversão descompromissada, nos "rolezinhos" do final de semana marcados pela internet onde se destacam jovens em busca de fama e notoriedade de quinze minutos fugazes. Além de tudo, verifica-se, gradativamente, entre os jovens o aumento de consumo de bebidas, energéticos, baladas e sexo cada vez mais precoce com a complacência dos responsáveis familiares, quase sempre ausentes na educação e na formação moral de seus filhos.

– Finalmente, assistimos ao resultado e às consequências que ninguém deseja encarar: a situação da gravidez de meninas cada vez mais jovens que buscam clínicas clandestinas para solução imediata de um problema indesejado através do aborto, resultando em uma carnificina absurda que a sociedade procura ignorar, e os políticos progressistas procuram resolver pela forma mais fácil – por meio da ignominiosa lei que legaliza o aborto.

– Este projeto de lei espreita, sorrateiramente disfarçado nas sombras, a oportunidade para se materializar em assustadora realidade. É a situação a que se refere com muita propriedade o obsessor a respeito de nossos legisladores que simplesmente através das soluções mais simplistas e fáceis, ... *espantam as moscas em vez de curar a ferida*. Por que não cuidar da causa em vez de correr atrás da consequência? Podemos afirmar sem nenhuma preocupação de errar que o aborto não é solução, pois temos informações fidedignas de meninas que praticaram o aborto, mas não tiveram a educação necessária, e continuaram, em seguida, a se expor em relações sexuais descompromissadas e, após algum tempo, retornaram para a prática de outro aborto diante de nova gravidez indesejada! Nós perguntaríamos aos políticos ditos *progressistas*: até quando?

O Instrutor interrompeu sua explanação porque naquele momento um dos chefões das trevas, que parecia ser uma espécie de *chefe de cerimonial,* pediu silêncio, com sua voz gutural.

– Silêncio! – trovejou com sua voz cavernosa. – Nossos amados líderes vão adentrar o recinto!

Naquele instante, todos os presentes ficaram perfilados em sinal de respeito, e o silêncio foi geral. O chefe do cerimonial prosseguiu:

– Vamos receber o Chefe das Legiões dos Dragões: Polifemo!

A plateia aplaudiu com entusiasmo a entrada de Polifemo! Sua figura gigantesca e grotesca contrastava com seu olhar agudo! Já era uma figura minha conhecida e não poderia deixar de registrar que aquele espírito era detentor de uma inteligência aguçada e respeitável, que detinha profundos conhecimentos de motivação e liderança a serviço do mal. Era um comandante que sabia manipular e motivar seus comandados com extrema argúcia e inteligência.

O Chefe dos Dragões agradeceu com uma leve curvatura, mas seu semblante permaneceu impassível. Envergava um manto vermelho-escuro que cobria seus ombros largos, deixando seu enorme tórax descoberto. Não era difícil perceber que Polifemo gostava de aplausos que só cessaram a um sinal seu.

Em seguida, o chefe do cerimonial anunciou a entrada do supremo chefe das trevas:

– Agora peço calorosos aplausos ao nosso chefe-supremo, o sumo comandante de todas as Legiões: Érebo!!! – gritou com sua voz cavernosa.

A plateia delirou e a caverna quase veio abaixo diante de tantos aplausos. O próprio Polifemo em pé aplaudia entusiasticamente a entrada triunfal do supremo comandante das Trevas.

A figura tenebrosa de Érebo era aterradora. Sua fisionomia animalesca exibia no alto da fronte duas protuberâncias à semelhança de chifres, o que emprestavam à sua aparência um aspecto demoníaco, juntamente com seus olhos vermelhos injetados de sangue.

Sentou-se a uma espécie de trono de alvenaria, ostentando toda sua soberba. Sabia que naqueles domínios ele era soberano e reinava absoluto, secundado por Polifemo, uma espécie de primeiro-ministro.

Depois da longa e delirante ovação, Érebo pediu silêncio.

– Basta! – trovejou ele com sua voz potente e cavernosa. – Tenho acompanhado o trabalho de vocês de perto e confesso que estou satisfeito com os resultados obtidos até agora, mas o momento não é de aplauso nem de comemoração! Alcançamos muitas vitórias é verdade, mas não é hora de dormir sobre os louros, porque ainda há muito que se fazer. Também é fato que contamos com a indolência e a natureza negativa do ser humano a nosso favor, mas não podemos jamais oferecer tréguas nem relaxar na intensidade do trabalho! Mas, primeiramente, quero ouvir de cada um de vocês a experiência do dia a dia no embate com as *forças do bem* – disse enfatizando a expressão "forças do bem" em tom de ironia.

Pesado silêncio seguiu-se à fala do tenebroso comandante das trevas. Notando a indecisão de seus legionários, Érebo prosseguiu:

– Já sei, vocês não estão querendo falar porque desconfiam que *as forças do bem* estejam presentes aqui, no ambiente. É isso que os preocupa?

Deu uma sonora e arrepiante gargalhada em tom de zombaria.

– Lógico que estão! Vocês acham que eles perderiam essa oportunidade? De jeito nenhum! As forças do bem mandaram para cá seus dignos representantes! Eles estão aqui sim, mas não têm coragem de se apresentar, então ficam ocultos com suas alvas e imaculadas vestimentas que os tornam invisíveis à nossa percepção! Vocês querem saber? Eles são covardes. Por que não se apresentam? – trovejou ele!

Em seguida, gargalhou novamente, se divertindo com suas próprias ironias. A plateia também riu acompanhando o chefe.

– Mas se é isso que está preocupando vocês, fiquem tranquilos, pois não há o que temer! Eles são bonzinhos e querem salvar a todos, inclusive a vocês! Entretanto, advirto a todos: não caiam nas *conversinhas* suaves de vozes aveludadas dos *espíritos travestidos de anjos*, *PORQUE NA VERDADE É UMA CILADA!!!!* – finalizou Érebo, enfatizando com ironia e ira! – CUIDADO!!! Vocês correm o risco de serem salvos e terem que vestir aquelas roupas brancas esquisitas!

Gargalhou novamente de forma estridente, e a plateia o acompanhou. Érebo conseguiu o que desejava. A plateia descontraiu-se e se animou diante do supremo chefe das sombras.

– Eminência – disse em tom de reverência um dos presentes. – Gostaria de fazer um resumo dos trabalhos que tenho a honra de dirigir e apresentar os resultados obtidos! – manifestou-se aquele que havíamos ouvido anteriormente, responsável pela atuação na área da política.

– Assim que se fala, assim que eu gosto! Fale companheiro! – Érebo incentivou.

O legionário das sombras pigarreou para dar mais ênfase ao seu relato e começou:

– Sou o responsável pela atuação na classe política e posso assegurar que eu e meus comandados temos realizado um excelente trabalho nessa área! Os resultados obtidos foram acima das expectativas, pois temos alcançado sucesso absoluto em nossas investidas. Temos estimulado a preguiça no Legislativo, a inoperância, a propagação de leis equivocadas com dupla finalidade, disfarçadas de bons propósitos para enganar os incautos e provocar atritos. Além do mais, também temos instigado no Executivo os desmandos daqueles que têm o poder e a caneta na mão para perpetrarem desvios financeiros, temos incentivado o apego aos cargos, à ganância e ao excessivo apego pelo poder!

Érebo chamou o relator para frente. Levantou-se e olhando para o público, disse enfático:

– Aqui está um súdito que merece todo meu respeito! O gerenciamento da equipe conduzida por este legionário é admirável! Parabéns! Só posso acrescentar que as religiões são injustas conosco, dizendo que somos nós que fazemos da vida um inferno! Nós temos concorrentes de peso! São os políticos!

E gargalhou de forma estridente! Em seguida, com a fisionomia séria recomendou:

– Leve meus cumprimentos aos seus comandados juntamente com minha recomendação: não deem tréguas à classe política, porque toda vez que um escândalo é descoberto e que nada acontece em relação à punição aos culpados, o povo se exalta, se descontrola, se revolta e desanima, estimulando a desordem geral. É disso que precisamos! Fico feliz quando um político é descoberto em superfaturamento de obras, em desvios de recursos destinados à merenda escolar, aos remédios, aos idosos e necessitados, e o noticiário se espalha e os culpados ficam impunes! Que delícia, pois o clima de insatisfação se espalha, a onda de pessimismo se alastra e nosso trabalho fica facilitado! É disso que precisamos, cada vez mais!

Voltou a sentar em seu trono e dessa vez com seriedade complementou:

– Tolos! – disse, referindo-se aos políticos. – Pensam que vão viver eternamente! Nós estaremos esperando vocês aqui, com grande ansiedade! Posso lhes assegurar que serão bem recepcionados!

Fez-se breve intervalo no ambiente, então, eu aproveitei para questionar o Instrutor acerca do sucinto e assustador relatório feito pelo legionário das trevas a respeito da classe política e a afirmação final de Érebo.

Ulisses sorriu com tristeza e respondeu, enquanto Augusto, atento, ouvia seus esclarecimentos:

– Veja, Virgílio, precisamos ter bom-senso para filtrar adequadamente, pois as palavras de Érebo estão revestidas de maldade, cujo objetivo todos nós já sabemos. Sua conotação é extremamente impiedosa, mas podemos dizer que a classe política é um reflexo da sociedade, como um todo. É do seio do povo que surgem políticos corruptos, porque a corrupção se manifesta no dia a dia das pessoas. Aqui é o motorista infrator que tenta burlar a aplicação da multa oferecendo propina ao policial. Acolá é o empresário que sonega impostos com artifícios contábeis bem arquitetados! Mais adiante é o funcionário desonesto que se aproveita das falhas de controle das empresas para efetuar desfalques financeiros! É o cidadão no dia a dia que ao receber um troco errado não tem o senso de honestidade para devolver o troco indevido, e assim por diante!

– Infelizmente, o máximo da corrupção se manifesta mesmo na classe política, uma vez que é onde o poder se manifesta mais amplo e as oportunidades surgem, exatamente para testar a honestidade de seus representantes. Podemos afirmar com segurança que existem políticos honestos, que não se deixam corromper pela terrível tentação da grana fácil através da corrupção. Entretanto, temos de reconhecer o sucesso que os comandados de Érebo têm alcançado em suas investidas nestes últimos tempos! É muito triste o quadro atual, mas é essa a realidade que estamos enfrentando hoje!

Ouvi em silêncio as palavras do Instrutor, convidando-nos à análise equilibrada para que não julguemos apressadamente, sem critério, jogando todos os políticos na vala comum da corrupção, porque felizmente existem aqueles que heroicamente resistiram e resistem às tentações do dinheiro fácil, às investidas do mal e das facilidades que o poder faculta, honrando com nobreza de caráter a grandiosa responsabilidade de que foram investidos através do mandato outorgado pelo povo, para legislarem e governarem com sabedoria e honestidade. Como bem enfatizou Érebo: ai dos políticos que exorbitaram de suas atribuições, pois as trevas os esperam além-túmulo, com grande ansiedade!

Animados pelos elogios do supremo comandante das trevas, novos legionários se manifestaram:

– Quero falar da atuação de minha falange entre os evangélicos! – disse um deles.

Érebo olhou-o com ironia e irritação!

– Eu quero mesmo ouvir o que você tem a dizer – exclamou o supremo chefe do mal. – Já orientei vocês a respeito do plano de atuação que é perfeito! Polifemo tem dado suporte em tudo que vocês precisam, mas o trabalho não tem avançado com o sucesso que esperamos! O que está acontecendo? Já sei, cada vez vocês vêm com desculpas e mais desculpas, mas vou dizer a verdade: vocês esqueceram de atacar a cabeça! Não os orientei adequadamente? O que é que ainda não entenderam? Por que não seguem o plano à risca?

O supremo chefe do mal estava extremamente irritado. De seus olhos partiam chispas como se fossem fagulhas de fogo em forma de dardos.

– Acalme-se, comandante, permita que este legionário possa esclarecer melhor sua atuação no meio evangélico, que sabemos, é muito difícil – interveio Polifemo em tom conciliador. – Afinal, ele traz informações importantes!

Ante a palavra conciliadora do seu primeiro-ministro, Érebo pareceu se acalmar.

– Esclareça, porque quero entender o que está acontecendo.

O legionário iniciou seu arrazoado:

– Em verdade, temos alcançado relativo sucesso em nossas investidas, nos infiltrando nos meios evangélicos. O problema é que de um modo geral, a fé que a corrente evangélica apresenta é uma barreira muito difícil de transpor! Mas temos lutado contra isso, criando dificuldades financeiras, preguiça, desânimo, doenças, incompreensões familiares, desentendimentos no trabalho e outros obstáculos. Alguns persistem na fé, mas uma grande parte se perde no meio do caminho. Podemos considerar isso uma vitória!

Impaciente, Érebo vociferou:

– E o sexo? Vocês não têm criado artimanhas e armadilhas utilizando o sexo como ferramenta de desequilíbrio moral? Vocês sabem que o ser humano é fraco e que não resiste a uma boa investida no campo da sexualidade!

O legionário pareceu não se abalar com a manifestação de descontentamento do supremo comandante das trevas e prosseguiu:

– Sim, sexo é uma das ferramentas que mais utilizamos e que provoca quedas espetaculares em muitos fiéis! Muitos se revestem de recato, mas exibem pensamentos inconfessáveis diante das tentações, e quando identificamos esse estado de pensamento, a tarefa fica fácil.

Pela primeira vez, Érebo pareceu satisfeito:

– São túmulos caiados... – disse com ironia. – Por fora exibem brancura, mas por dentro escondem rapina e podridão!

Érebo parecia se divertir fazendo citações do Evangelho em tom de deboche, para em seguida cobrar com veemência!

– E a cabeça? Esqueceram a cabeça?[33]

Sem titubear, o legionário redarguiu imediatamente:

– Não, não nos esquecemos a cabeça! Temos atuado fortemente, inspirando muitos pastores e outros que se consideram enviados de Deus e se apresentam como tal. São cabeças coroadas – sorriu o legionário. – A estes, temos inspirado o culto da personalidade e da vaidade exacerbada de tal forma que eles chegam mesmo a acreditar serem seres divinos, enviados de Deus, investidos na condição de missionários do alto – porque é assim que se autointitulam.

---

[33] – Érebo refere-se à assembleia relatada anteriormente na obra: *O sétimo selo* – O silêncio dos céus, em que estabeleceu um plano de ação contra o ser humano, que atingindo a cabeça o corpo desmorona. – "Estratégias do Mal" – Pág. 119 – Petit Editora. – Nota do médium.

– Agora sim, estou gostando do que estou ouvindo! – comentou Érebo aparentando satisfação. – Os falsos profetas! Nem eles acreditam nas palavras de alerta de Jesus! E se eles não acreditam, por que temos nós de acreditar? – Érebo gargalhou em tom de deboche.

Estimulado pelas palavras do supremo chefe das trevas, o legionário prosseguiu:

– Temos inspirado os *cabeças* a se utilizarem do Evangelho como ferramenta para o próprio descrédito – comentou orgulhoso.

– Sei o que está dizendo! – Érebo redarguiu. – Venha cá, fiel servidor, sente-se à minha esquerda porque todos os meus escolhidos são da esquerda! – ele comentou com um esgar de ironia. – Eu sei que vocês têm inspirado com muito sucesso as *cabeças coroadas* a explorarem seus fiéis, utilizando a parábola do óbolo da viúva, não é mesmo?

Augusto manifestou seu espanto com o que ouvia, indagando de forma preocupada:

– Instrutor, é impressão minha ou estes espíritos fazem citação do próprio Evangelho para a consecução de suas atividades perniciosas?

– Infelizmente, tem razão em sua observação, Augusto. Estes irmãos conhecem o Evangelho, de onde podemos concluir que apenas o conhecimento não é solução satisfatória se o conhecimento não trouxer em seu bojo a transformação da criatura para melhor. Eles conhecem sobejamente a palavra, todavia adotam a prática do mal por livre opção, que um dia terão que rever a custo de muito sofrimento e lágrimas. Nisso é que consiste a grandeza da sabedoria e da infinita bondade do Criador que permite que o mais empedernido espírito possa ter a oportunidade de sua própria redenção.

– Por uma questão de orgulho e vaidade exacerbada, Érebo faz questão de manifestar que tem conhecimento do Evangelho, destilando suas palavras carregadas de fina ironia. No Evangelho, Jesus faz menção aos escolhidos que estarão à direita do Pai, e os da esquerda serão os que forem reprovados na grande seleção do final dos tempos. Érebo diverte-se, exaltando esse detalhe, como um ponto de honra para si mesmo e seus comandados.

A reunião continuava acalorada, todos se manifestavam desejosos de ouvir os elogios do comandante supremo das forças do mal.

VII

A astúcia das trevas

Então, vi uma de suas cabeças ferida de morte, mas esta ferida mortal foi curada e toda terra se maravilhou, seguindo a besta! E adoraram o dragão porque deu sua autoridade sobre a besta! Também adoraram a besta, dizendo: quem é semelhante à besta? Quem pode pelejar contra ela?
(Apocalipse – Cap. XIII – vers. 3/4.

Também opera grandes sinais, de maneira que até fogo do céu faz descer à terra, diante dos homens!
Apocalipse – Cap. XIII – vers. 13.

Enquanto o debate da assembleia das trevas corria acalorado, e diante das observações de Érebo a respeito dos Evangélicos, o Instrutor prosseguiu nos esclarecimentos, ponderando:

– Precisamos ter cuidado com as palavras que ouvimos nesta assembleia, Augusto! Érebo é detentor de uma mente privilegiada, além de profundo conhecedor do Evangelho do Cristo e da natureza humana. Infelizmente, trata-se de um espírito devotado ao mal e acostumado a escarnecer, exprimindo suas opiniões de forma impiedosa e exacerbada. Nossos irmãos Evangélicos são merecedores e dignos do nosso maior respeito. Têm seus valores e procuram seguir as pegadas do Divino Mestre, e em seus cultos de fé têm alcançado feitos maravilhosos arrebanhando muitas almas para o caminho do Cristo.

– Quantas criaturas se libertam das drogas, da prostituição, dos caminhos tortuosos encontrando no culto ao Cristo a segurança e a esperança que os alicerçam na senda do bem! As palavras impiedosas de Érebo carecem de bom-senso e nem poderia ser diferente, tratando-se de um espírito das trevas que não tem compromisso com a verdade! Todavia, temos de reconhecer a existência de algumas correntes que destoam na busca exagerada pelo resultado financeiro, mas nem por isso devemos colocar no mesmo rol as demais correntes evangélicas respeitáveis que têm prestado serviços inestimáveis na Seara de Jesus em favor dos homens! Vamos fazer nossas anotações, ter cuidado nas palavras ouvidas para não nos deixarmos influenciar, mas nem por isso deixar de tirar disso tudo um aprendizado para nos orientar adequadamente sobre o que devemos evitar, porque afinal de contas, ao espírito atento, mesmo em uma assembleia das trevas, poderemos tirar lições de valor inestimável.

Enquanto isso, outros legionários das trevas traziam seus relatos aos comandantes das sombras. Alguns faziam referência às demais religiões, às drogas, à violência, ao descrédito do povo com as autoridades e políticos.

– Quero agora me congratular particularmente com dois grandiosos comandantes legionários em quem confiei tarefas mais que especiais: O primeiro foi escolhido com muito critério para atuar no meio espírita e podem ter certeza: não foi por acaso.

Adiantou-se um espírito com fisionomia carrancuda, soturna, exibindo um olhar frio, penetrante e aguçada inteligência. Era ele o comandante das legiões especializadas a atuar nos meios espíritas!

– Salve, Deimos! – saudou Érebo com singular manifestação de simpatia. Você foi escolhido para essa grandiosa missão, pois confio demais em sua capacidade logística para comandar uma guerra, sabendo atacar, recuar, esperar e atacar novamente! Aproxime-se, fique à minha esquerda, uma vez que aqui é o lugar dos meus escolhidos!

Aproveitando a rápida pausa para os cumprimentos efusivos do comandante e do comandado, o Instrutor esclareceu:

– Deimos é também velho conhecido nas lides espirituais. Portador de grande inteligência e capacidade de aglutinar e motivar seus comandados, que são especiais em termos de inteligência e rapidez de atuação, atacando e recuando como convém a um grande estrategista na arte da guerra. No presente caso, a guerra declarada das trevas contra o movimento espírita. Vamos prestar muita atenção em seus relatos, porque isso é de extrema importância para todos nós.

Érebo voltou-se para os presentes exclamando em alto e bom tom:

– Agora vocês terão a oportunidade de ouvir um relato completo de um trabalho bem arquitetado, colocado em prática com inteligência e astúcia e acima de tudo, estratégia logística!

O silêncio foi geral, mas foi o próprio Érebo que retomou a palavra.

– Já sei, a maioria de vocês estranhou a palavra logística, não é mesmo? Pois bem, em uma guerra sem fronteiras como a que estamos travando, não basta inteligência, astúcia. Para se obter sucesso na arte da guerra, além de todos os requisitos mencionados, torna-se imperiosa também uma estratégia logística, isto é, saber o momento certo de avançar, onde atacar, na retaguarda, nos flancos e acima de tudo, onde o inimigo menos espera! É o fator surpresa!

Isso na guerra se chama estratégia logística! Até saber recuar um passo no momento certo, para em seguida avançar dois! Assim se vence uma guerra, entenderam?

A plateia emudecida simplesmente fez um movimento com a cabeça, em demonstração de entendimento. Em seguida, a um sinal de Érebo, Deimos começou a fazer seu relato, demonstrando, acima de tudo, muita segurança no que dizia. Com voz pausada e palavras bem articuladas, Deimos deixava transparecer completa segurança e conhecimento no domínio da palavra:

– Nosso plano de ataque às hostes espíritas tem sido muito estudado e muito cuidadoso, e nem poderia ser diferente! – ele iniciou sua explanação. – Vou fazer minha explanação em tópicos distintos, para tornar mais fácil o entendimento de todos!

– Primeiro: Somos invisíveis. Este é um ponto de partida para você se aproximar de um inimigo a distância prudente e poder analisar atitudes, pensamentos, pontos fracos e pontos fortes. Nenhum inimigo deve ser menosprezado, mas para vencê-lo com segurança, o primeiro ponto é conhecê-lo e isso corre a nosso favor, uma vez que para os encarnados somos invisíveis.

Fez uma breve pausa para continuar dando ênfase em suas palavras:

– Segundo: O fator tempo! Os próprios espíritas dizem que o tempo urge, mas para nós o tempo corre a nosso favor! Temos tempo de sobra e companheiros que podem acompanhar o dia a dia do trabalhador espírita, conhecer suas frustrações, seus sentimentos negativos, seus desejos inconfessos, sua postura no trabalho, no trânsito, na sociedade e em sua própria casa! É divertido ver espíritas que pregam Evangelho, e dentro da casa espírita se apresentam na condição de verdadeiros santos, mas no trânsito se manifestam estressados e irritados, no trabalho não cultuam a tolerância nem a paciência e no lar, verdadeiros déspotas com esposa e filhos! Além do mais, é muito bom ter tempo acompanhando esses candidatos à santidade, pois quando estão a sós, imaginando que ninguém os está observando, são capazes de atitudes verdadeiramente mesquinhas e reprováveis! Diria que já observamos alguns espíritas que vestem a capa de santo, mas apresentam pensamentos e atitudes que até me assustam! – Deimos concluiu, com sorriso irônico.

– Terceiro: Quando aplicamos com a inteligência e a didática devida, aliada ao fator invisibilidade e tempo, chegamos ao ponto que mais nos interessa: conhecer a fundo as fraquezas de nossos inimigos. Eu mesmo fico impressionado quando, após algum tempo acompanhando este ou aquele dirigente espírita, observo que em seu íntimo alimenta sentimentos de vaidade! À semelhança das mariposas da noite, muitos adoram o culto à personalidade, adoram elogios, bajulação e as luzes dos holofotes! Encontramos também em muitos o sentimento de egoísmo, ambição desmedida, apego demasiado aos bens transitórios, e até, porque não, tentações no campo da sensualidade! É uma delícia observar muitas vezes estes candidatos a *santos* escancararem suas mentes através de pensamentos libidinosos inconfessáveis! É só dar tempo ao tempo! É uma delícia poder penetrar em suas mentes e devassar suas neuras e taras inconfessáveis! – Deimos sorriu, demonstrando desprezo e deboche.

– Quarto ponto: A fé! Ah! Os espíritas apregoam a fé raciocinada, mas constantemente escorregam na própria casca de banana! – disse, em tom zombeteiro. – Porque é muito fácil pregar a moral e a reforma íntima aos outros! É fácil falar da fé raciocinada aos demais, mas quando se trata da própria transformação moral, muitos ainda apresentam enormes dificuldades íntimas, particularmente quando percebem que também estão sujeitos aos acontecimentos infaustos da vida, à dor de uma perda irreparável, a uma situação financeira difícil, ou a uma situação em que são exigidos testemunho ou renúncia de sua parte! Ah! Nessas condições, muitos revelam de forma inequívoca que a fé é apenas da boca para fora! Entretanto, quando desabam no despenhadeiro das fraquezas e da convicção que abraçaram através da fé raciocinada, aí nosso trabalho torna-se mais fácil! Afinal de contas, este é nosso trabalho e prometemos: não iremos dar tréguas aos espíritas. Eles não apregoam que têm fé que suporta tudo porque é a fé raciocinada? Então, que esperem para ver! É uma promessa solene! – o representante das trevas afirmou, com a fisionomia carregada e o cenho carrancudo.

– Quinto ponto – Proferiu em tom professoral. – O sexo! Ah! Como é difícil resistir às tentações da carne!

Confesso que neste campo devemos muito à mídia impressa, televisiva e cinematográfica. A internet e a mídia, de um modo geral, têm colaborado conosco promovendo maciça propaganda de festas regadas a bebidas e drogas com forte apelo sexual, além de programas de televisão que incitam a libido, novelas que trazem conceitos avançados de liberdade sexual e moral, revistas eróticas que infestam as bancas expostas ao público com fotografias de mulheres exibindo suas intimidades físicas, filmes pornográficos que incitam os instintos mais primitivos do ser humano – ferramenta fundamental para atingir muitos espíritas recatados na aparência, mas que escondem, nos labirintos dos escaninhos mentais, desejos pecaminosos e inconfessáveis!

– Sob nossa inspiração, essas armadilhas alastram-se por todos os cantos à espera que as mariposas distraídas caiam nas teias mortais da sexualidade desvirtuada, cujo visgo as aprisiona de tal forma que se torna difícil escapar quando a própria presa não faz muito esforço para se libertar, porque o apelo sexual nestes tempos é muito forte e os costumes modernos, introduzidos gradativamente pelos meios de comunicação, principalmente pela internet e pela televisão, em que a prática do sexo tem sido enaltecida, particularmente em aventuras amorosas ilícitas e extraconjugais!

– É uma delícia observar a queda espetacular de muitos trabalhadores e dirigentes espíritas que se arvoram por defensores da virtude e da moral ilibada, a escorregarem feio na *casca de banana* e caírem feito patinhos nas amarras insinuantes e traiçoeiras do sexo desvirtuado – Deimos enfatizou com ironia. – O sexo desvirtuado tem sido uma arma poderosíssima que pende a nosso favor, e nesse aspecto contamos com parceiros influentes e poderosos no plano material! – concluiu em tom sarcástico.

A plateia estava atenta, demonstrando surpresa e interesse no relatório verbal de Deimos, enquanto Polifemo e Érebo exibiam satisfação com o que ouviam daquele importante colaborador das trevas, que prosseguiu confiante:

– Sexto: Campo mental. Aqui está a chave da questão: penetrar na mente de pessoas desequilibradas, de pessoas que não têm o hábito de oração, nem pauta suas atitudes na prática do bem e da caridade é fácil. Pessoas que nutrem sentimentos de ódio, mágoas, ressentimentos, melindres, inveja, mentirosos, maledicentes, aqueles que se entregam aos pensamentos libidinosos, concupiscência e devassidão é a coisa mais fácil e diria mais: não tem mérito nenhum porque essas pessoas escancaram portas e janelas de sua casa mental, nos convidando a entrar e a bagunçar suas mentes, a confundir seus pensamentos, a potencializar o mal, a estimular medo, neuroses e a sugerir sentimentos equivocados de acordo com suas tendências. É fácil demais, é como tomar um pirulito de uma criança! Mas, como penetrar na mente de um espírita que conhece os conceitos espíritas e importância da sintonia mental, aliada à reforma íntima e à prática da caridade? Como penetrar nessas mentes? – enfatizou.

Deimos fez uma pausa intencional, para provocar mais impacto no que diria a seguir.

Confesso que eu também estava atento e muito preocupado com o nível de sofisticação das trevas na estratégia de ataque, particularmente aos espíritas. Depois de breve intervalo em que a curiosidade transparecia na fisionomia da plateia, Deimos prosseguiu:

– Como disse no início, aí está a chave da questão! Nós temos uma grande virtude, isso nem mesmo os espíritas podem negar. É a paciência. Somos extremamente pacientes! – Deimos exclamou irônico, com um sorriso nos lábios, para prosseguir. – É um trabalho de muita paciência, gradativo, insinuante, atacando e recuando estrategicamente para ir minando, aos poucos, nossos adversários, que convenhamos, são respeitáveis, porque contam eles com muita proteção espiritual. Além do mais, corremos o risco de sermos atraídos para uma reunião de desobsessão, que cá para nós, a qual muitos vão e não voltam. É uma desonra! Dessa forma, nossa estratégia primária é enviar para a frente de batalha, isto é, as perturbações iniciais, soldados rasos que, se os perdermos, não tem problema. Muitos são *evangelizados* e não retornam mais, mas nesse aspecto não estamos preocupados. Não fazem falta, pois soldados rasos temos de sobra! Todavia, como resultado do trabalho desses soldados é que sempre deixam alguma semente de erva daninha plantada, que aos poucos vai germinando.

– É interessante observar que, no meio espírita ainda existe o sentimento de competição entre si, de vaidades, de melindres, de fofocas! Ah! As fofocas geram melindres, os melindres geram insatisfação, a insatisfação gera antagonismo, o antagonismo gera rivalidade, a rivalidade gera desentendimento, o desentendimento gera pensamentos negativos e os pensamentos negativos, por sua vez, abrem espaço necessário à nossa atuação. São as brechas a que ficamos pacientemente esperando e quando elas surgem, aproveitamos em sua integridade, porque as portas mentais de pessoas *pretensamente* espiritualizadas se escancaram dando vazão a desaforos e brigas que provocam, muitas vezes, afastamento de grupos e até mesmo dissolução de outros!

Fez nova pausa estratégica para bem mais saborear aquele momento de glória diante da plateia atenta e dos comandantes das trevas.

– Tem mais um detalhe: os espíritas, de um modo geral, são muito interessantes. Quando se dão conta de que estão sofrendo um ataque mais violento, apegam-se com mais força ao Evangelho e à prática do bem, mas tão logo seja afastado o perigo imediato, afrouxam as amarras morais. Por essa razão, atacamos e recuamos, é uma estratégia muito interessante, pois como dissemos anteriormente: temos tempo de sobra! Esperamos o momento apropriado para desferir novos ataques com conhecimento de causa e tendo como experiência a investida anterior, forma de reagir e atitudes do *objeto* de nosso ataque. Vamos minando, aos poucos, sua base de apoio moral onde o *objeto* tem sua sustentação moral. Se sua base de apoio reside na família, atacamos, então, quem está mais vulnerável entre esposa e filhos, ou ambos, criando sentimentos de ciúmes, antagonismo, desentendimentos, desconfiança e descontentamento. Trabalhamos para que os filhos se tornem filhos problemas, desobedientes e, se houver espaço, introduzimos um fator primordial que leva ao desmoronamento da base de apoio de qualquer um: as drogas. No lar que não tem o hábito do Evangelho, esta tarefa se torna mais fácil – disse com ar de satisfação.

– Nada impede também de atuarmos no ambiente de trabalho, criando dissensões e desentendimentos, sentimentos de inveja, competição com colegas de trabalho e chefes. No trabalho torna-se mais propício porque muitos se esquecem de que o hábito de orar é sempre uma atitude saudável, particularmente no ambiente do dia a dia do trabalho – fez uma pausa e prosseguiu: – Neste quesito, contamos com os descuidos dos espíritas que no centro são fervorosos, mas no ambiente de trabalho facilitam nossa atuação.

– A dificuldade financeira é outra armadilha que gostamos de preparar para que o espírita dê seu testemunho que realmente no momento difícil demonstre, de forma inequívoca, o valor de sua fé, uma vez que apregoa que é raciocinada e suporta todos os reveses em qualquer situação. Ter fé com a situação financeira tranquila é fácil, ah, mas quando vem a dificuldade financeira mais aguda, muitos se entregam ao desespero!

– Decepções no relacionamento sentimental também é um campo interessante de atuação; doenças e enfermidades complicadas também servem para colocar em prova o nível de resistência dos espíritas e por último, podemos avaliar realmente a condição de resignação, confiança e fé na doutrina que abraçou, quando algum ente querido, particularmente um filho, esposa ou esposo são ceifados prematuramente no abraço da morte! Confesso que nesse aspecto até me surpreendo, porque tenho visto que muitos se fortalecem ainda mais diante do sofrimento, mas há outros que resvalam para a revolta e o questionamento. Sabemos que não iremos conseguir sucesso total, mas *aquele que cair na rede é peixe,* e não iremos deixar escapar! – ironizou mais uma vez!

Observei que Augusto parecia perplexo com o que ouvia! Embora já tivesse tido anteriormente essa experiência e que já havia observado naqueles irmãos o profundo grau de conhecimento em relação ao comportamento do ser humano, confesso que também me sentia surpreso. Não estivesse naquele ambiente de domínio das trevas, diria que as palavras proferidas por Deimos eram mais do que uma simples palestra, eram também uma aula que trazia em seu bojo profundos ensinamentos do que fazer para evitar as investidas das trevas, mas eram também acima de tudo, um alerta assustador para todos aqueles que pregam e procuram seguir as pegadas do Mestre, particularmente, aos que abraçam a doutrina dos espíritos.

O expositor das trevas havia alcançado seu objetivo, pois emudecida, no mais completo silêncio, a plateia estava completamente hipnotizada diante de suas palavras. Deimos parecia beber na fonte da vaidade, e sua postura demonstrava completa segurança e conhecimento do campo onde atuava e que sabia exatamente o que estava dizendo. Tinha completo domínio do plano de ação e acompanhava de perto sua execução.

Érebo e Polifemo demonstravam satisfação estampada na fisionomia horrível de ambos, e a plateia encorajada arriscou alguns aplausos, que em seguida se transformou em uma desvairada manifestação de apoio, ouvindo-se alguns gritos de: – Bravo!

Diante da reação dos companheiros trevosos presentes, o expositor concluiu com arroubos de satisfação:

– Calma, amigos, falta ainda relatar o *Grand Finale* de nosso plano! – exultou!

– Ainda tem um *grand finale?* – alguém da plateia perguntou.

Aproveitando ao máximo aquele momento de exposição diante dos chefes das trevas, Deimos disse em tom enigmático:

– Um belíssimo *grand finale*. Que é a *cabeça!* – exultou o legionário das trevas.

A maioria pareceu não entender aquela expressão de Deimos. Qual o significado daquela palavra enigmática?

Naquele momento, observei que Érebo se encheu de fúria que parecia sufocá-lo, transbordando por meio de sua fisionomia congestionada pela ira!

– Não acredito que vocês esqueceram a importância da *cabeça*! Não é possível! – gritou ele com sua potente voz rouca!

O supremo comandante das legiões das trevas que, até então, demonstrava satisfação, naquele momento se transfigurou em uma figura ainda mais aterradora, demoníaca, despejando sobre os presentes sua fúria, seu ódio e sua ira!

Augusto parecia também não entender o que estava acontecendo, então perguntou ao Instrutor Ulisses:

– Cabeça? Qual o significado de tudo isso? Por que ficou ele assim, tão irritado como um verdadeiro possesso?

O momento era de gravidade, mas não pudemos conter um sorriso diante das palavras ingênuas de Augusto.

– Porque ele é o próprio possessor! – o Instrutor respondeu, para descontrair a conversa, para em seguida ficar com a fisionomia extremamente séria. – É que a cabeça é o órgão vital de qualquer organização, Augusto. Mas vamos ouvir a explicação do próprio Deimos que irá trazer os esclarecimentos que você deseja.

A plateia, por sua vez, estava emudecida diante do ataque de fúria do comandante das trevas.

VIII

Armadilhas traiçoeiras

Por isso festejai ó céus, e vós que nele habitais. Ai da terra e do mar pois o diabo desceu até vós cheio de grande fúria, sabendo que pouco tempo lhe resta.

APOCALIPSE – CAP. XII – VERS. 12.

ം ൟ

Aquele era um momento de solene gravidade para os integrantes da assembleia do mal. A terrível figura de Érebo tornou-se ainda mais assustadora, traduzindo em seu semblante todo horror da maldade que exalava de seu íntimo através daquela explosão de ira. Ao redor de sua cabeça formou-se uma aura espessa de cor púrpura que expelia com extrema fúria e violência chamas em forma de dardos, que eram desferidas de forma descontrolada para todos os lados.

A plateia abaixou-se amedrontada, em tom de submissão, até que Polifemo pudesse acalmar o supremo comandante das trevas. Pareceu aos meus olhos que o primeiro-ministro de Érebo conhecia o caminho que pudesse controlar a fúria desmedida do comandante enlouquecido. Os laços que uniam aqueles dois espíritos trevosos, na condição de temidos comandantes das trevas, seriam a meu ver, algo mais profundo do que eu poderia imaginar, transcendendo a simples condição de comandante e comandado.

O que ficou muito evidente aos meus olhos foi que Polifemo exercia, de alguma maneira, importante ascendência emocional sobre Érebo, de tal forma que sem pronunciar sequer uma palavra, o abraçou com destemor indiferente à descarga intempestiva do companheiro. Aquela atitude foi para todos surpreendente porque, aos poucos, Érebo foi se acalmando. Ambos permaneceram abraçados por algum tempo, parecendo demonstrar que havia além da submissão hierárquica, um sentimento de afeto mais profundo entre aqueles dois espíritos tenebrosos.

Diante daquele quadro, Augusto demonstrou profunda surpresa. Como poderiam dois espíritos daquela envergadura, devotados ao mal por opção e na condição de comandantes das legiões trevosas, demonstrarem sentimentos de carinho e amizade? – o companheiro questionou.

O Instrutor respondeu solícito, recordando uma inesquecível lição do Evangelho.

– Augusto, anote e não olvide jamais que Deus é amor infinito, que ainda o ser humano está muito distante da compreensão desse amor! Tudo o que o Pai criou, foi por amor e o amor é a essência de tudo que existe. Dessa forma, por mais trevoso que seja o espírito, ele também detém em sua essência a partícula da divindade, eclipsada temporariamente pela força do mal do qual essas criaturas se revestiram. Mas, foi o próprio Cristo que nos esclareceu quando disse que até os celerados e as pessoas voltadas ao mal nutrem sentimentos de amor entre si, por isso nos recomendou amar nossos inimigos, caso contrário, não seríamos melhores que eles.[34] Da mesma forma que temos espíritos que guardamos na intimidade os laços mais santos do sentimento, que se perdem na noite dos séculos infindáveis, Polifemo e Érebo são amigos que caminham juntos na senda do mal há muitos séculos, e apesar do mal que

[34] *Lucas*, cap. VI - vers. 32.

ambos alimentam na intimidade, ambos nutrem entre si sentimentos de afinidade, respeito, carinho e amizade.

Ulisses interrompeu suas palavras porque naquele momento Polifemo parecia ter assumido o comando daquela assembleia, enquanto que Érebo assentava-se ao trono em silêncio sepulcral. Surpreendentemente, com voz gutural, mas pausada, o primeiro-ministro das trevas dirigiu-se aos comandados de forma respeitosa:

– Caros amigos, Érebo tem razão de ficar enfurecido. Afinal de contas, na reunião passada ele nos passou de forma didática todos os pontos, para que nossa estratégia de ataque tivesse o mínimo de sucesso. Vocês se lembram? – ele questionou. – Ele nos falou dos sete pontos nos quais vocês deveriam focar suas ações, e o último e mais importante de todos era a *cabeça*. Por este motivo e com muita razão, nosso comandante ficou enfurecido, mas convenhamos, ele está certíssimo. Tenho certeza de que a maioria de vocês não se esqueceu, entretanto é inadmissível que alguém, que tenha participado daquela assembleia, venha questionar agora o que é a *cabeça*.

O Instrutor esclareceu:

– Polifemo foi um grande comandante guerreiro do passado e continua no lado das trevas com sua maior capacidade guerreira: a liderança. Ele foi e continua sendo um grande líder e sabe motivar seus comandados. Todos o respeitam, enquanto a Érebo, eles temem. Ambas são inteligências respeitáveis que conhecem profundamente os escaninhos intrincados das consciências humanas e por esta razão, extremamente perigosos.

Em seguida, Polifemo voltou-se para Deimos, autorizando a continuidade de sua explanação:

– Parabéns, Deimos! Você nos deu até agora uma verdadeira aula de atuação, inteligência, estratégia e logística na arte da guerra! Você é um guerreiro aplicado e digno de nosso maior respeito!

Todos estavam ainda em silêncio e surpresos com a capacidade de domínio de Polifemo, que educadamente prosseguiu, dirigindo-se a Deimos:

– Por favor continue, pois tenho certeza de que todos os presentes irão aprender muito com os relatos e sobre sua experiência a respeito da *cabeça!* – Polifemo concluiu.

O legionário do mal parecia ainda preocupado com a explosão de ira de Érebo, mas diante das palavras elogiosas de Polifemo, adquiriu novamente a confiança, assumindo sua postura professoral, para prosseguir sua exposição tática.

– Pois bem, amigos – começou ele –, considerando o que nossos comandantes já nos esclareceram na assembleia anterior, a cabeça representa o órgão mais importante do corpo, além do que, representa sempre o comando em todos os segmentos da sociedade.

– Na igreja católica, temos a cabeça principal que é o papa. Depois temos os cardeais, os bispos e os sacerdotes. Se a cabeça se encontra muito bem guarnecida, você tem de atacar os flancos e a retaguarda, isto é, solapar a base de sustentação através de escândalos que atinjam os sacerdotes, envolvendo bispos e cardeais, infiltrando ideias de cobiça e sexualidade desvirtuada. Quando um desses flancos é atingido, a cabeça balança e o estrago é grande! Em uma igreja, a cabeça é o sacerdote e quando atingido, aquela comunidade torna-se descrente, e a cabeça desmorona, o prejuízo é irreversível.

– Em um templo evangélico, a cabeça é o pastor, e quando o atingimos, os fiéis perdem a confiança e a fé! Na família, a cabeça é o pai, ou mesmo a mãe, e quando a cabeça se perde, a família se esfacela.

– No que tange ao meu trabalho e o de minha equipe, que atuamos tendo por objetivo os espíritas, torna-se mais difícil, pois o espiritismo não tem papa, não tem bispos, não tem cardeais, não tem pastores. O comando dos espíritas é muito pulverizado, com um agravante: eles recebem instruções do *mundo invisível,* daqueles que são denominados *os bons espíritos* – disse em tom de ironia. – Por esta razão – prosseguiu –, temos de aguçar nossa estratégia, afinar nossa sintonia, excitar nossa atenção porque os espíritas comumente contam com um recurso que se torna uma barreira muito difícil de transpor: a oração. Então, o que fazemos para alcançar nosso objetivo?

Fez breve pausa em sua explanação para em seguida prosseguir:

– Precisamos aplicar integralmente o plano de ação que Érebo nos propôs: somos invisíveis, temos tempo, procuramos estudar para conhecer os pontos fracos de nossos adversários, estimular suas fraquezas e explorar sua fé, apimentar seus instintos primários explorando suas tendências de lascívia, procurando alcançar seu campo mental em algum momento de explosão, ira ou contrariedade. Aí então atingimos a cabeça, entenderam? Aprendemos na arte da guerra que para derrotar um inimigo você tem de estar muito bem preparado! Os fracos perecem, mas os fortes e os preparados sempre vencem! Os pontos críticos... Para se vencer uma batalha, em que se sabe que o oponente é muito forte, devemos ter em mente os seguintes pontos básicos:

– Primeiro: Conhecer profundamente seu inimigo, identificar seus pontos positivos e negativos e explorá-los exaustivamente.

– Segundo: Estudar muito bem o terreno onde você irá lutar, identificar possibilidades que são contrárias e as posições favoráveis.

– Terceiro: Saber avançar e saber recuar na hora certa. Esta é uma tática que confunde muitas vezes seu adversário. Na luta intensa, o inimigo se arma de fé, de oração, de vigilância e, então, fica difícil o ataque. Assim, de vez em quando, você oferece uma trégua e é aí que o inimigo abaixa a guarda e, então, entramos com um ataque fulminante. É tiro e queda.

– Quarto: Infiltrar-se entre os trabalhadores, particularmente entre aqueles que já foram estudados e conhecidos em suas falhas emocionais e morais, de forma sorrateira, sem que eles percebam. É interessante que essa ação é mais simples do que imaginávamos, porque os bons espíritos permitem que seus tutelados tenham o livre-arbítrio para fazer o que bem entenderem. Confesso que esse detalhe é muito importante, porque facilita sobremaneira nosso trabalho. Existem trabalhadores que ainda cultivam a luxúria, lascívia, negativismo, fofoca, melindre, maledicência, mentira e muita vaidade. Aproximamo-nos e, envolvidos em suas mazelas, eles não conseguem identificar nossa presença, pois nos dão a sintonia que desejamos de tal forma que confundimos seus próprios pensamentos. Então, aos poucos vamos disseminando entre o grupo situações de melindres, que abrem as portas para os ressentimentos, as mágoas, as fofocas e quando se dão conta, a casa caiu!

– Quinto: Conhecer os generais, isto é, os dirigentes dos trabalhos e identificar seus problemas pessoais, familiares, profissionais, financeiros e emocionais. Identificado o problema de um dirigente, atuamos fortemente de forma indireta para que seu ponto fraco seja atingido, seja pela incompreensão da esposa, do marido, dos filhos, da parentela. Quando um dirigente não tem apoio familiar ou sofre algum desgaste mais forte no lado profissional ou financeiro, torna-se frágil e dependente. Pelo menos, grande parte! – Deimos enfatizou.

– Sexto: Estimular a competição e a desarmonia nos trabalhos. Neste campo entra a vaidade pessoal de alguns, que muitas vezes se acham catedráticos em determinados assuntos, tornam-se soberbos e presunçosos achando que são donos da verdade, que se rendem aos elogios imerecidos e se irritam se alguém profere alguma crítica, mesmo quando pertinente! Em uma batalha em que os generais não se entendem entre si, a derrota é apenas questão de tempo!

– Sétimo: Conhecer de perto quem são os dirigentes dos centros, aqueles que detêm sob seus ombros a responsabilidade maior da manutenção do centro espírita. Normalmente, são espíritos muito bem preparados para a luta, detentores de muitos recursos espirituais e largamente protegidos em seus flancos e retaguardas pelo plano invisível, como dizem eles. Mas são pessoas falíveis como qualquer outra. Têm a seu favor suas virtudes e a prática da caridade que os fortalece, além da oração e do trabalho incansável que os sustêm. Mas são espíritos endividados de outras existências, onde muitos se fartaram na opulência, faliram na vaidade, naufragaram na luxúria e se perderam no fascínio pelo poder. Reencarnaram com a missão de *trabalhadores da última hora,* como dizem, vestem a capa de santos, mas não nos enganam porque sabemos que no passado não foram *flor que se cheirasse* – riu debochado. – Alguns ainda conservam os resquícios do poder de outrora, assumindo atitudes ditatoriais, gostam de mandar e serem obedecidos. Alguns não admitem serem questionados, outros cultivam o sabor do mando, da ostentação e se encantam com supostas condições de celebridades. Nós os incentivamos, estimulando o *ego* inflado de muitos que se comprazem com a louvação e o endeusamento imerecido. É a válvula de escape em que nos oferecem a sintonia que desejamos. Entenderam? Estimular a vaidade em quem ainda conserva traços de vaidade, inflar o ego daqueles que se sentem extasiados pelo prazer do autoendeusamento, despertar os instintos ditatoriais adormecidos fazem com que muitas cabeças fiquem tontas girando como peão que perde o equilíbrio quando perde a velocidade. Então, caem fragorosamente. A cabeça desmorona, arrastando o corpo na queda formidável! Quanto maior a árvore, maior o tombo! – Deimos vangloriou-se.

Respirou fundo e continuou:

– Certamente, vocês poderão me questionar: e aí, então, estamos ganhando o jogo por dez a zero? – fez nova pausa calculada, para continuar. – Não. Não pensem que é tão fácil assim! Perdemos muitos companheiros nessa batalha, soldados rasos que colocamos em linha de frente e, vez ou outra, algum sargento mais graduado, mas jamais chegarão até nós os oficiais e comandantes!

– A maior arma que contamos no meio espírita é a indolência, o comodismo e o efeito das próprias mensagens dos *espíritos de luz* – sorriu zombeteiro. – Os ditos espíritos do bem sempre trazem alertas que no primeiro momento produzem grandes impactos, fazendo com que todos se preocupem, permanecendo em oração e vigilância. Entretanto, é só esperar com paciência, porque depois de algum tempo, acabam por afrouxar as trancas das portas deixando pequenas frinchas por onde penetramos sorrateiramente, aproveitando as tendências que cada um traz escondido em seus pensamentos mais secretos. Então, invadimos sua casa mental e plantamos sementes de ervas daninhas que crescem e criam raízes nos descuidos, negligência e falta de vigilância. Posso assegurar que no íntimo muitos se comprazem com seus desvios morais, motivo pelo qual, diferente do inseto aprisionado na teia, nosso prisioneiro não se debate para se libertar, porque muitos dos desvios fazem parte de suas falhas morais. O que temos de fazer é sempre dar tempo ao tempo, e muitas vezes recuar um passo significa alicerçar nossa estratégia para depois dar dois passos com mais firmeza assegurando, dessa forma, a vitória definitiva através de uma logística indefensável e bem articulada! Costumo dizer que a guerra é uma arte, e os vencedores nem sempre são os mais fortes, mas os que souberam guerrear com estratégia aproveitando os pontos fracos do oponente para abatê-lo sem piedade no momento certo, utilizando muitas vezes a própria força do adversário a nosso favor!

Deimos concluiu sua exposição e foi longamente aplaudido. Érebo levantou-se e também o aplaudiu, enquanto Polifemo o cumprimentava efusivamente. Deimos parecia ser a figura daquela noite tenebrosa.

Mas as surpresas ainda não haviam acabado. Deimos pediu novamente a palavra. Tinha ainda algo mais a dizer, o que foi prontamente autorizado pelos comandantes trevosos.

– Amigos, com a permissão de nossos comandantes, respeitosamente gostaria de apresentar-lhes um grande companheiro, cujo trabalho vem sendo articulado e desenvolvido há muito tempo com muita inteligência e astúcia! É também um grande guerreiro, estrategista e profundo conhecedor da arte da guerra, que hoje irá nos trazer seu relato de grandes vitórias e realizações: Tánatus!

Apresentou-se o recém-anunciado. Trazia fisionomia enigmática, expressão indefinida e olhar penetrante que revelava astúcia e maldade. Seu queixo aquilino destacava-se nas fácies, enquanto seus olhos pareciam apertados, espremidos entre as órbitas, mais próximos que o normal, eram separados por um nariz longo e adunco. Era uma figura excêntrica que jamais passaria despercebida, onde quer que fosse. Direcionei minha atenção aos seus olhos porque chamaram minha atenção e pude perceber que dos mesmos irradiava poderoso magnetismo, típico de espíritos hipnotizadores. Seu sorriso era um esgar de confiança e superioridade diante dos demais companheiros. Vestia um terno preto, típico dos mágicos de circo, e uma cartola preta completava a indumentária estranha daquele personagem esquisito e assustador.

Diante da plateia surpresa com a figura excêntrica de Tánatus, Polifemo aproximou-se, tomando a palavra:

– Amigos, esta é uma oportunidade ímpar de apresentarmos a vocês o resultado de um planejamento estratégico que demandou algumas décadas, cujo resultado foi palmilhado gradualmente e hoje o resultado fala por si só: grandioso em sua dimensão e é um dos pontos extremamente críticos para o sucesso final de nossa empreitada, junto ao ser humano descrente e perdido em seu ilusório mundo material.

A plateia estava emudecida e ainda mais surpresa. Confesso que também eu me encontrava perplexo. Que novas surpresas ainda nos reservaria aquela estranha assembleia em andamento nas profundezas das trevas?

– Em verdade, este projeto teve início há mais de dez lustros – continuou Polifemo. – Érebo e eu vislumbramos uma janela que havia recentemente materializado como grande conquista da ciência do mundo material moderno, que se abria para o ser humano como ferramenta de diversão e entretenimento e que poderia, diante da ganância, do orgulho e da vaidade desmedida, servir perfeitamente aos nossos propósitos, como um canal livre para ditarmos nossa influência aos homens, que perdidos em um emaranhado de religiões, descrentes de tudo e cada vez mais materializados e egoístas, possibilitaram a consecução desse projeto que hoje é motivo de satisfação para nós que o vislumbramos lá atrás, em um momento de muita inspiração – Polifemo sorria, parecendo muito satisfeito com suas próprias palavras, para em seguida dar sequência à sua explanação. – Essa invenção alastrou-se rapidamente, ganhando espaço em todos os países, povos, sociedades e classes sociais, desde os mais abastados até os mais simples. Afinal, aquele era simplesmente um invento fabuloso, que se encaixou perfeitamente aos nossos planos para o domínio das vontades humanas, que certamente ficariam encantadas e hipnotizadas diante daquela janela, em que tudo parecia ser fantástico, maravilhoso, encantador, atraente e irresistível. Confesso que foi um golpe extraordinário e contribuiu decisivamente para o rumo de nossos planos, afastando muitas criaturas das religiões, tornando-as descrentes, pervertendo os costumes, invertendo os valores morais e seduzindo multidões de forma irreversível para uma ilusão e um encantamento sedutor e irresistível! Tornou-se ao longo dos anos uma hipnose coletiva, que começou de forma gradual, quase que imperceptível, sorrateira, aparentemente inocente, que foi ganhando espaço, tomando forma e corpo. Hoje é uma realidade absoluta e preponderante para nossos objetivos.

Todos estavam estáticos diante das palavras de Polifemo, que finalizou em tom enigmático:

– Quem pode pelejar contra a besta? Quem é mais astuto e inteligente que a besta? Não, não pelejem contra a besta porque a besta é sedutora e irresistível – gargalhou.

Com ironia, o chefe das legiões trevosas fazia analogia à passagem descrita no capítulo XIII do Apocalipse de João, no versículo IV.

IX

Uma perigosa sintonia

E foi-lhe dado comunicar fôlego à imagem da besta, para que não só a imagem falasse, como ainda fizesse morrer todos aqueles que não adorassem sua imagem.
APOCALIPSE – CAP. XIII – VERS. 15.

E sairá a seduzir as nações que há nos quatro cantos da terra, Gogue e Magogue, a fim de reuni-los para a grande peleja.
APOCALIPSE – CAP. XX – VERS. 8.

∾ ∾

Polifemo havia feito referência a uma grande invenção da humanidade, simbolizada por uma janela que havia aberto um mundo de possibilidades e de ilusões, atraindo multidões de forma sedutora e irresistível, tal qual uma hipnose coletiva, contribuindo para uma completa inversão de valores morais e costumes. O que tudo aquilo significava?

Atento aos meus pensamentos, o Instrutor Ulisses sinalizou que aguardasse, pois em questão de alguns minutos teríamos a informação através da própria palavra de Polifemo.

Naquele momento, observei Érebo que, à semelhança de um ditador assentado em seu trono de poder, parecia estar satisfeito e em regozijo íntimo, saboreando cada palavra no tocante à explanação de Polifemo que prosseguiu:

– Pois bem, companheiros, para que nosso projeto reunisse boas chances de êxito, era necessário identificar uma mente diferenciada, que além da inteligência e da astúcia, detivesse também conhecimento psicológico profundo da natureza humana, de suas mazelas, seus anseios mais secretos e das tendências e desvios morais de cada um. Não poderia ser um ataque frontal, mas algo que tivesse um início silencioso, discreto, que aliado à inteligência e à astúcia, fosse aos poucos inserindo novas ideias, novos costumes de forma gradual e muito cuidadosa, de forma que a título de intelectualidade, de inteligência, de avanço conceitual, aliado à modernidade, trouxesse ao ser humano uma situação de comodismo, de letargia e de preguiça de pensamento e aceitação de novos conceitos como verdades, que fossem entendidos como avançados, progressistas do politicamente correto sem questionamento crítico, isto é, uma hipnose coletiva com mensagens subliminares para serem inculcadas nas mentes mais sugestionáveis que sempre registram, guardam e assumem as ditas mensagens inseridas através da consecução desse projeto que foi, cuidadosamente, elaborado e executado ao longo desses anos.

Fez breve pausa para em seguida prosseguir:

– Pois bem, nós já tínhamos esta inteligência a nosso dispor. Tánatus era esta mente privilegiada, uma vez que nos acompanha há muito tempo e que é de nossa mais absoluta confiança, para que pudéssemos chegar ao êxito deste momento. Quando Érebo e eu o incumbimos dessa grandiosa missão, Tánatus entendeu de imediato o alcance profundo que era delineado no projeto, e a ferramenta que tinha em mãos era simplesmente fascinante. Nosso companheiro entregou-se com entusiasmo ao projeto arregimentando, recrutando, treinando e arrebanhando para sua equipe as mentes mais avançadas e privilegiadas, visando ao sucesso dessa grandiosa empreitada. Assim aconteceu. Podemos dizer hoje que os resultados foram auspiciosos, razão pela qual estamos hoje satisfeitíssimos com o projeto que a cada dia avança mais e mais no conceito de uma sociedade que, displicente, não se dá conta que alguns *conceitos* rotulados de progressistas e modernos foram por nós inspirados e assimilados por um povo negligente, e políticos ardilosos que procuram através de artifícios materializarem leis que possam legalizar esses ditos conceitos progressistas. Confesso que o sucesso ainda não foi absoluto porque no seio do povo, bem como no meio político, ainda existem mentes lúcidas, que já identificaram a origem dessas ondas e resistem às nossas investidas. Estamos tranquilos, pois isso é questão de tempo! Esse projeto consiste em virtude principal o fato de ser discreto, sorrateiro e paciente. Contamos com a sintonia mental de importantes figuras que têm poder e a influência no legislativo. Chegaremos lá, não tenham dúvidas, é apenas questão de tempo – repetiu o chefe das trevas –, e o tempo corre a nosso favor! – complementou.

A plateia parecia hipnotizada e fascinada com as palavras de Polifemo.

– Mas não vamos tirar o prazer do relato de nosso companheiro – prosseguiu após breve e calculada pausa –, de forma que passo a palavra ao nosso colaborador Tánatus, aquele que soube com inteligência, astúcia e muita psicologia, identificar tendências e inculcar nas mentes invigilantes, descuidadas, descrentes, preguiçosas e presunçosas, novos conceitos de vida, de modernidade e de progresso. E todos aplaudiram e adoraram a besta! – Polifemo debochou mais uma vez, fazendo menção à referência do Apocalipse de João!

A figura enigmática de Tánatus assumiu a explanação. Sua fisionomia era impassível e extremamente fria, não demonstrando nenhum sentimento ou reação emocional diante da plateia que o aplaudia em delírio.

Esperou que a ovação terminasse para com voz firme e pausada iniciasse sua explanação. Observei que o timbre de voz de Tánatus era baixo e sibilante, mas cristalino, que se espalhava pelo ambiente como se houvesse uma caixa de ressonância invisível que ampliasse sua voz pelo ambiente.

– Agradeço as palavras elogiosas do comandante Polifemo e a confiança de Érebo, nosso chefe supremo! A confiança destes amigos foi fator preponderante e ponto crítico de sucesso nesse nosso projeto.

Dizendo tais palavras, fez rápida e calculada menção com a cabeça, cumprimentando os chefes das trevas, que pareciam satisfeitos com a reverência.

– Companheiros – continuou Tánatus com sua fala calculada e pausada –, a janela mágica a que nosso comandante Polifemo se referiu, vocês já identificaram, não é mesmo?

Como um professor catedrático que lecionava para calouros, Tánatus demonstrava completo domínio das técnicas de exposição, fazendo pausas calculadas, observando a reação de cada um dos presentes, saboreando sua posição privilegiada de conhecimento e sucesso de um projeto de extremo interesse das forças das trevas. Tánatus sabia disso e tinha plena convicção de sua importância naquele contexto.

– Pois bem, se existe entre vocês alguém que ainda não se deu conta do que estamos falando, eu vou facilitar, portanto ouçam com atenção porque é algo tão simples que de tão simples, poucos seres humanos encarnados se deram conta do que realmente está ocorrendo.

Tánatus parecia um exímio mestre do suspense. Tal qual uma série de novela que é interrompida em um momento de grande ansiedade e expectativa, cuja revelação do que irá acontecer fica para o capítulo do dia seguinte, assim também agia aquela mente perversa e astuta, parecendo esconder em seu íntimo um prazer inenarrável, que sua fisionomia fria e enigmática não revelava.

Depois de alguns minutos de silêncio absoluto, prosseguiu:

– Estou falando da televisão! Não é algo absolutamente simples? Mas o ser humano sente-se fascinado diante dessa janela, onde um mundo irreal passa à sua frente estimulando seus sentidos, suas paixões, suas tendências emocionais e suas taras! A televisão é uma ferramenta simplesmente magnífica! Por meio dela levamos ao mundo novas ideias, novos conceitos e novos costumes! – fez breve pausa para em seguida prosseguir. – Levamos também modernidade, formamos opiniões e penetramos na intimidade de cada lar e de cada mente! Estão vendo? Simples assim! – Tánatus estalou os dedos como faz um hipnotizador ou um mágico.

Confesso que já havia identificado a janela que Polifemo havia se referido, mas mesmo assim a revelação de Tánatus era intrigante e assustadora.

– Mas nem sempre foi assim – continuou Tánatus. – O início foi muito trabalhoso e demandou paciência, astúcia e muita psicologia para que o trabalho fosse desenvolvido de forma gradual e muito discreta para não causar transtornos, nem suspeitas. Tudo de forma gradativa e sorrateira. Tivemos de identificar, naqueles que detinham o poder dentro do sistema, as mentes propícias de sintonia para levar nossa inspiração de programas, novelas, filmes e seriados.

Tánatus fez nova pausa, para prosseguir:

– A pergunta é: se a besta é tão assustadora como é descrita no Apocalipse, por que as pessoas não fogem assustadas? A resposta é muito simples: porque não é tão assustadora assim, muito pelo contrário, ela é atraente e seduz as pessoas. As pessoas se comprazem, pois a besta vende ilusões, traz em seu bojo a fascinação pelo irreal, pela fama, pela condição de celebridades, e para alcançar isso, as pessoas não se importam em vender a alma ao diabo! – Tánatus gargalhou de forma sinistra, para prosseguir com sua voz ciciosa. – A televisão traz um mundo de fantasia que sabe explorar as tendências de cada um. Existem programas para todos os gostos: luxúria, mentiras, vaidades, traições, adultério, esperteza, sedução, sexo, pornografia, violência e muito mais!

A plateia estava atenta de forma que apenas a voz sibilante de Tánatus ecoava pela abóbada da caverna.

– Mas nem sempre foi assim. Nosso início foi bem modesto, como tinha de ser. Não se faz alterações de conceitos e costumes de abrupto, visto que saltaria à vista, seria uma aberração, uma agressão. Não, ele foi muito discreto, silencioso, mas firme, absoluto. Algumas mentes encarnadas com objetivos nobres dentro do contexto da televisão foram, aos poucos, sob nossa influência, cedendo aos encantos daquela imagem refletida naquela janela sedutora. Afinal, a televisão tinha de trazer diversão ao povo, mas o que o povo queria mesmo? Não importava muito o real anseio do povo para programas instrutivos e de qualidade, porque as novelas teriam de trazer apelos amorosos e sensuais. Institutos de pesquisas identificaram que cenas mais picantes traziam picos de audiência e, então, inspirados por nós deste lado, os escritores e roteiristas foram apimentando as cenas de forma gradativa. Cenas de sexo, mesmo que simulado, serviam para estimular as mentes que identificavam em si mesmas os próprios desvios. As cenas repetiam-se com sucesso absoluto e em horários cada vez mais inapropriados. Cenas de adultério, de separação de cônjuges, traições, violência foram sob nossa inspiração ganhando cada vez mais espaço em folhetins aparentemente inofensivos, mas suas mensagens subliminares foram, aos poucos, ganhando espaço inexorável na sociedade tecendo novos conceitos de vida, a título de pensamentos progressistas e modernistas. Paulatinamente, nosso trabalho foi sendo coroado de êxito, e depois de algum tempo nos permitindo avançar de forma mais agressiva, vez que muitos valores já haviam sido subvertidos, e a imagem da besta que proferia blasfêmias era idolatrada, e o povo em delírio entrega-se ao deleite dos sentidos primitivos, embriagando-se nas bebidas e viajando nas drogas em grandiosas festas pagãs a título de diversão e folclore. Uma maravilha que nos traz muito orgulho, e a televisão vem cumprindo seu papel com fidelidade. Na guerra sem fronteiras pela audiência e sob nossa inspiração, os responsáveis pela televisão produzem programas e novelas cada vez mais apelativas, em que sugerem de forma ostensiva que infidelidade conjugal é algo normal, que traição é assunto corriqueiro, que alcançar sucesso a qualquer custo é questão de inteligência, que romper com padrões antigos de educação é questão de modernidade reservado aos corajosos e vitoriosos.

– Sinto-me realmente feliz e recompensado quando vejo cenas de violência e sexo em horários impróprios, assistidos por jovens cada vez mais jovens, a liberalidade sexual dos jovens *prafrentex* a título de modernidade e o ridículo da preservação da virgindade entre os jovens que sofrem com o preconceito por preservar esses valores antiquados. Não poderia deixar de mencionar as propagandas que, sob nossa influência, trazem o prazer e a liberdade da bebida através da inocente cervejinha, depois as drogas mais leves e depois as mais pesadas. É apenas questão de tempo e uma coisa puxa outra porque é irresistível. Quem pode resistir à besta?

Tánatus fez nova e breve pausa, para tirar o máximo proveito de sua narrativa.

– É algo extraordinário – continuou –, pois nós mesmos não prevíamos que seria algo tão óbvio. Basta raciocinar um pouco: existe algum lar hoje que não tenha pelo menos um aparelho de televisão? Em verdade, poderia ir até mais longe fazendo a seguinte afirmação: existe alguma casa hoje onde não exista pelo menos dois aparelhos de televisão? Poderia dizer, sem titubear, que é a minoria. Dessa forma, nossa mensagem atinge, sem medo de errar, a maioria absoluta da população, e os novos conceitos são propagados de forma exponencial.

– É com imensa satisfação que vejo pessoas horas e horas a fio diante da imagem da televisão, como se fosse uma hipnose coletiva, assistindo a programas de violência, novelas com mensagens *avançadas* e programas de cultura inútil, em que reúnem um determinado número de pessoas fúteis e vazias, *selecionadas* a dedo, para compor um quadro lamentável que por semanas se digladiam, em busca de quinze minutos de celebridade, sem se importar que para isso tenham de expor seus requisitos físicos e suas deformidades morais em uma rede de futricas e discussões estéreis, sob delírio da audiência que ainda paga para assistir o que vai acontecer no meio da noite embaixo dos *edredons*. Acho tudo isso divertidíssimo e me sinto recompensado.

– O povo quer diversão, e nossa tarefa é suprir essa demanda inspirando os responsáveis encarnados que têm a missão de levar a diversão ao povo! O povo tem exatamente o nível de diversão que deseja porque esse desejo já está cristalizado em seu subconsciente – gargalhou Tánatus de forma sinistra.

– Os altos índices de audiência são provas cabais do que estamos afirmando, pois existe sintonia de desejos e pensamentos que se materializam por meio de programas que vêm ao encontro dos anseios e desejos incutidos no inconsciente coletivo do povo! Poucos são aqueles que realmente desejam programas de cultura, que acrescentam algo, e também sabemos que existem mentes direcionadas a esses objetivos, e devo dizer que deles até tenho pena, porque quase ninguém deseja programas de cultura! São vozes destoantes que clamam no deserto! Não dão audiência e a audiência é que dita o sucesso, o sucesso é envolvente, traz poder, notoriedade, grana, deslumbramento! Tornou-se até fácil, visto que contamos com a perigosa sintonia do povo que se agrada e que se entrega ao delírio por vontade própria, pois se compraz com a astúcia da besta!

– Para nossa satisfação – prosseguiu Tánatus –, podemos dizer que a televisão contribuiu e contribui, formando e deformando mentes fracas que ficam submissas às nossas sugestões. Muitas pessoas descreem de Deus, e nós aplaudimos. Algumas filosofias religiosas têm utilizado a televisão como instrumento para que a pretexto de propagar o Evangelho, o fazem com objetivos escusos abusando das criaturas crédulas. Nós aplaudimos *porque quem é por nós, não é contra nós*. Já têm se manifestado falsos cristos e falsos profetas que utilizam com astúcia essa janela para se locupletarem... – gargalhou em forma de deboche – Isto é simplesmente extraordinário! E nós também nos infiltramos lá, para estimular essas mentes gananciosas, pois elas também se comprazem com a besta!

Aquela exposição de um mestre das trevas trazia em seu contexto algo alarmante. Tánatus demonstrava, além de profundo conhecimento, enorme frieza na consecução daquele plano diabólico, fazendo ironias ao pontuar referências ao Apocalipse em relação à besta e à passagem de Marcos – Cap. IX – vers. 40: *Quem não é contra nós, é por nós.*

Ao sinalizar que seu relato havia chegado ao final, a plateia quase veio abaixo, tantos aplausos e ovações. Percebia-se que Tánatus ocupava, a partir daquele momento, uma posição de destaque na hierarquia das trevas. Érebo assumiu novamente a direção da assembleia para congratular-se com aquele servidor tão prestativo e eficaz em sua ação. Voltando-se para a delirante plateia que ainda aplaudia freneticamente, o supremo comandante das trevas desejava demonstrar quem é que mandava.

– Silêncio! – Érebo exclamou com voz trovejante.

Novamente o silêncio tétrico se fez no ambiente e Érebo continuou:

– O longo e frutífero trabalho de Tánatus é para nós motivo de orgulho e satisfação, mas ainda não vencemos a batalha final! Não podemos dormir sobre os louros das conquistas, temos de aumentar o ímpeto pelo estímulo das vitórias até aqui alcançadas! Tenho certeza de que todos vocês aprenderam muito hoje com Deimos e Tánatus, e levem esta lição como precioso aprendizado, porque a luta final é o que importa! Temos um grande desafio pela frente, e a luta continua! – Érebo exclamou com voz de trovão.

Naquele momento, observei as figuras de Érebo, Polifemo, Deimos e Tánatus e confesso que senti pena. Mentes privilegiadas, detentoras de conhecimento, de ciência, de psicologia e também de Evangelho. Por que essas criaturas com tanto conhecimento ainda transitam pelas sendas das trevas? – questionei meus próprios pensamentos.

A resposta veio quase que em seguida diante do questionamento de um dos presentes naquela assembleia:

– Com todo respeito, gostaria de perguntar ao grande general e supremo comandante das trevas: Por que estamos nos envolvendo de forma tão violenta nessa batalha? Não estamos incidindo em um grave erro? Sabemos que no final de tudo isso seremos expulsos da terra, ou não seremos? – questionou. – A verdade é que seremos banidos para um planeta primitivo, onde haverá choro e ranger de dentes! Diga-me, comandante – insistiu o espírito trevoso –, não estamos equivocados? Qual a vantagem nessa luta inglória? Não é um tiro no próprio pé que estamos desferindo?

A plateia ficou emudecida diante da audácia da pergunta. Observei atentamente a fisionomia avermelhada, então congestionada pela ira e os olhos injetados de sangue de Érebo e temi pelo perquiridor, diante de uma possível reação violenta e intempestiva do supremo comandante das trevas.

X

Esclarecimentos necessários

Porque surgirão falsos cristos e falsos profetas, operando grandes sinais e prodígios para enganar, se possível, os próprios escolhidos.
MATEUS – CAP. XXIV – VERS. 24.

Seduziu os que habitam sobre a terra por causa dos sinais que lhe foram dado executar diante da besta, dizendo aos que habitam sobre a terra que façam uma imagem à besta, aquela mesma que ferida à espada, sobreviveu.
APOCALIPSE – CAP. XIII – VERS. 14.

ᘓ ᘐ

A plateia ficou emudecida e estática. O silêncio era absoluto que, se possível fosse, poder-se-ia ouvir o ruído do bater das asas de uma mariposa no ambiente.

Todos os olhares convergiam para a figura de Érebo, enquanto o obsessor que havia formulado a pergunta, àquela altura, deveria estar profundamente arrependido do questionamento formulado.

Todavia, contrariando todas as expectativas, a reação de Érebo foi surpreendente! Com a fisionomia demonstrando austeridade, voltou-se para aquele que o havia questionado e o convidou a subir à tribuna improvisada.

O obsessor subiu e se aproximou de Érebo fazendo profunda e respeitosa referência. Todavia, sua fisionomia não demonstrava preocupação, nem medo e a maior surpresa ainda era o fato de o comandante das trevas não demonstrar, naquele momento, nenhuma contrariedade, nem irritação.

– Admiro aqueles que têm coragem! – Érebo disse em tom enfático. – Embora possa até ser um maluco, mas um maluco corajoso para formular um questionamento dessa envergadura nessa altura da batalha. Entretanto, tenho de reconhecer que sua pergunta foi oportuna. Qual o seu nome, servidor?

O obsessor não se fez de rogado, respondendo prontamente:

– Meu nome é Éris! – para em seguida emendar. – Faço parte da equipe de Tánatus!

– Então está explicado! – Érebo congratulou-se. – Apenas mentes inteligentes e corajosas são capazes de questionar quando todos se calam, e formular perguntas que são até contraditórias, mas pertinentes. Por que até, então, ninguém havia nos questionado a esse respeito, Polifemo? – o comandante das trevas dirigiu-se ao seu ministro trevoso que também transmitia satisfação em sua fisionomia. Mas foi o próprio Érebo quem respondeu:

– Porque precisávamos dessa noite na presença de comandantes da envergadura de um Deimos, de um Tánatus e de Éris para levar a todos vocês esclarecimentos oportunos a respeito de nossa batalha.

Fez um breve intervalo, com o intuito de provocar mais suspense. Olhou para cada um dos presentes que, em silêncio, aguardava a resposta do supremo comandante do mal.

– Pois bem, prestem atenção, pois irei falar apenas uma vez: Sim, seremos banidos, desterrados, expulsos, degredados deste planeta... – fez uma pequena e cuidadosa pausa para em seguida prosseguir. – E vocês acham que isso seria muito ruim? Não! – exclamou com sua voz trovejante. – Não! Será o máximo para todos nós! Esqueceram que iremos reencarnar em um planeta primitivo? Nós somos mentes privilegiadas, somos inteligentes e ainda contaremos com a complacência e a misericórdia dos *bons espíritos* que irão nos amparar e nos assessorar em nossa *triste desdita* naquele planeta de expiações e provas! – Érebo disse em tom de ironia.

Fez nova pausa para tirar o máximo proveito e saborear o impacto de suas palavras.

– Prestem bem atenção: herdaremos um novo planeta só para nós! Somos superiores em relação aos habitantes primitivos que habitam aquele planeta e com o cabedal de conhecimento que levamos, teremos completo domínio sob todos! Seremos os maiorais e iremos executar nosso reinado com facilidade! Já ouviram o ditado que diz que em terra de cego quem tem um olho é rei? No nosso caso, teremos dois olhos bem abertos em uma terra de cegueira total! – congratulou-se. – Seremos soberanos em um mundo onde nossa vontade irá imperar! Isto sim é a glória! Alguém aqui ainda deseja permanecer neste paraíso? Se tiver alguém, avise porque ainda dá tempo para desistir – concluiu com uma estridente gargalhada.

O público delirou, e os aplausos recrudesceram! Aquele era um momento de glória pessoal para Érebo e Polifemo.

A um sinal do Instrutor Ulisses, deixamos aquelas paragens em demanda ao nosso domicílio espiritual. Não mais havia motivos para lá permanecer, uma vez que já havíamos presenciado tudo que era necessário para nosso aprendizado e complementação de nossa tarefa junto aos encarnados.

No dia seguinte, por orientação do Instrutor Ulisses, Augusto e eu nos encontramos com a equipe da qual havíamos feito parte naquela incursão, no salão da biblioteca

Eurípedes Barsanulfo, no edifício dos Ensinamentos para todos os Planos.

O Instrutor recebeu-nos com viva demonstração de simpatia.

– Seja bem-vindo, Augusto, seja bem-vindo, Virgílio. Certamente vocês devem estar com muitos questionamentos e dúvidas a respeito do que testemunhamos sobre a ação dos mentores das trevas. Antes de qualquer coisa, é necessário ponderar acerca de tudo que ouvimos, porque são informações provenientes de bocas que não têm compromisso com a verdade e cujo objetivo é semear discórdias e desentendimentos. Atacaram fortemente nossos irmãos evangélicos e também não pouparam espíritas nem católicos. Todavia, tudo serve de aprendizado e alerta, pois no bojo do planejamento das forças do mal contêm verdades dolorosas que devem ser entendidas por todos nós com ponderação e equilíbrio, vez que refletem o atual estado de coisas no mundo em que os encarnados estão vivendo nesse momento! É um fator de preocupação, uma vez que, através de planos bem delineados, as potências das trevas infiltraram-se em todos os locais possíveis, em instituições respeitáveis, inclusive em instituições religiosas, onde encontraram mentes invigilantes que deram guarida para que, disfarçado, o mal pudesse prosperar. Entretanto, precisamos ter bom-senso e equilíbrio em nossa análise, porque tudo isso representa um alerta e uma severa advertência para todos nós que envidamos os melhores esforços para levar ao ser humano o esclarecimento necessário, com isenção dos ânimos dos rótulos religiosos para não ferir suscetibilidades dessa ou daquela filosofia religiosa.

As palavras do Instrutor soaram com severa gravidade, convidando-nos à meditação. Observando-nos calados, o Instrutor procurou nos estimular propondo-nos um questionamento:

– Então? Estou esperando as perguntas. Quem será o primeiro?

Augusto não se fez de rogado, perguntando de imediato:

– Instrutor, na condição de ex-sacerdote católico, o que tive o privilégio de presenciar nessa assembleia das trevas é algo preocupante e assustador. Fiquei simplesmente abismado com a facilidade que esses agentes das trevas encontram ao levar avante seus planos junto aos nossos irmãos encarnados, que aparentemente não se dão conta do que está acontecendo. Confesso que fiquei muito preocupado ao verificar o nível de conhecimento que demonstram ter do próprio Evangelho, além de levarem ao extremo a zombaria e a pilhéria quando se referem ao esforço que os bons espíritos envidam na tentativa de alertar o ser humano invigilante.

– Tem toda razão, irmão Augusto! Como pudemos observar, os espíritos devotados à prática do mal encontram, através de artimanhas bem articuladas, a sintonia com nossos irmãos encarnados que não são portadores de uma fé bem alicerçada, nem têm consciência da gravidade do momento. Encontram perfeita sintonia nos acomodados, nos preguiçosos, nos descrentes, nos revoltados, naqueles que já trazem em seu íntimo tendências à maldade e se comprazem com a mentira, com a violência, com a brutalidade, com a sexualidade desvirtuada, com a corrupção, assim também com as mentes fracas que se entregam à devassidão, às drogas, aos furtos e ao instinto de violência brutal. Enfim, não faltam mentes que oferecem sintonia às sugestões do mal e, à semelhança de marionetes dos circos mambembes, servem na condição de instrumentos à materialização e à proliferação do mal entre os encarnados, orquestrados pelas hostes trevosas.

Augusto prosseguiu em seu questionamento:

– Confesso que estou extremamente preocupado, Instrutor Ulisses! Pude observar e constatar que as ações, enredadas pelas hostes do mal, são efetivas e muito bem articuladas, e, o que me deixa ainda mais abismado é o nível de conhecimento que demonstram ter das deficiências de caráter do ser humano, suas tendências de desvio moral e fraquezas no que tange às tentações, às coisas materiais e ao sexo desvirtuado. Causou-me espanto a forma displicente com que tratam o destino do ser humano que passa por um momento de gravidade planetária, inclusive não se importando que sejam daqui expulsos para um planeta em estágio primitivo, porque para eles, tem-se a impressão de que tudo seja uma grande aventura, uma verdadeira festa!

O instrutor ouviu pacientemente a articulação verbal de Augusto, para em seguida responder ponderadamente:

– Irmão Augusto, o que presenciamos nessa assembleia não é novidade para nenhum de nós. Já sabíamos e já esperávamos por essas ações das trevas. O que poderíamos dizer, a título de esclarecimento, é que tudo isso já era previsto com muita antecedência e acontece em todos os planetas que povoam o Universo sem fim. A transição evolutiva ocorre em todo Universo, em cada planeta e faz parte do plano maior do Pai Eterno, que faculta a evolução de todos os seres, criados simples e ignorantes, destinados à perfeição. Portanto, podemos afiançar que as Hostes do Bem, sob a égide do Cristo, laboram com cuidado para que chegado o momento da grande ceifa, possam ser separados cuidadosamente os lobos das ovelhas e o joio do trigo! Voltamos a afirmar que não existem surpresas nem improviso nos Planos Superiores da Espiritualidade.

– Sabemos também que iremos muitas vezes clamar no deserto e nossa voz irá ecoar no espaço, e ouviremos de volta o eco de nossa própria voz, mas não importa, porque para o Criador nenhum filho se perderá! O Senhor dos tempos é eterno e ele sabe que cada um, desde o mais empedernido até o mais recalcitrante, um dia retornará à casa paterna.

– Nossa tarefa não consiste na pretensão de salvar todos os seres humanos dos equívocos, mas levar a eles a mensagem esclarecedora e prover todos os recursos necessários para que aqueles que sinceramente desejam herdar a *Nova Jerusalém* possam tomar essa decisão por livre-arbítrio, por vontade própria, conscientes de que migrar juntamente com uma horda de espíritos revoltados para um planeta em condições inferiores, no que tange ao estágio evolutivo, não será um acontecimento agradável nem uma festa, muito pelo contrário, será o pranto e o ranger de dentes, que esses irmãos infelizmente ignoram, pois irão sentir na própria pele a desdita de um desterro a um planeta primitivo! Na bênção do esquecimento misericordioso, facultado pela Providência Divina, irão aprender pelas duras lições, por meio do sofrimento e das lágrimas que essa experiência os aguarda, e irão recordar intuitivamente que um dia viveram em um paraíso e que, por abusarem do fruto do bem, de lá foram expulsos para que, em regiões inóspitas, vagassem nas noites dos séculos sem fim, observando as estrelas e quem sabe, sonhando com o paraíso perdido alhures!

Observei a fisionomia de tristeza de Augusto, que ponderou:

– Perdoe-me, Instrutor, por ainda ter uma visão distorcida, pois embora eu tenha conhecimento da reencarnação, que tudo explica e coloca em seu devido lugar o significado da vida e da Criação Divina, muitos de nossos irmãos católicos sofrem porque ainda não têm o benefício dessa revelação. Como poderia esclarecer efetivamente aos nossos irmãos católicos a realidade da reencarnação?

– Gostaria de saber se na Bíblia, além das tradicionais passagens que são contestadas por diferenças de entendimento e de interpretação, alguma outra referência mais direta, em que Jesus tenha falado a respeito da reencarnação de forma inequívoca, que poderia levar aos nossos irmãos católicos e cristãos de outras crenças que ainda não aceitam essa realidade, a pelo menos começarem a encarar a *reencarnação* como fator verdadeiro para a evolução espiritual de cada um.

O instrutor pensou por alguns segundos para em seguida responder:

– Antes de qualquer coisa, Augusto, é importante que possamos deixar bem claro que temos o maior respeito e o maior apreço por nossos irmãos católicos e pelas demais crenças religiosas. Todos nós um dia já professamos outras crenças e abraçamos também a fé do catolicismo, até que pelo esforço no trabalho de codificação de Kardec materializou-se a promessa do Consolador Prometido por Cristo. Não há como negar e reconhecer que os postulados do Espiritismo trazem inequívocos avanços religiosos, filosóficos e científicos que levam o ser humano ao entendimento dos porquês da vida e a se desprender das amarras da ignorância, ao adentrar mentalmente o estágio de consciência, que o faz através de sua modificação íntima, no esforço em se tornar um ser humano melhor, mais amoroso, mais compreensivo. Todavia, o mais importante não é a religião em si ou o rótulo religioso, mas a verdadeira fé que o move desde que ele abrace essa fé com alegria e verdade, tornando-se um ser humano mais humanizado, um cidadão mais civilizado, uma criatura mais amorosa e compreensiva, mais tolerante, mais paciente, enfim um cidadão que realmente espelhe em suas atitudes que realmente ama a Deus através da prática do bem e do amor ao próximo, de acordo com que nos ensinou Jesus!

– Nas esferas mais elevadas, habitadas por espíritos que já venceram as etapas intermediárias evolutivas, podemos afiançar que esses espíritos não mais se prendem a nenhuma filosofia ou rótulo religioso, pois já entenderam que a verdadeira religião é o amor incondicional ao próximo e a dimensão do verdadeiro amor a Deus, como nos ensinou Jesus! Aqueles irmãos não mais necessitam de religião porque vivenciam e sentem a presença do Supremo Amor na perfeita comunhão através da pura sintonia com o Criador!

O instrutor fez breve pausa para em seguida concluir:

– Você pediu que pudéssemos trazer informação, pontuar na Bíblia em que lugar Jesus deixou claro e de forma inequívoca a referência à reencarnação. Anote, pois, o que está escrito na Bíblia Católica em Mateus – Capítulo XI – Versículos 10 ao 15:

É de João que a escritura diz: *Eis que eu envio o meu mensageiro à tua frente. Ele vai preparar o teu caminho diante de ti. Eu garanto a vocês, de todos os homens que já nasceram nenhum é maior que João Batista. No entanto, o menor no Reino do Céu é maior que ele. Desde os dias de João Batista até agora o reino do céu sofre violência e são os violentos que procuram tomá-lo. De fato, todos os profetas e a lei profetizaram até João.* ***E se vocês o quiserem aceitar, João é Elias que devia vir!*** *Quem tem ouvidos ouça!*[35] (o grifo é nosso)

Ora, Jesus está fazendo clara referência e de forma inequívoca que João Batista é a reencarnação de Elias.

[35] *Bíblia Sagrada* – Edição Pastoral (Edições Paulinas) – Tradução, introdução e notas: Ivo Storniolo – Edição de 21 de dezembro de 1989.

Todavia, poderemos também citar a Bíblia mais tradicional aceita pela grande maioria dos evangélicos, onde além das outras citações claras de Jesus, vamos encontrar a mesma passagem da Bíblia Evangélica na passagem de Mateus, Capítulo XI – Versículos 12 ao 15:

Desde os dias de João Batista até agora o reino dos céus é tomado por esforço e os que se esforçam se apoderam dele. Porque todos os profetas e a lei profetizaram até João. ***E se quereis reconhecer, ele mesmo é Elias que estava para vir.*** *Quem tem ouvidos para ouvir, ouça.*[36] (o grifo é nosso)

Após alguns segundos de meditação o instrutor reforçou:

– Não bastasse as palavras esclarecedoras de Jesus a Nicodemos a respeito da reencarnação, quando afirma a necessidade de nascer de novo da água e do espírito[37] ou ainda quando Jesus pergunta aos discípulos quem o povo dizia que Ele era, ao que os discípulos responderam: uns dizem João Batista, outros Elias, outros Jeremias ou algum dos profetas;[38] é porque o povo acreditava na reencarnação, caso contrário não teria sentido a pergunta nem as dúvidas do povo. E mais adiante quando os discípulos o questionam, pois os escribas diziam que seria necessária a vinda de Elias para restabelecer todas as coisas, ele respondeu de forma categórica: *Eu vos declaro que Elias já veio e não o reconheceram, antes fizeram com ele tudo quanto*

---

36 *Bíblia Sagrada* – Sociedade Bíblica do Brasil – Tradução de João Ferreira de Almeida. Revista e atualizada no Brasil – Edição de 1969.

37 *João*, cap. III – vers. 1/15.

38 *Mateus*, cap. XVI – vers. 13/14.

quiseram. Assim também o filho do homem haverá de padecer nas mãos deles. Então os discípulos entenderam que lhes falara a respeito de João Batista.[39]

– Todavia, não poderia haver afirmação mais contundente e categórica feita pelo próprio Jesus a respeito da reencarnação, quando afirma que João Batista era o próprio Elias, conforme citamos acima, fazendo referência às Bíblias Católicas e Evangélicas, conforme citamos na passagem relatada por Mateus no Capítulo XI – Versículos 11º ao 15º da Bíblia Sagrada de Católicos e Evangélicos. E o próprio Cristo arremata: *Quem tem ouvidos para ouvir que ouça!* Ora, ainda precisamos de argumentos mais razoáveis contidos nas escrituras sagradas?

Os esclarecimentos do Instrutor não deixavam dúvidas. Augusto parecia satisfeitíssimo com os esclarecimentos. Todavia, para seu propósito junto aos irmãos católicos, notei que o amigo necessitava de mais subsídios, além dos já levados a efeito.

– Perdoe-me, Instrutor, pela insistência – arguiu mais uma vez o ex-sacerdote. – Realmente, tenho de me render às citações tão esclarecedoras e inequívocas contidas no Evangelho. Não tenho como argumentar diante de evidências tão claras! Entretanto, eu me pergunto: Por que nós católicos ainda mantemos profundas reservas em aceitar o fato inconteste da reencarnação, fato este que por si só esclarece e dá um sentido mais justo à vida? Que demonstra a beleza do amor incondicional do Criador

---

[39] *Mateus*, cap. XVII – vers. 10/13; *Marcos*, – cap. IX – vers. 9/13.

que não pune nem condena para o fogo eterno seus filhos amados? Que dá a cada um de nós, a cada espírito infrator, a oportunidade redentora necessária, por meio da reencarnação, para seu soerguimento através do esforço próprio e amparado pelo amor de Deus na bênção do esquecimento do passado? Por que a alta cúpula do catolicismo ainda resiste às evidências cada vez mais cristalinas a respeito da reencarnação?

Augusto estava profundamente emocionado. Suas palavras foram pronunciadas com a voz embargada pela emoção contida na sinceridade de seus sentimentos. Seus olhos estavam orvalhados de lágrimas que não chegaram a correr, porque ele discretamente as enxugou.

O Instrutor abraçou o companheiro, do mesmo modo que um irmão mais velho acalenta o irmão menor, com carinho e compreensão.

– Caríssimo Augusto – respondeu o Instrutor bondosamente. – Não vamos adentrar o túnel do tempo nem penetrar nos escaninhos da História da humanidade da qual a igreja influenciou e fez e faz parte ao longo dos séculos. Vamos apenas recordar o início de tudo, que após o martírio do Mestre na cruz seus discípulos o seguiram no grandioso exemplo de amor, sem se importar em ser imolados pelo amor do Cristo, bem como os mártires nos circos romanos e de todos aqueles que deram seu testemunho de amor e fé em nome de Jesus, vivenciando dolorosas perseguições e suplícios ignominiosos, vividos pelos cristãos da primeira hora, nos primeiros séculos que se seguiram.

– A título de esclarecimento e com a isenção necessária diante de irmãos muito amados e dignos do nosso maior respeito, podemos dizer que algo começou a mudar no seio da igreja após o reconhecimento oficial do Cristianismo pelo, então, Imperador Constantino no ano de 313 da Era Cristã. Foi a partir de então que pudemos observar o distanciamento gradual da singeleza contida na filosofia da doutrina que pregava pureza e simplicidade. Apoiada, por sua vez, pelo maior poder temporal que já existiu na face da Terra, o Império Romano, a igreja se organizou e se fortaleceu. Não mais as perseguições insidiosas, não mais os suplícios ignominiosos, não mais as mortes violentas. Foi nesse cenário de bonança e apoio dos imperadores absolutos que alguns de seus membros foram, aos poucos, tomando gosto pelo poder. Bastaram pouco mais de dois séculos para que algumas mudanças começassem a ser observadas no direcionamento de uma doutrina que se resumia no amor incondicional ensinado por Jesus na simplicidade do ... *amai-vos uns aos outros como eu vos amei.*

– Mais adiante, movidos por interesses escusos e por influências provenientes do próprio Justiniano, imperador romano, no ano de 543 da Era Cristã, no Sínodo de Constantinopla, houve determinação explícita para que a reencarnação fosse abolida das escrituras. A determinação foi cumprida fielmente. Todavia, existiam algumas passagens que precisaram ser poupadas, sob o risco de que, se suprimidas, alterariam em demasia o sentido das palavras do Cristo, e por esta razão essas passagens, sem alternativa, acabaram sendo mantidas, desde que não ficassem claras e que provocassem interpretações diferenciadas colocando-se em pauta a autenticidade da reencarnação.

– Dessa forma, Augusto, embora ainda haja resistência da igreja em admitir a reencarnação, e apesar da determinação no Sínodo de Constantinopla para que fosse abolida, ela ainda permaneceu no Evangelho, mesmo que de forma discreta, exceto na passagem de Mateus e de Marcos que citamos acima, onde a palavra *reencarnação* foi extirpada, mas o restante das palavras de Jesus foram suficientemente esclarecedoras, quando ele se refere a João Batista: *E se o quiserem reconhecer, ele mesmo é Elias* (a reencarnação de Elias). E o próprio Jesus que conclui: *Quem tem ouvidos de ouvir que ouça!*

As palavras do Instrutor calaram fundo em nossa alma. Recordei que também eu fora, em algumas existências recuadas, sacerdote católico no reino de Aragão e Castela. Quantas lembranças, quantas dores, quanto aprendizado!

O Instrutor prosseguiu:

– Todos nós somos gratos e reconhecidos pelos inestimáveis serviços em nome do Cristo que a igreja católica prestou no mundo todo, ao longo de sua História e até hoje continua prestando. Não temos autoridade nem é nosso objetivo criticar essa ou aquela instituição religiosa, pois em algum momento da História um ou outro representante extrapolou seus princípios. Todavia, não podemos esquecer, mesmo porque a História registra em suas páginas as tribulações e desmandos ocorridos no doloroso capítulo da Santa Inquisição. E mesmo que movidos pelos sentimentos mais nobres, também não podemos olvidar a triste página das Cruzadas, quando, em nome de Deus, tantas vidas se perderam na violência da guerra fratricida. Não podemos também deixar de reconhecer a grandeza de tantos nomes santificados na luta redentora para conduzir o rebanho do Cristo, alicerçados na fé e acolhidos pela igreja ao longo de sua grandiosa História.

– Todavia, a exclusão da reencarnação dos Evangelhos, atendendo às exigências e interesses escusos do poder temporal, foi um equívoco que infelizmente contribuiu, de forma decisiva, para o desconhecimento de tão importante ensinamento na vida do ser humano. O que podemos dizer é que apenas Deus tem o julgamento fiel da verdade, e nós outros somos simplesmente espíritos imperfeitos, distantes da verdade absoluta, motivo pelo qual, temos de deixar que o tempo se encarregue de tudo, mesmo porque o tempo é o fator imponderável que restabelece a verdade e coloca tudo em seus devidos lugares. O Pai Eterno que é o Senhor do tempo sabe disso! O Criador que é Senhor da verdade sabe o que faz!

Ouvir os esclarecimentos do Instrutor era um privilégio de valor inestimável que me conduzia à meditação. Todavia, a oportunidade de esclarecimento e orientação era oportuna, de forma que também aproveitei para formular meu questionamento.

– Instrutor, o senhor fez uma breve referência ao capítulo contido na História da humanidade, no que se refere à Santa Inquisição e às Cruzadas. Existe alguma relação com a passagem do Apocalipse onde João relata sua visão no que tange à simbologia da besta ferida de morte?

Diante do meu questionamento, o Instrutor sorriu bondosamente e respondeu:

– Em primeiro lugar, Virgílio, temos de analisar e entender a condição emocional de João, que arrebatado em espírito, teve a missão de relatar o que presenciou em estado de graça, imagens e acontecimentos extremamente fortes e impactantes, que provocaram no Evangelista um estado emocional de alta sensibilidade que ele procurou retratar com a mais absoluta fidelidade. Em um curto espaço de tempo, João teve a visão de fatos que iriam ocorrer no futuro e outros que já estavam ocorrendo em sua época, pintando o que via com tintas vivas e fortes, narrando com imagens contundentes que pudessem impactar o ser humano para a compreensão da gravidade dos fatos por ele presenciados. Vivamente impressionado com tudo que estava se desenrolando à sua visão espiritual, o Evangelista se preocupou ao expressar que se encontrava em pleno gozo de suas faculdades mentais, quando afirma: ... *aqui está o sentido, que tem sabedoria.*[40] Ou ainda: *Aqui está a sabedoria.*[41]

– No campo de visão do Evangelista foram se desenrolando acontecimentos daquela era e de ocorrências futuras, o que seria difícil retratar pelo conhecimento daquela

[40] *Apocalipse*, cap. XVII – vers. 9.

[41] *Apocalipse*, cap. XIII – vers. 18.

época, tendo muitas vezes de lançar mão de analogias e figuras para um melhor entendimento.

– As forças do mal foram retratadas na figura da besta, do grande dragão e da antiga serpente. As descrições retratavam a simbologia do mal na figura da besta que emergiu do mar – uma besta com sete cabeças e dez chifres, dez diademas e, sobre suas cabeças, nomes de blasfêmias. Aquela besta era semelhante a um leopardo, com pés de urso e boca de leão. E deu-lhe o dragão o seu poder, o seu trono e sua autoridade. Então, viu uma de suas cabeças ferida de morte, mas essa ferida mortal foi curada e toda a Terra se maravilhou seguindo a besta.[42]

– Ora, essa visão de João foi pintada com cores impressionantes, como foi impressionante a visão simbólica do que iria acontecer no seio da própria igreja. Senão, vejamos: A besta é a simbologia das forças do mal e o mal na figura da besta recebeu um golpe mortal com a vinda de Jesus, de sua mensagem e de seu exemplo de amor e de seu extremo sacrifício na cruz, bem como os exemplos que se seguiram através dos discípulos que também seguiram o Divino Mestre, no exemplo do sacrifício das próprias vidas, dos mártires cristãos nos circos romanos e nas perseguições insidiosas. Sim, na visão do Evangelista, o mal havia sofrido um golpe mortal. Todavia, na sequência, viu que em um futuro próximo a besta teria sua ferida curada,

---

[42] *Apocalipse*, cap. XIII – vers. 1/2/3.

relatando ainda: ... *e deu-lhe o dragão o seu poder, o seu trono e sua autoridade.*[43]

– Ora, o que estamos vendo é simplesmente que o imperador romano declarou o cristianismo por religião oficial, gozando de todos os benefícios oriundos do poder romano. A besta que fora ferida de morte curou sua ferida porque bastaram pouco mais de dois séculos para transitarem de perseguidos a perseguidores e prenderem e sacrificarem inimigos em nome de Deus, através da instalação do Santo Ofício que, pretensamente, em nome de Deus promoveu perseguições nefandas àqueles que eram considerados inimigos da igreja, condenando à morte e às fogueiras com a complacência dos poderes constituídos. Depois vieram as Cruzadas em que, novamente em nome de Deus, foram promovidas guerras ignominiosas que ceifaram tantas vidas preciosas. Impressionado com a inteligência do mal, o próprio Evangelista lamenta: *Quem é semelhante à besta? Quem pode pelejar contra ela? Porque foi-lhe dado autoridade para pelejar contra os santos e os vencesse.*[44]

– Esse foi um período triste da História da humanidade em que o mal, utilizando o nome de Deus, infiltrou-se no seio da igreja através daqueles que se deixaram levar pela sintonia do poder, da cobiça e da vaidade, e sob o domínio dessa influência, a igreja acabou por se desviar da simplicidade dos ensinamentos do Cristo que nasceu

[43] *Apocalipse*, cap. XIII – vers. 2/3.

[44] *Apocalipse*, cap. XIII – vers. 4.

em uma singela manjedoura e que não tinha sequer uma pedra para repousar sua cabeça e uma sandália para calçar os pés. Sob essa ótica, acabaram por negligenciar o ponto mais importante da recomendação de Jesus, que era apascentar seu rebanho. Jesus ensinava e exemplificava cada ensinamento, caminhando pelos campos e cidades, indo ao encontro dos tristes, dos aflitos, dos trôpegos e mancos, ceando na casa de pessoas ditas de má vida, sem jamais condenar quem quer que fosse, nem a mulher apanhada em adultério nem a prostituta arrependida que beijou e ungiu seus pés com suas lágrimas. O que vimos ao longo da História foi um poder constituído dentro do seio da igreja, que acabou por compactuar e se comprazer com o poder temporal, coroando reis, rainhas e a nobreza, construindo templos suntuosos, cercados de pompa e luxo até nas vestimentas paramentadas tecidas com fios de linho puro e filigranas de ouro. A igreja, nesse triste período da História, acabou se afastando dos tristes e dos aflitos, dos trôpegos e dos miseráveis que o Divino Mestre tanto amou!

As palavras do instrutor fluíam com sentimento e tristeza. Observei que o querido amigo estava com a fisionomia entristecida e os olhos marejados de lágrimas. Fez breve pausa para em seguida prosseguir:

– Mais uma vez vamos ressaltar, Virgílio, que não é nosso propósito criticar nem julgar, porque em primeiro lugar não temos autoridade para tal e segundo, que não é esse nosso objetivo. Apenas levar o esclarecimento necessário que a própria História humana deixou registrada em seus arquivos para a posteridade. Mesmo porque também nós lá estávamos na condição de sacerdotes católicos e também demos nossa cota de contribuição para os equívocos cometidos. Em terceiro, pois se em determinado momento de sua História, a instituição da igreja se desviou e alguns de seus mandatários extrapolaram o entendimento do Cristo, por outro lado nomes santificados lá deram sua contribuição para que a igreja esteja, até os dias de hoje, procurando através de espíritos de elevada ordem que reencarnaram para esse fim, oferecer o consolo espiritual a tantos devotos sinceros que buscam o consolo no seio da igreja católica. E lá encontram o conforto espiritual na fé que abraçaram.

Eu também me senti emocionado com as palavras do instrutor, recordando a época em que vivi a experiência de padre católico. Meu sentimento era servir ao Cristo com alegria e minha vontade era de não ficar apenas dentro da igreja, mas sair pelas ruas, visitar os lugares pobres, estar junto aos pobres e miseráveis para levar o consolo espiritual, como Jesus havia recomendado.

Fiquei meditativo, recordando que também havia cometido falhas. Contudo, aquela experiência na condição de sacerdote católico enriquecera meu espírito na ânsia de poder seguir os passos de Jesus, na condição de representante do próprio Cristo que eu sentia ser, quando no ofício da missa levantava a hóstia no momento solene da consagração com toda fé que trazia em meu coração e dizia: Esse é o corpo de Cristo! Porque acreditava na fé que professava!

XI

A sedução e o fascínio da besta

A todos: pequenos e grandes, ricos e pobres, livres e escravos, fez com que lhe fosse dado certa marca sobre a mão direita ou sobre sua fronte.
APOCALIPSE – CAP. XIII – VERS. 16.

Achava-se a mulher vestida de púrpura e de escarlate, adornada de ouro, pedras preciosas e pérolas, tendo na mão um cálice de ouro que transbordava de abominações e as imundícies de sua prostituição.
APOCALIPSE – CAP. XVII – VERS. 4.

Os esclarecimentos do Instrutor Ulisses representavam um convite à meditação e à ponderação. A transição planetária encontra-se em pleno curso e o momento exige que cada criatura esteja atenta e vigilante para que não venha a cair nas tentações e armadilhas preparadas pelas forças das trevas, simbolizadas nas figuras do grande dragão, da besta apocalíptica, a antiga serpente. Mesmo porque a besta não é tão feia como foi pintada pelo Evangelista. Nem suas armadilhas tão assustadoras, muito pelo contrário, são convidativas, insinuantes, atraentes, sedutoras, envolventes e até fascinantes. A besta é astuta, sorrateira, inteligente, esperta, traiçoeira e conta com a incredulidade do ser humano! – ponderei em meus pensamentos.

O Instrutor acompanhava meus pensamentos. Com um sorriso complacente acentuou:

– Tem razão, Virgílio. Se a figura da besta fosse tão terrível como foi descrita, ninguém seria seduzido. Em verdade, ela está muito bem disfarçada e camuflada de tal forma que não aparenta mais que uma simples diversão e um passatempo, aparentemente, ingênuo, que se tornou hábito e rotina em todos os lares humanos ao longo das últimas décadas! Tivemos a oportunidade de ouvir dos próprios comandantes do mal esta revelação, uma vez que a besta se infiltrou de tal forma entre as criaturas humanas, que convivem com ela e não se assustam diante das armadilhas insinuantes e traiçoeiras, uma vez que as pessoas vibram naquela sintonia, e por essa razão o Evangelista alertou que *aqueles que têm na fronte sua marca*, isto é, têm o pensamento sintonizado naquela energia que é envolvente, sedutora e arrebatadora.

– A besta descrita por João Evangelista no Apocalipse veio camuflada de diversão, trazendo em seu bojo, ao longo dos anos, de forma gradativa e sorrateira, a subversão dos hábitos, da moral e dos bons costumes, através de mensagens subliminares aparentemente ingênuas e de sentido com aparência filosófica travestida de modernidade, para enganar e iludir as criaturas incautas, desavisadas e descrentes, neste grave momento de transição planetária.

Enquanto ouvia as palavras do instrutor, eu meditei: O que pensariam as pessoas encarnadas, após aquela revelação? Dariam crédito ou duvidariam? Acompanhando meus pensamentos, o Instrutor complementou:

– Mesmo agora, Virgílio, enquanto fazemos nosso esforço para alertar as criaturas, certamente alguns descrentes irão tomar conhecimento de nossas palavras e duvidar, rir e até mesmo zombar, fazer pilhérias, incrédulas diante do que dissemos. Outros ainda poderão alegar que somos *falsos moralistas* como argumento para sugerir descrédito em nossas palavras. Isso é preocupante pois podemos assegurar que é exatamente com essa atitude que contam os comandantes do mal, porque muitas criaturas vivem uma espécie de hipnose coletiva, vibrando na sintonia da incredulidade, porque se encontram em sintonia com a *onda negativa* que envolve o planeta, e daí a afirmação do Evangelista que muitos teriam na fronte e na mão a marca da besta, isto é, encontram-se envolvidos mentalmente naquela faixa vibratória, pois na fronte encontra-se o Centro de Força que comanda os pensamentos, e nas mãos o simbolismo da materialização através da atitude gerada pelo pensamento.

As palavras do Instrutor eram simplesmente um convite ao raciocínio lógico, a uma análise desapaixonada, para entender o porquê que uma imagem tão assustadora, pintada na descrição apocalíptica de João Evangelista, em verdade não assustava ninguém.

– Instrutor Ulisses – insisti desejoso de mais esclarecimentos. – Ouvimos os comentários dos comandantes das trevas a respeito de que a materialização da besta havia se tornado possível em virtude de uma grande invenção do ser humano que eles traduziram, alegoricamente, por uma janela que escancarou para o mundo material a possibilidade de vivência de um mundo irreal, de sonhos que despertam luxúria e vaidades, ostentação, presunção, futilidades e devaneios, que alimentam as ambições que existem no mundo emocional de cada um. Como poderíamos entender mais essas afirmações dos poderes das trevas?

O Instrutor ficou meditativo alguns instantes para em seguida responder:

– Virgílio, a televisão no mundo todo é uma realidade incontestável. Vamos analisar de forma desapaixonada a realidade dos fatos, mesmo porque o comando das trevas tem conhecimento profundo a esse respeito e trabalha com essa realidade. Nos dias de hoje, em cada lar, existe no mínimo um aparelho de televisão, que fica sintonizado em sua grande maioria em programas de gostos duvidosos, especificamente em nosso país, às tão populares novelas que, aos poucos, inspiradas por aqueles que oferecem a sintonia desejada pelos asseclas de Érebo, trazem mensagens subliminares como se fossem normais cenas de adultério, de sexo desvirtuado, de traição, de violência, de sonhos irreais e de promiscuidade, além de filosofias estranhas à moral e aos bons costumes. As pessoas assistem, envolvem-se, comentam no dia a dia e vivem um mundo de fantasias que traduz para muitos o que está oculto no íntimo de cada um. As novelas complementam seus anseios, seus desejos, seus sonhos. A televisão traz muitas vezes em sua grade programas que oferecem a possibilidade de transformar criaturas fúteis e vazias em pretensas celebridades, do dia para a noite, mesmo que para isso seus componentes tenham de exibir suas intimidades físicas e suas deformidades morais, como disse Tânatus. E o público ávido, torce aguardando os desdobramentos muito bem elaborados para a eliminação deste ou daquele componente, para deleite daqueles que aguardam com ansiedade o capítulo final de um espetáculo tosco e deprimente, que revela exatamente a condição de sintonia daqueles que se comprazem com tal espetáculo.

– A televisão transmite programas que exibem a propagação da violência que hoje campeia nas grandes cidades, de acontecimentos infelizes e novamente encontram sintonia quando ocorrem fatos lamentáveis que causam comoção e chocam a opinião pública. Então, esses fatos são explorados à exaustão pela mídia televisiva, induzindo e fazendo com que criaturas pacatas emitam sentimentos e pensamentos de ódio, revolta e desejo de desforra, vingança e pena de morte! Programas baratos e apelativos que exploram as fraquezas do ser humano, tendo por pano de fundo a traição conjugal, o sexo desvirtuado e a promiscuidade.

– Em seu bojo, a televisão ainda traz programas que vendem por saudável a imagem de personagens fúteis, vazias, em programas de cultura inútil onde a disputa por um minuto de celebridade vale tudo, onde o ridículo e a pobreza de espírito são expostos como valores a serem cultuados diante de um público que se deleita por horas e horas de inutilidade, como se estivesse inteiramente envolvido em uma hipnose coletiva.

– A televisão, Virgílio – prosseguiu o Instrutor –, tornou-se preciosa ferramenta manipulada pelas mentes espirituais voltadas ao mal que encontram sintonia naqueles que, desejosos de sucesso a qualquer custo, em busca de audiência, procuram atingir o maior número possível de potenciais candidatos ao exílio para o planeta de sofrimento e ranger de dentes.

Após breve pausa, o instrutor prosseguiu:

– O que podemos afirmar, Virgílio, é que a televisão em si não é necessariamente a figura da besta, que em verdade é uma simbologia de sua influência, do seu poder e do mal que ela trouxe de forma astuta e perniciosa, mas de determinados programas por ela veiculados que se tornaram hábitos e tradição ao longo dos anos, tornando simplesmente cativas as pessoas em busca de distração. A televisão ofereceu isso e encontrou farta receptividade. Esses programas ganharam espaço tornando-se um hábito, quase que uma dependência física e emocional, uma hipnose coletiva em que os membros da família, em vez de sentar para cear conjuntamente, trocar ideias e conversar, passaram a assistir cada um o seu programa predileto, nos quais as novelas ocupam lugar de destaque, trazendo em seu contexto mensagens subliminares e muitas vezes até de forma mais ostensiva, com sugestões sedutoras e irresistíveis que acabaram por se incorporar aos costumes das pessoas e da sociedade. O poder da besta é formidável; ela é astuta e sorrateira e encontra sintonia perfeita com o público alvo.

– Como vimos, essas mensagens foram sendo lançadas de forma discreta e gradativa alcançando a grande maioria das pessoas com seus tentáculos e suas cabeças, como descrito na alegoria relatada pelo Evangelista. Todavia, como contraponto, podemos dizer que existem programas educativos, informativos, outros voltados à moral, aos bons costumes, programas que convidam à meditação e ao conhecimento da verdade, além de programas que trazem a mensagem do Evangelho do Cristo, independentemente do rótulo religioso. Entretanto, o que verificamos é que infelizmente programas de conteúdo elevado quase não encontram sintonia no grande público, e por essa razão não alcançam grandes índices de audiência, o que para o mundo da besta equivale à morte. Isto é muito triste porque demonstra que os ditos programas populares, filmes violentos, de sexo desregrado, mentiras, depravação e as novelas de conteúdo moral duvidoso é que encontram a sintonia desejada pelas forças do mal. Por esta razão, o Evangelista nos alertou que era muito difícil pelejar contra a besta, pois ela era astuta, inteligente, sorrateira e sairia a seduzir a todos que se encontrassem naquela sintonia mental.

Estava satisfeito com os esclarecimentos ouvidos, de forma que procurei registrar com fidelidade aquelas ponderações, meditando no alcance de suas palavras.

Observei que Augusto encontrava-se profundamente pensativo, mas desejava ainda mais esclarecimentos, e a ocasião era oportuna, de forma que novamente o ex-sacerdote questionou:

– Pelo que pude observar, Instrutor, as falanges de Érebo e Polifemo estão conduzindo seus comandados com muita inteligência e fúria. Isso me recorda a mensagem do Apocalipse em que o Evangelista alerta: *Por isso festejai, ó céus, e vós que nele habitais. Ai da terra e do mar, pois satanás desceu até vós, cheio de fúria sabendo que pouco tempo lhe resta.*[45] O que poderia nos elucidar para que o ser humano encarnado também possa ser esclarecido a respeito?

O Instrutor sorriu diante da pergunta do ex-sacerdote.

– Tem toda razão em seu questionamento, Augusto. Irmão Virgílio ponderou com muita propriedade a respeito da besta, uma vez que a visão e o relato do Evangelista no Apocalipse são coisas assustadoras, na qual é pintada com cores vivas pela emoção da real aparência em termos de perigo que ela representa. O Evangelista não se enganou, porque a real imagem da besta é assustadora. Todavia, devemos analisar nesse seu questionamento um aparente paradoxo: Enquanto as forças do mal estão agindo com inteligência e fúria, acobertadas pela figura da besta apocalíptica simplesmente abominável em sua aparência descrita pelo Evangelista, o ser humano não se dá conta. Muito pelo contrário: se compraz, se diverte, duvida das mensagens de alerta e se embriaga na taça das abominações achando que tudo está bom e maravilhoso. Realmente, é um questionamento oportuno e a pergunta é: Por que o ser humano não percebe a gravidade do momento ao observar as subversões dos costumes que estão ocorrendo, da inversão dos valores, da violência que campeia por todos os lados, da brutalidade que se alastra, da sensualidade envolvente, da abominável pedofilia que se espalhou e se instalou até em lugares onde jamais deveria estar, da promiscuidade sem limites, das mentiras que se transformam em verdades, da corrupção desenfreada, da

---

[45] *Apocalipse*, cap. XII – vers. 12.

impunidade vergonhosa, das guerras e rumores de guerras, da violência absurda perpetrada por grupos terroristas de extremistas políticos e religiosos que não respeitam a vida, do lamento e da reação que a própria natureza apresenta contra os desmandos através de chuvas torrenciais, secas terríveis jamais verificadas anteriormente, terremotos avassaladores, Tsunamis destruidores, tragédias coletivas de grandes proporções, nevascas impiedosas, surtos epidêmicos que ocorrem em países mais pobres e que ameaçam se espalhar pelo mundo, ameaçando a humanidade, e até o extremo da insânia quando o céu que nega a luz do sol porque a atmosfera ficou toldada pela poluição desmedida e a ganância dos poderosos! Tudo isso foi alertado por Jesus quando nos falou da grande tribulação e do princípio das dores e posteriormente reafirmada por João Evangelista no Apocalipse. Isso tudo sem adentrarmos ainda o mérito das desgraças que trazem em seu bojo o vício da bebida e das drogas que esfacela a sociedade e os lares – dos miseráveis até os mais abastados!

– O espírito mais atento, certamente, percebe que existe algo muito grave que paira no ar como prenúncio de algo assustador ou algum acontecimento extremamente doloroso, cuja eclosão está prestes a acontecer. Entretanto, o ser humano, como descrito pelo Evangelista, em que simboliza os costumes adulterados pela figura da mulher embriagada assentada sobre a besta, sorve o cálice de abominações, achando tudo muito divertido porque se encontra na perigosa sintonia da besta e se compraz, motivo pelo qual o Evangelista diz que a besta colocou sua marca nas mãos e na fronte daqueles que tornaram seus servos. Ora, vamos repetir, mesmo porque nunca é demais o alerta: Na fronte encontra-se localizado o Centro de Forças Frontal, que comanda os pensamentos, e nas mãos a concretização do pensamento através da ação.

Enquanto o Instrutor fazia sua judiciosa explanação, eu meditava na veracidade dos fatos, uma vez que tudo acontece diante de nossos olhos, mas o ser humano apresenta-se distraído, relapso, como se estivesse dominado por uma poderosa energia hipnótica que entorpeceu seus sentidos e o bom-senso.

O Instrutor sorriu diante de minha ponderação mental, acrescentando seu esclarecimento em complementação aos meus pensamentos:

– Nosso querido Virgílio tem razão quando em pensamento entende que o ser humano se assemelha a uma criatura tomada por uma poderosa força hipnótica que entorpece seus sentidos e tolda seu bom-senso. Nada mais verdadeiro. Senão vejamos: As forças do mal estão à solta, atuando com grande fúria, a besta apocalíptica estende seus tentáculos em meio ao turbilhão de acontecimentos que sacode o planeta em termos de comportamento moral do ser humano e violência jamais vista antes, em meio a cataclismos e tragédias indicando que algo não está bem. Por que grande parte dos seres humanos não se dá conta? A resposta é simples: é que muitos estão envolvidos na sintonia da besta que, travestida de diversão, apresenta, incita, sugere e convence sua verdade pela sintonia que se transforma em uma hipnose coletiva, através de programas fúteis e vazios, que trazem mensagens subliminares que bombardeiam a mente comum todos os dias, e, as pessoas se divertem e não se atentam à dura realidade que os cerca.

– A televisão criou dependência nas criaturas, preguiça mental, subversão de costumes, subversão moral e a capacidade crítica de raciocínio e bom-senso. Estamos sendo duros na crítica? Certamente, alguns entenderão que sim. Todavia, podemos dizer que não estamos preocupados com a opinião adversa desse ou daquele, pois diante da gravidade do momento, nosso compromisso é com o esclarecimento da verdade e das criaturas. Efetivamente, a realidade fala por si só: muitos permanecem horas e horas a fio diante da televisão, perdendo precioso tempo, sendo bombardeados mentalmente por mensagens discretas de mentes que se prestam à sintonia negativa e aos planos de Érebo, Polifemo, Deimos e Tánatus. Poucos procuram alternativas de distração por meio de uma boa leitura, um passatempo saudável, um trabalho em favor do próximo, um bate-papo sadio com amigos ou mesmo um curso em que possa desenvolver alguma habilidade prazerosa. Infelizmente, temos constatado que, muitas criaturas ainda buscam preencher seu tempo vazio em distrações televisivas que disfarçam sua aparência em entretenimento inocente, assistindo novelas de conteúdo moral duvidoso, programas populares e de cultura inútil, além de apelativos, em que encontram entorpecimento mental como subterfúgio para fugir de si mesmas, porque inconscientemente não desejam enfrentar a dura realidade que se apresenta no dia a dia.

– A televisão transformou-se em fuga para muitas criaturas que sonham com a fortuna, do dia para a noite, em se tornarem celebridades, ganharem fama e dinheiro fácil além de um costume muito pernicioso que escravizou milhões de pessoas que chegam aos seus lares e antes mesmo de dar uma boa tarde ou boa noite aos familiares ligam a televisão para assistir a seu programa favorito ou ao futebol que, lamentavelmente, também se transformou em ópio para muitos que fizeram do esporte tão popular e saudável, reduto de criaturas brutas e perigosas, em que a violência também campeia e, vez ou outra, assistimos a cenas de selvageria de torcidas que extravasam seus instintos primitivos, assemelhando-se aos trogloditas das cavernas, que apesar da ignorância evolutiva eram, com certeza, mais pacíficos e ordeiros.

O Instrutor fez breve pausa para prosseguir:

– Infelizmente, essa é a triste realidade dos dias de hoje, Virgílio, que, aliás, identifica de forma inequívoca o período da grande transição planetária em curso, ou o *final dos tempos* como alguns preferem. A nossa responsabilidade e nosso compromisso é levar o alerta a todos que têm ouvidos de ouvir e procurar auxiliar todos que de alguma forma ainda desejam se desvencilhar, se desconectando dessa perniciosa sintonia que seduzem aqueles que oferecem campo mental para atuação vibratória, porque se comprazem nessa faixa mental de pensamento, comandado pelas forças das trevas, que estendem seus longos tentáculos e se espalham por todo o orbe terrestre em busca de distraídos e incautos. As forças do mal estão em festa, comemoram, mas Érebo quer mais e não irá descansar em sua tentativa de arrastar nesse turbilhão arrebatador o maior número possível de companheiros para o fundo do abismo.

As palavras do Instrutor traduziam severidade, considerando o momento de gravidade que a humanidade atravessa, motivo pelo qual ficamos em respeitoso silêncio meditativo.

Depois de alguns instantes, o Instrutor concluiu:

– As forças do mal são representadas por inteligências respeitáveis, muito bem articuladas, que planejaram com esmero suas estratégias, arquitetaram suas ações com astúcia; são sorrateiras, são especialistas na arte da sedução, do aliciamento, do convencimento e contam com mentes encarnadas que infelizmente se servem na condição de instrumentos dessas forças negativas para materializar o mal que se propaga cada vez mais.

– Além do mais, essas inteligências contam com a invigilância de muitos, com a distração de outros, com o entorpecimento de tantos e com a incredulidade dos demais. Por essa razão, alertamos uma vez mais nossos irmãos evangélicos, católicos e demais filosofias religiosas sérias, porque os ataques recrudescerão, tornando-se mais frontais e diretos. Sabemos que infelizmente alguns irmãos não resistirão às investidas e cairão, mas tudo isso também já está previsto porque o Evangelista nos alertou que deveríamos dar nossa cota de fé e testemunho pelo Cristo, nesses dias, pois para que tudo fique consumado após a grande transição, haverá a separação daqueles que ficarão à direita e à esquerda, dos lobos e das ovelhas, do joio e do trigo, então, cada um terá de reafirmar sua posição no lado esquerdo ou no lado direito do Cristo, entre os lobos ou entre as ovelhas ou entre o joio e o trigo, motivo pelo qual nos alertou: quem é sujo que se suje ainda e quem é santo, se santifique ainda.

Em meus pensamentos recordei o plano de atuação de Deimos contra as hostes espíritas. Era algo que naquele momento me preocupava, dadas as artimanhas e armadilhas preparadas contra o espiritismo.

– Conforme já dissemos, Virgílio – prosseguiu Ulisses complementando meus pensamentos –, as falanges do mal intensificarão cada vez mais seus ataques aos credos religiosos. No que tange aos espíritas, sem dúvida é um capítulo à parte. O espiritismo traz em seu bojo conceitos avançados de entendimento filosófico, científico e religioso, mas os espíritas são humanos semelhantes aos demais, sujeitos a falhas e fraquezas, com virtudes e defeitos como qualquer outro. O grande diferencial está na fé raciocinada, no conhecimento profundo de causa e efeito que a doutrina proporciona, além de contar com o auxílio mais próximo em virtude das faculdades mediúnicas com os espíritos protetores, mas nada disso valerá se não buscar uma reforma íntima verdadeira, alicerçar sua fé no amor e na caridade e na moral ilibada juntamente com espírito de humildade. Grande responsabilidade pesa sobre os ombros dos espíritas neste momento de gravidade planetária, porque a quem muito foi dado, muito será pedido, razão pela qual, embora já seja do conhecimento de todos, devemos tecer algumas considerações oportunas endereçadas particularmente aos espíritas.

Diante das palavras do Instrutor, fizemos respeitoso silêncio aguardando suas considerações.

XII

Considerações oportunas

Continue o injusto praticando injustiça, continue o imundo na prática da imundície, o justo continue na prática da justiça e o santo continue a se santificar. Eis que venho sem demora e comigo está o galardão que tenho para retribuir a cada um segundo suas obras.

Apocalipse – Cap. XXII – Vers. 11/12.

Com expressão de profunda seriedade, o Instrutor prosseguiu:

– As armadilhas preparadas pelas forças das trevas contra as hostes espíritas poderão ocorrer de duas formas: a primeira de forma sorrateira, convidativa, envolvente e sedutora. Essas armadilhas irão ocorrer de forma discreta, dissimulada, com aparência inocente, mas que escondem em sua essência grande perigo. Nós fomos testemunhas disso, em ocasião da declaração de Deimos, em que apresentou o plano considerando todas as possibilidades contidas nos sete pontos detalhados por Érebo, ou seja: invisibilidade; tempo; fraqueza moral; fé fraca; sexo desvirtuado; sintonia mental e por fim, a cabeça. Ora, eles estão de posse de todo ferramental necessário para atuação, têm disponibilidade de tempo, conhecem nossos pontos fracos e os explorarão à exaustão. Todos serão tentados insistentemente, desde o mais simples trabalhador que apresenta propensão à fofocas, a melindres e à preguiça, ou mesmo o trabalhador mais graduado que traz em seu íntimo pensamentos inconfessáveis, fraqueza moral, egoísmo, ganância e vaidade, seja o dirigente que aprecia o culto do personalismo, da bajulação, do gosto pelo poder e da fraqueza moral no campo da sensualidade. Todos, indistintamente, serão objetos da atuação das trevas que exploram nossas fraquezas morais.

– A segunda forma de atuação será de forma mais ostensiva e violenta, quando as forças do mal ao verificarem que o trabalhador, o responsável pelos trabalhos ou o dirigente, estão muito bem alicerçados na fé e na fortaleza moral, procurarão identificar formas indiretas de atuação, seja através de problemas financeiros, para desestabilizar a criatura que diante do desemprego e dos compromissos que se acumulam no dia a dia o fazem perder o equilíbrio espiritual, ou ainda através de algum membro da família que se torna mais propenso às investidas do mal. Muitas vezes, um filho se torna problema, uma filha apresenta comportamentos estranhos, seja pela atuação das drogas ou de companhias indesejáveis. Nessas circunstâncias, um pai ou uma mãe se desestabiliza emocionalmente ao ver dentro de seu próprio reduto familiar a atuação direta das forças trevosas atingindo um ente querido tão próximo; seja através da incompreensão da esposa, do esposo, do companheiro ou companheira que ameaça nossa tranquilidade; seja o inconveniente através de um parente próximo, seja o vizinho importuno a te atazanar para provocar seu desequilíbrio, seja o acidente no trânsito, a fechada mais brusca, ou o motorista imprudente e zombeteiro que vem para testar sua paciência no dia a dia do trânsito violento das grandes cidades. Essas investidas, embora mais acintosas, ocorrem de forma indireta por meio de algum acontecimento mais violento a testar sua paciência, diante do meliante que com uma arma ameaça sua vida ou a vida de um familiar querido, ou ainda a perda prematura de uma vida ceifada pela violência que campeia nos grandes aglomerados urbanos.

– Meu Deus! – exclamou o ex-sacerdote! – E como nossos irmãos espíritas devem se comportar diante dessa avassaladora onda de ataque?

Ulisses sorriu complacente, respondendo com brandura e bondade:

– Ninguém jamais estará desamparado nessa grande luta, Augusto, particularmente os trabalhadores do bem. Os discípulos do Cristo, independentemente da filosofia religiosa a qual pertencem, estarão sempre sob o amparo do Altíssimo. Jesus prometeu que jamais deixaria suas ovelhas ao léu, muito pelo contrário, cuidará amorosamente de todas para que fiquem na segurança do aprisco, e será capaz de descer até o fundo do abismo para resgatar a última ovelha perdida. Dessa forma, o trabalhador do Cristo não deve temer a tormenta, nem a procela, nem o vendaval, nem a tempestade que se avizinha, nem as trevas, nem os sustos noturnos, porque aquele que estiver firme na fé do Cristo verá que cairão mil ao seu lado, dez mil à sua direita, mas ele não será atingido.[46] No que tange aos espíritas, podemos afirmar que o espiritismo oferece a capa, a galocha e o guarda-chuva e todos sabem que irá chover. O que vale a dizer que temos todas as defesas necessárias, mas a cada um de nós cabe a atitude coerente: se não vestirmos a capa, não calçarmos a galocha e não abrirmos

[46] Salmo 91 – vers. 7.

o guarda-chuva, estaremos propensos a ficar molhados. Podemos ainda alertar os espíritas que não basta simplesmente se dirigir ao centro espírita, uma ou duas vezes por semana, assistir palestras, tomar passes e água fluidificada, participar das reuniões do Evangelho ou do intercâmbio espiritual. Para estarmos mais fortalecidos contra as investidas das trevas, devemos ter em mente três pontos básicos:

1) – Vigilância e oração – A todo instante e em todos os lugares seremos chamados a dar nosso testemunho através da paciência, da tolerância e da fé. Seremos testados no trânsito, no trabalho, no centro e no recinto doméstico, particularmente e por essa razão a insistência na advertência do Cristo: vigiai e orai.

2) – Reforma íntima – Não basta se intitular espírita, frequentar reuniões, assistir a palestras, tomar água fluidificada, oferecer sua colaboração nos trabalhos da casa na qual frequenta, deter profundos conhecimentos do espiritismo na parte científica, filosófica ou religiosa, se todo conhecimento auferido não fizer com que o espírita se torne uma criatura mais humana, mais humilde, mais tolerante, mais paciente e acima de tudo mais amorosa. As pessoas manifestam desejos de mudar o mundo, desejam um mundo melhor, mais pacífico, mais humano, onde possam reinar a paz, a justiça e a tranquilidade de espírito. Todavia, toda mudança começa primeiro em nós, motivo pelo qual o espírita que deseja ter uma retaguarda espiritual bem alicerçada, deve começar a mudar a si mesmo. Dessa forma, o mundo começa a se tornar melhor a partir de suas próprias

ações e atitudes. Portanto, a segunda receita é: conhece-te a ti mesmo, tome consciência de suas possibilidades, suas virtudes e defeitos, comece um programa sério de auto--reforma para, pouco a pouco, ir se desvencilhando de suas mazelas, fortalecendo e corrigindo sua conduta moral sem alimentar a pretensão de se tornar santo em apenas uma existência. Certamente, você não irá se tornar uma criatura angelical de uma hora para outra, mesmo porque a natureza não dá saltos, mas certamente você adquire importantes créditos diante da Espiritualidade Superior que irá reforçar seu guarda-chuva nos momentos de tempestades mais violentas.

3) – Caridade. – Ah! *A caridade, meus irmãos, palavra sublime que resume todas as virtudes.*[47] O espírita que não entendeu a sublime dimensão da caridade ou o que a entendeu e não a coloca em prática, não compreendeu a sublime essência do espiritismo. Por meio do conhecimento, o espírito se deslumbra diante dos horizontes que se dilatam para além das dimensões infinitas da luz. Por meio do conhecimento, o espírito se torna consciente de quem é, de onde veio e qual seu glorioso destino. Por meio do conhecimento, o espírito devassa a escuridão das trevas da ignorância e ilumina na luz perene seus passos e seu destino. O espírito, através do conhecimento, eleva-se e se liberta das amarras da ignorância para alçar os voos mais elevados em busca da perfeição! Todavia, todo conhecimento nada vale se o espírito não

---

[47] *O Evangelho Segundo o Espiritismo* – cap. XIII – Item 11 – Adolfo – Bispo de Argel – Bordeaux 1861.

entendeu a grandiosa dimensão da caridade! Caridade, palavra sublime, mãe de todas as virtudes! Fora da caridade não há salvação![48]

Ora, quando o filho do homem vier em sua majestade, acompanhado de todos os anjos, se assentará no trono de sua glória e de todas as nações, reunidas diante dele, separará uns dos outros, como o pastor separa as ovelhas dos bodes e colocará as ovelhas à sua direita e os bodes à sua esquerda. Então, o rei dirá àqueles que estarão à sua direita: vinde a mim vós que fostes benditos de meu Pai, possui o Reino que vos foi preparado desde o início do mundo, porque tive fome e me destes de comer, tive sede e me destes de beber, estava desabrigado e me hospedastes, estava nu e me vestistes, estive enfermo e me visitastes, estive prisioneiro e fostes me ver. Então os justos lhe perguntarão: Senhor, quando foi que te vimos com fome e vos demos de comer, ou com sede e te demos de beber? Quando foi que estivestes sem teto e o acolhemos ou sem roupa e o vestimos? E quando foi que te vimos doente ou preso e o fomos visitar? Então o rei lhes responderá: na verdade vos digo que quantas vezes fizestes isto a um destes mais pequeninos de meus irmãos, foi a mim mesmo que o fizestes.[49]

O Instrutor fez breve pausa, para em seguida prosseguir:

– Independentemente da religião professada, católicos, espíritas, protestantes ou evangélicos, seja qual for a denominação religiosa, estejam conscientes, porque as forças do

---

[48] *O Evangelho Segundo o Espiritismo* – cap. XV.

[49] *Mateus,* cap. XXV - vers. 31/40.

mal irão atuar cada vez mais ostensivamente. Recebemos do alto a luz que nos orienta, a bênção que nos protege, o amparo que nos fortifica e a fé que nos equilibra. Todavia, cabe a cada um a responsabilidade de buscar e permanecer na sintonia do bem, através do orai e vigiai, do aprimoramento íntimo e da prática da caridade, para que estejamos alicerçados na proteção do senhor.

– Todavia, queremos alertar que proteção não significa imunidade, mesmo porque nem o próprio Jesus esteve isento das investidas do mal, bem como seus discípulos muito amados, que também foram tentados pelas forças negativas e tiveram que cada qual dar seu testemunho e, por essa razão, não podemos negligenciar as palavras do Evangelista quando aconselha: aquele que é sujo, suje-se ainda, aquele que é iníquo, continue em suas iniquidades, mas aquele que é justo justifique-se ainda e o que é santo, santifique-se mais.[50] Desnecessário é repetirmos mais uma vez todo o plano e as estratégias do mal, das artimanhas da sedução, da logística e da arte da guerra que estão desencadeando contra aqueles que ainda não se definiram entre assumir a posição entre os lobos ou as ovelhas.

– As Hostes do Cristo envidam os melhores esforços, levam mensagens de alerta por meio de todas as formas possíveis, colocam à disposição daqueles que desejam perseverar no bem todos os recursos que necessitam para se alicerçarem em posição firme e segura. Em suma, temos a capa, a galocha e o guarda-chuva. Todavia, nada adiantará

---

[50] *Apocalipse,* cap. XXII - vers. 11.

a proteção da capa, da galocha ou do guarda-chuva se o próprio interessado deliberadamente deseja se molhar. É contra atitudes como essa que lutamos e não propriamente contra as forças do mal, porque esses irmãos irão colher o fruto de sua semeadura em um planeta onde haverá choro e ranger de dentes.

– Jesus, o sublime pastor, desejaria salvar todas as ovelhas e desceria até o fundo do abismo para resgatar a última ovelha perdida, entretanto, a ovelha que deliberadamente se entrega à sanha do lobo voraz não tem alternativa a não ser o tempo e o sofrimento, pois a evolução é a realidade de todos nós. Seja pelo amor, seja pela dor, a perfeição é a grande meta do espírito. Dessa forma, aqui estamos nós, mais uma vez trazendo as mensagens de alerta sob a égide do Cristo e jamais descansaremos até que tudo esteja consumado, uma vez que, a despeito de tantas mensagens de alerta, muitos irmãos ainda prosseguem escolhendo o caminho da dor!

XIII

Os manipuladores

Porquanto, assim como nos dias anteriores ao dilúvio, festejavam, comiam, bebiam, dançavam, casavam-se e se davam em casamento até o dia em que Noé entrou na arca. E não perceberam senão quando veio o dilúvio e os levou a todos.
Mateus – Cap. XXIV – Vers. 38/39.

Acautelai-vos por vós mesmos, para que nunca vos suceda que os vossos corações fiquem sobrecarregados com as consequências das orgias, da embriaguez e das preocupações deste mundo, para que aquele dia não venha repentinamente sobre vós como um laço.
Lucas – Cap. 21 – Vers. 34.

Nos dias que se seguiram, Augusto e eu ficamos na expectativa de uma incursão pela crosta terrestre, em visita a algumas cidades, bem como locais determinados, que segundo orientações recebidas, eram palco de ação onde as forças das trevas encontravam-se atuando de forma mais ostensiva, com objetivo de acompanhar de perto o desenrolar das ações e o *modus operandi* das legiões comandadas por Érebo e Polifemo.

No dia aprazado, sob orientação do Instrutor, nos dirigimos em rápido deslocamento volitivo em direção à crosta terrestre, e quando chegamos, o relógio marcava exatamente 23:00 horas. As luzes da cidade maravilhosa encantavam nossas vistas, bem como os contornos bem delineados de suas montanhas, e a topografia sinuosa demonstrava a harmonia da natureza perfeita abençoada pelo Criador.

As ruas centrais da cidade estavam aglomeradas de gente, e o barulho da cantoria, o rufar dos tambores e de tamborins propagava-se pelo espaço alcançando grande distância em sua vibração sonora. Era o período carnavalesco, ocasião em que muitas pessoas se entregam à folia na pretensa diversão de alegria e de liberdade. Grupos passavam apressados, embalados em conversas desconexas e risos alterados pela ingestão de etílicos, na companhia de desencarnados que se compraziam com o acontecimento.

As ruas próximas ao local dos desfiles das escolas de samba regurgitavam com a folia que corria solta. Era fácil identificar a presença de espíritos ávidos em busca de prazer e bebida. O que identifiquei de imediato e que chamou a atenção foi a presença de espíritos diferenciados em sua postura, desenvoltos em sua atuação, que pareciam ter grande facilidade em coordenar e potencializar a ação de outros espíritos desencarnados, que aparentemente não tinham a mesma lucidez, parecendo, à minha observação, em estado de embriaguez, buscando a sintonia do prazer que era objeto de seus desejos inconscientes, aproveitando-se para isso de encarnados que ofereciam campo mental adequado para sua atuação. Detive-me um pouco mais na observação, podendo constatar que os primeiros que havia observado, eram espíritos portadores de considerável condição intelectual, argutos em suas atitudes, astutos na atuação e portavam a inconfundível aura de maldade que os caracterizava.

Diante de minha observação, o Instrutor esclareceu:

– Observe, Virgílio, que muitos desses irmãos desencarnados, pelo estado de perturbação em que se encontram, não têm consciência do mal que praticam, mas buscam instintivamente, pela sintonia dos desejos do emissor, o prazer de que necessitam, uma vez que foram desalojados pela morte do corpo físico, mas ainda se encontram mentalmente prisioneiros das necessidades da matéria e, dessa forma, continuam instintivamente em busca de sexo, de bebidas e de drogas. Poderíamos dizer que a força que os atrai é a da sintonia mental, mas a energia que os imanta é quase que uma energia física, dado o estado materializado desses espíritos, bem como a sintonia mental de seus companheiros encarnados. É nesse estado de comportamento que entra a figura do *manipulador*, que você identificou.

– O manipulador é um espírito inteligente e astuto e não se expõe diretamente, permanece sorrateiro, por trás dos bastidores da ação propriamente dita. É com esses espíritos que os coordenadores de Érebo e Polifemo contam, pois são eles que colocam os planos em ação implementando as estratégias de seus superiores hierárquicos, porque sua função é potencializar a necessidade do encarnado em sintonia com o desencarnado em uma ação muito bem arquitetada, de forma que um se torna dependente do outro, alimentando-se de energias que o encarnado oferece e os prazeres e delírios mentais que o desencarnado propicia. É a companhia que as criaturas distraídas do *orai e vigiai*, que transitam na perigosa invigilância, elegem para si mesmas, e somente mais tarde, quando os efeitos dessa perniciosa simbiose começam a se manifestar no corpo denso e mental, é que então procuram os Centros Espíritas para se livrarem do pretenso *encosto* que elas mesmas escolheram e alimentaram, muitas vezes, por longo tempo.

Enquanto o Instrutor trazia os esclarecimentos, observei a ação intensa dos manipuladores, que agiam à solta sem serem identificados por seus colaboradores. Fiquei impressionado com a desenvoltura e a eficácia das ações muito bem articuladas.

– Na verdade, Virgílio – complementou o instrutor –, os manipuladores são cuidadosos e extremamente eficazes em sua atuação, uma vez que são conscientes e não são percebidos pelos manipulados, que à semelhança de marionetes, obedecem sem oferecer resistência, pois na inconsciência de sua condição espiritual encontram a sintonia que desejam, e isso lhes basta. Nossos irmãos encarnados por outro lado, são envolvidos nessas armadilhas, através de seus pensamentos e desejos desequilibrados, oferecendo campo de atuação na sintonia mental e não se dão conta porque se encontram, de algum modo, como que entorpecidos espiritualmente. A ação da ingestão etílica e demais drogas completam o serviço. Dessa forma, confundem-se pensamentos e desejos entre encarnados e desencarnados na perniciosa sintonia dos desejos desregrados.

Lembrei-me da sabedoria do ditado popular que diz: *Diga-me com quem andas e te direi quem és*. Sob a ótica de nossa observação, podemos ir um pouco mais longe invertendo o adágio popular para: *Diga-me o que pensas e te direi com quem andas.*

O instrutor sorriu diante de minha observação e complementou:

– Tem razão em sua observação, Virgílio, pois através da sintonia de nossos pensamentos, escolhemos as companhias espirituais que se afinam conosco, uma vez que sempre oferecemos sintonia mental com espíritos encarnados e desencarnados que comungam com o teor vibratório de nossos pensamentos e sentimentos.

Demonstrando vivo interesse no que estávamos observando e nos apontamentos do Instrutor, Augusto questionou:

– Instrutor Ulisses, gostaria que pudesses esclarecer algumas dúvidas: O senhor mencionou a figura do manipulador e dos manipulados, a simbiose mental que se cria, a dependência espiritual e física em que ficam imantados encarnados e desencarnados, de forma tal que acabam trazendo prejuízos espirituais e físicos aos encarnados. Minha pergunta é: Por que os bons espíritos não atuam diretamente sob os manipuladores? Quais os prejuízos espirituais e físicos que acarretam aos encarnados envolvidos nesses processos? Qual a solução para aqueles que caem nessa rede obsessiva?

O Instrutor sorriu complacente diante da enxurrada de perguntas do ex-sacerdote.

– Em primeiro lugar, Augusto, a figura dos manipuladores está implícita à condição do ambiente típico de nosso planeta, cuja humanidade vivencia as experiências necessárias correspondente ao período da transição planetária. Há de ser assim, para que se possa completar o processo como um todo, pois na colheita do Senhor não pode absolutamente haver joio se confundindo com o trigo. O que Érebo, Polifemo e seus comandados desconhecem, apesar de todo conhecimento, perspicácia e astúcia, é que toda a ação que eles perpetram no que eles entendem seja a grande batalha contra Deus e as Hostes de Jesus, em verdade são eles também personagens que fazem parte do processo na grande transformação planetária e contribuem decisivamente para que ela seja efetiva, pois no contexto evolutivo, os mansos herdarão a Terra e os reprovados no exame final serão banidos (lançados) para o lago de fogo, do choro e do ranger de dentes. Ora, os que forem escolhidos para herdar um planeta no período de regeneração terão muito trabalho de reconstrução, mas trabalharão felizes, iluminados pela luz do Senhor que clareia e aquece seus corações e jamais se apagará, porque embora ainda sejam criaturas portadoras de muitas imperfeições, por outro lado já efetuaram importantes conquistas espirituais, como a bondade e a mansuetude.

– Todavia, os banidos herdarão um planeta primitivo ainda envolto nas camadas densas de uma pesada atmosfera composta por nuvens sulfurosas e emanações vulcânicas de gêiseres e enxofre, de onde vem a citação apocalíptica de que os banidos seriam lançados no grande lago de fogo e enxofre e, então, haveria choro e ranger de dentes. Certamente, Érebo, Polifemo e seus comandados, mesmo que inconscientes, terão uma grande surpresa, pois irão perambular pelas noites sombrias do novo planeta e, possivelmente em momentos de meditação terão saudosos, mesmo que instintivamente, a lembrança de um paraíso perdido de onde foram expulsos por terem feito mau uso do fruto do bem.

Não podia deixar de registrar e observar que a folia prosseguia animada enquanto os manipuladores continuavam agindo à solta, preparando armadilhas entre encarnados e desencarnados.

– Alguém poderia questionar, se a atuação das forças das trevas já era prevista e necessária para a grande seleção do joio e do trigo, dos cabritos e ovelhas, qual então é o papel das Hostes do Cristo?

A pergunta formulada pelo próprio Instrutor era oportuna e me chamou a atenção, pois parecia que estávamos diante de um aparente paradoxo. Sim, era verdade, Deus é a inteligência suprema do Universo e a causa primária de todas as coisas. Tudo acontece porque o Senhor assim permite, pois criou leis perfeitas que regem o Universo e tudo que nele existe. Se tudo o que estava acontecendo era necessário e já tinha sido revisto com muita antecedência e faz parte do grande plano evolutivo, então qual seria o papel dos bons espíritos neste conturbado período de transição planetária?

Diante de minhas elucubrações mentais, o Instrutor sorriu, prosseguindo em seus esclarecimentos:

– Nunca é demais repetir... – prosseguiu o instrutor – ...que as colocações feitas a respeito do embate entre as forças do bem e as forças do mal, às vezes, passa para os mais apressados a impressão de que as forças do mal estão ganhando o jogo de goleada – disse o instrutor fazendo uma analogia sugestiva e oportuna ao entendimento do ser humano encarnado. – E que as Hostes do Cristo lutam desesperadamente para que no final do último minuto do segundo tempo possam reverter o resultado negativo e expulsar o demônio, a besta e o dragão e todos seus seguidores, lançando-os para o fundo do lago de enxofre ardente onde haverá choro e ranger de dentes. Não é bem assim. As Hostes do Cristo operam com muito amor e intensidade, pois o momento exige, mas acima de tudo, com serenidade junto ao ser humano, levando orientações, mensagens de esclarecimento e alertas de todas as formas possíveis e imagináveis para despertamento do ser humano para a gravidade do momento. Além do mais, o ser humano conta a seu favor com o Evangelho do Cristo que esclarece, ilumina e liberta! Quem tem olhos de ver que veja, quem tem ouvidos de ouvir que ouça! Haverá sempre o chamamento e o convite amoroso do Cristo, e por outro lado haverá também os apelos irresistíveis, insinuantes, sedutores, sorrateiros para a prática das licenciosidades de toda espécie. Cabe às pessoas ouvirem a voz que lhes é propícia de acordo com seus sentimentos e anseios, porque em última instância, é no íntimo da própria consciência que cada criatura toma sua decisão, fazendo sua escolha entre o bem e o mal, posicionando-se entre a esquerda e a direita, entre o joio e o trigo.

– Em verdade, as hostes de Érebo e Polifemo contribuem para que as pessoas exteriorizem o mal que jaz latente dentro de cada um trazendo para fora suas deformidades morais camufladas, seus anseios de libertinagem mal resolvidos, sua brutalidade escondida, a sexualidade desvirtuada, as mentiras disfarçadas e a corrupção enrustida. Fazendo uma analogia para facilitar o entendimento, poderíamos comparar os seres humanos às máquinas fotográficas antigas, porque apenas revelam o que têm dentro de si quando expostos à situação mais acerba, como os antigos filmes das máquinas de fotografia, isto é, depois de acionados e expostos à escuridão e à depuração do agente revelador é que o filme exterioriza exatamente o que contém oculto em sua essência. Por esta razão, o Evangelista João afirmou: quem é sujo, suje-se ainda e quem é santo, santifique-se ainda! No final do processo da grande transição não haverá mais dúvidas: haverá na simbologia do apocalipse, distintamente separados entre si, o joio e o trigo, os cabritos e as ovelhas, os da direita e os da esquerda para que possa, então, ser completado o processo de transição planetária, onde os mansos haverão de herdar a Terra e os demais serão lançados para o lago de enxofre ardente.

Após os esclarecimentos do Instrutor, permanecemos em silêncio meditativo, enquanto fazia minhas anotações.

Sob orientação de Ulisses, nós nos dirigimos a vários locais e clubes que promoviam a festividade do carnaval, onde pudemos observar a ação constante de manipuladores, envolvendo espíritos afins com a folia e a diversão dos seres encarnados. O regalo era total entre desencarnados e encarnados, que se compraziam, ignorando as companhias espirituais que se associavam na perigosa sintonia da diversão carnavalesca.

A demanda de tempo não foi mais que a necessária para os apontamentos pertinentes ao assunto, de forma que em pouco tempo nos deslocamos para outras localidades onde a folia corria solta.

Na cidade seguinte, onde aportamos, os trios elétricos eram a sensação máxima entre os foliões, cuja maioria era de jovens que se entregavam ao prazer da diversão descompromissada. O quadro que podíamos observar não era diferente do observado anteriormente, com um agravante: além das bebidas, das drogas, da presença de manipuladores e manipulados, pude observar uma onda negativa, escura e pesada, de forte apelo libidinoso que envolvia a grande maioria que se encontrava naquela sintonia, traduzindo desejos de angústia desenfreada ao atendimento à libido, na condição da mais primitiva sensualidade. Era fácil observar que muitos envolvidos pelos efeitos do álcool, drogas, bem como pelas influências espirituais negativas, não apresentavam condição de raciocínio lógico nem lucidez para os perigos a que estavam expostos.

Aquelas cenas não eram novidades para minha observação, pois já estivera anteriormente naquele mesmo palco, onde pudera observar a manifestação de energias extremamente perigosas, fruto das emanações dos pensamentos e desejos de sensualidade exacerbada da multidão que se comprimia em delírio pela pretensa diversão descompromissada.

De retorno ao nosso domicílio espiritual, em determinado ponto de nossa trajetória, o Instrutor orientou-nos para que observássemos a crosta terrestre. Augusto e eu estávamos deslumbrados diante da beleza do nosso orbe, que contrastava a escuridão da noite com a luminosidade das estrelas que serviam de pano de fundo de nossa visão. Àquela distância era possível verificar a curvatura da Terra e identificar, por meio de suas luzes, as principais cidades costeiras. Mas o que mais me chamou a atenção foi observar que exatamente sob as regiões onde a folia se manifestava mais intensa, algo se destacava entre o brilho das luzes. Entre a escuridão da noite, o brilho das estrelas e as luzes das grandes cidades, podia-se vislumbrar a presença de uma energia mais densa e agressiva que se caracterizava pela tonalidade vermelho-escuro, que se revelava à nossa percepção mais aguçada.

O Instrutor não esperou questionamentos para nos trazer o esclarecimento necessário:

– Como já dissemos anteriormente, as ondas mentais negativas se espalham e se expandem por todos os lugares ao redor do planeta, tais quais uma teia sorrateira e sedutora. Quando movidos pela falta de vigilância, através de sentimentos de ódio, mágoas, ressentimentos e sensualidade exacerbada, atraímos essas ondas, em virtude da sintonia vibratória de nossos pensamentos, e por ela somos atraídos. Não é demais repetir a analogia já mencionada anteriormente, porque as pessoas naquela sintonia são capturadas pelo visgo pegajoso daquela onda, tal qual o inseto que em seu voo distraído cai prisioneiro da teia dos aracnídeos. Podemos observar nessas situações a ocorrência de um fator agravante: a ação dos manipuladores a serviço do mal que potencializam as sensações seja de ódio, de mágoas, de ressentimentos ou de sensualidade descontrolada, que é o presente caso. A onda magnética, oriunda da coletividade em confluência com a onda negativa que gravita no espaço, à semelhança do ímã que atrai a limalha de ferro, aglutina-se pela atração irresistível que exerce, adquire potência e se retroalimenta através da simbiose que se estabelece entre encarnados e desencarnados que comungam os mesmos sentimentos descontrolados. O resultado é o que podemos observar.

As observações do Instrutor eram severas e preocupantes. Augusto questionou:

– Diante dessa cena que estamos observando, e de seus esclarecimentos, poderíamos afirmar que as festividades do carnaval são perigosas? Em que dimensão poderia entender que se trata de uma festividade de licenciosidade e pecado?

O Instrutor sorriu com bondade diante da pergunta do ex-sacerdote.

– O pecado está na cabeça e no pensamento das criaturas, Augusto. Devemos sempre recordar o Apóstolo Paulo quando nos asseverou com sabedoria que: *Tudo me é permitido, mas nem tudo me é conveniente.* O ser humano deve ter a consciência de que tudo que fazemos de bom ou de ruim reverte sempre a nosso favor ou contra nós mesmos, porque a semeadura é livre, mas a colheita é obrigatória. Assim sendo, todo o bem que praticarmos, todo o bem que espalharmos retornará sempre em nosso benefício, por meio de nossa melhoria íntima e espiritual, a sedimentar nossa escalada na trajetória da ascensão espiritual. Da mesma forma, todo mal que semearmos em nossa invigilância será o espinheiro ou os pedregulhos que teremos de colher obrigatoriamente lá na frente, em nossa caminhada. O ser humano conquistou evolutivamente a condição do livre-arbítrio e por essa razão tem a oportunidade de escolher os caminhos evolutivos que deseja, seja pelo amor ou pela dor! Todavia, devemos ponderar que com o livre-arbítrio veio também a responsabilidade, motivo pelo qual, quando atingimos a condição da consciência espiritual, temos necessariamente a condição de saber que tudo podemos, mas ter o discernimento para identificar aquilo que nos convém e o que não nos convém! Não somos nós a condenarmos quem quer que seja, porque no uso do livre-arbítrio, o ser humano tem a liberdade da livre escolha. Infelizmente, muitos ainda fazem a opção pela dor e irão sofrer as consequências da escolha efetuada. Nem poderia ser de outra forma – concluiu.

Enquanto fazia minhas anotações, meditava na seriedade dos ensinamentos. O Instrutor prosseguiu:

– Alguém poderia ainda alegar não haver nenhum mal porquanto o ser humano é livre para a própria escolha, e que o carnaval é uma festa folclórica que as pessoas aguardam ansiosamente para se descontraírem depois de um ano de muito estresse e lutas. Vamos mais adiante ainda, pois temos visto confrades que entendem que não há nenhum mal na diversão carnavalesca e somos compelidos a concordar, uma vez que o mal não está na diversão em si, pois o mesmo se encontra na mente daqueles que estão voltados ao mal, o que nos força a reconhecer que o mal sempre existe onde queiramos destacar sua presença. Entretanto, não estamos nos referindo simplesmente à diversão pura e simples do carnaval ou a qualquer outro tipo de entretenimento saudável. O que queremos é simplesmente relatar o quadro perigoso que presenciamos e o que vimos, não é simplesmente uma diversão inocente e saudável, mas o perigo do laço e do visgo mortal da teia magnética negativa e licenciosa que se estende e encontra sintonia nas mentes que buscam, na justificativa da diversão do carnaval, a oportunidade para liberar e exteriorizar seus descalabros representados por desejos inconfessáveis e ocultos, facilitados pela bebida, pelas drogas e pela ação dos manipuladores que encontram extrema facilidade diante do farto material de combustão exsudada pelas mentes que comungam da perigosa sintonia, porque no carnaval tudo se justifica.

– A verdade é que essa teia, a que nos referimos, faz jus à alusão das palavras do Apóstolo Lucas,[51] à semelhança do laço de visgo que estende seus tentáculos aprisionando em suas teias os incautos foliões, que na ânsia de se divertir e aproveitar ao máximo aqueles dias, enredam-se em um perigoso cipoal obsessivo, cuja libertação torna-se extremamente difícil, pois à semelhança do ímã que atrai o ferro, a teia aprisiona a presa pelo visgo da sintonia do

[51] *Lucas*, cap. XXI – vers. 34.

obsediado, que muitas vezes não se dá conta e ainda se compraz porque vem ao encontro de seus anseios e desejos íntimos. Terminado o carnaval, as pessoas retornam à rotina do dia a dia, mas mentalmente continuam prisioneiras das companhias espirituais a quem se imantaram nos dias de folias cujas consequências são imprevisíveis, pois muitos continuam a alimentar os pensamentos de prazer pelo ano todo, até retornarem ao carnaval do ano seguinte.

Fiquei meditando na realidade e na seriedade dos fatos presenciados, nos perigos invisíveis que as pessoas, na ansiedade da diversão carnavalesca, não se dão conta. Nossos alertas seriam levados a sério ou simplesmente levados em conta como pilhéria ou exagero? Confesso que já ouvi, até mesmo de confrades, alegações que nos colocamos na condição de severidade injustificada ou ainda na condição de puritanos e moralistas.

O Instrutor não esperou que eu formulasse qualquer questionamento, pois acompanhava meu raciocínio e prontamente redarguiu:

– Não devemos dar tanta importância, Irmão Virgílio, à opinião desse ou daquele. Nossa responsabilidade é com os planos superiores, que consiste em levar as mensagens de alerta para aqueles que têm ouvidos de ouvir, ouvirem e aos que têm olhos de ver, que vejam. Em verdade, as palavras do Apóstolo Mateus[52] nos remetem à Era de Noé que, preocupado, alertava para a seriedade do momento

[52] *Mateus*, cap. XXIV – vers. 38/39.

enquanto o povo ria, zombava, festejava, bebia e dançava. Diz mais o Apóstolo, que o povo só percebeu quando veio o grande dilúvio e os levou a todos. Poderíamos perguntar: Será que existe alguma semelhança com os dias de hoje? Certamente muitos dirão que é muita fantasia, exageros e excesso de moralismo de nossa parte. Apenas temos de lamentar, porque muitos irão apenas dar conta do que ocorre, quando a grande onda renovadora varrer a todos da atmosfera terrestre, a exemplo do grande dilúvio. Aí, então, já será tarde demais, pois nos alerta o Evangelho do Mestre: haverá choro e ranger de dentes!

Depois de breve pausa, o instrutor prosseguiu:

– Para concluir este assunto, não podemos deixar de mencionar que além dos problemas mencionados, temos ainda outras estatísticas melancólicas: mortes provocadas pela bebida, direção perigosa de motoristas alcoolizados, e alguns meses após a festividade do carnaval, clínicas clandestinas de abortos abarrotadas com a presença de jovens na ansiedade de se livrar de uma gravidez indesejável, fruto de quatro dias de invigilância e folia, além de um significativo número de pessoas infectadas por doenças sexualmente transmissíveis; e o HIV, que ao contrário do pensamento de muitos, continua sendo um perigo real e assustador que dizima vidas, em muitos casos, devido a um momento fugaz de prazer e diversão.

O Instrutor concluiu os esclarecimentos. Retornamos, então, ao nosso domicílio em respeitoso silêncio, meditando na seriedade da orientação recebida.

XIV

As artimanhas sedutoras do mal

Para que ninguém possa comprar ou vender, senão aquele que tem a marca, o nome ou o número de seu nome.
APOCALIPSE – CAP. XII – VERS. 17.

∾ ∾

Alguns dias transcorreram até que o Instrutor informou que estaríamos em nova visita à crosta terrestre para estudos e observações a respeito das artimanhas arquitetadas pelas inteligências trevosas, no processo de envolvimento das mentes dos encarnados, que ocupam postos-chave, responsáveis pela influência das massas.

Segundo informações do Instrutor, aquela seria uma oportunidade ímpar para observações a respeito da atuação, da artimanha e da astúcia das inteligências invisíveis a serviço do mal, no que tange a três pontos nevrálgicos que determinam diretamente a influência das massas: Entretenimento, Política e Religião.

Assim aconteceu.

Já era alta madrugada quando aportamos em um imponente apartamento localizado em região nobre do Rio de Janeiro. Adentramos o recinto e de imediato percebemos o impacto das vibrações negativas que dominavam o ambiente. Identificamos a presença de irmãos menos felizes de nossa esfera que se reuniam naquele local, movidos por estranhos interesses.

Na sala espaçosa havia uma enorme tela de televisão sintonizada em determinado canal que exibia filmes eróticos, onde as cenas de sexo eram fortes e deprimentes, para gáudio da plateia invisível que se divertia.

Em frente à televisão, um homem rabiscava um caderno e anotava observações em um notebook enquanto tomava doses generosas de uísque importado, interrompendo de vez em quando as anotações para assistir as cenas mais picantes de nudez e sexo, onde a sensualidade se tornara banalizada e sem sentido.

O que me chamou a atenção foi que, enquanto a turba desencarnada se esbaldava em algazarra, assistindo às cenas de sexo que se desenrolavam na tela, havia um espírito que se destacava por sua postura contrária à dos demais, não demonstrava interesse no que acontecia no vídeo da televisão, mesmo porque seu objetivo era outro. Circunspecto e insinuante, envolvia com poderoso influxo magnético mental o encarnado, que era o inquilino daquele apartamento. Pude verificar que aquele espírito exercia sua influência com extrema facilidade, como se tivesse à sua disposição uma marionete, pois a sintonia que unia mentalmente encarnado e desencarnado era perfeita em virtude de que os interesses que comungavam eram exatamente os mesmos em termos de pensamentos e objetivos. Não deixei de observar que a mente do encarnado funcionava como um prolongamento da mente do desencarnado, e a capacidade de captação das sugestões do espírito eram assimiladas por ele com extrema facilidade.

Nossa presença no ambiente não era identificada por aqueles espíritos, em virtude de nossa condição vibratória mais elevada, portanto imperceptível para aqueles irmãos.

– Este homem... – esclareceu o instrutor – ... é um profissional altamente remunerado, especialista na criação, desenvolvimento e produção de programas que atendam aos interesses comerciais das emissoras. Assim, seu trabalho é financeiramente valorizado porque a direção não questiona o grau de cultura, de objetividade ou de moral, mas o retorno financeiro em termos de publicidade e índices de audiência. Tudo se justifica se o programa traz bons resultados financeiros e elevados índices de audiência.

– Nesse trabalho, como vimos, esse profissional conta com uma perigosa fonte de inspiração, pois como já observamos anteriormente, as forças das trevas lançam mão de inteligências respeitáveis e aguçadas na tarefa da sedução a um público que se compraz e se deleita, permanecendo por horas a fio diante do vídeo, como se estivesse em uma hipnose coletiva. A grande realidade é que efetivamente se trata de uma hipnose sugestionada que alcança com eficácia seus objetivos. O certo é que a parceria que observamos, atinge sucesso total tanto no aspecto comercial com significativos índices de audiência, uma vez que tem público cativo, quanto também no lado invisível, porque cada vez mais pessoas sob a pretensa alegação da diversão e descontração, entregam-se desatentas ao clima e à energia negativa no qual a televisão funciona como amplificadora, adentrando a perigosa sintonia da sensualidade e vulgaridade, oferecendo farto campo mental para atuação das forças das trevas que, como já presenciamos, não perdem tempo.

Observei mais atentamente o espírito, porque ele me parecia alguém que já conhecíamos.

Notando minha observação, o Instrutor me perguntou:

– Está reconhecendo quem é este manipulador, Virgílio?

Confesso que estava surpreso. Sim, realmente eu o havia reconhecido: era nada mais nada menos que Éris, o legionário do mal que havia se apresentado no final da exposição de Tánatus na assembleia realizada nas trevas, que tivéramos a oportunidade de assistir. Éris era, efetivamente, o braço direito de Tánatus.

O instrutor orientou-me que me aproximasse para bem mais notar o envolvimento e a sintonia que ora se desenrolava diante de nossos olhos. Observando, não pude deixar de registrar que estávamos diante de um espírito extremamente inteligente, matreiro, perspicaz, sorrateiro e envolvente. Um verdadeiro especialista na arte do envolvimento e sedução. A energia mental de Éris encontrava perfeita sintonia com a mente do encarnado que recebia sugestões mentais como se fossem seus próprios pensamentos, frutos de uma inspiração que traduzia esperteza e sabedoria, que o encarnado confundia com suas próprias elucubrações.

Ao analisar a foto de uma moça em trajes sumários, ficou em dúvida: escolheria essa ou outra, cujos dotes físicos já havia analisado? Observando a dúvida, Éris foi enfático sugerindo mentalmente:

– As duas são irresistíveis e irão provocar o interesse e a sensualidade do público. Por que não escolhe as duas?

– Escolher as duas? – o profissional respondeu mentalmente, como se estivesse conversando consigo mesmo. – Sim, por que não? Ótima sacada, essas duas juntas vão provocar barulho, um rebuliço tremendo e o público vai delirar!

– Isso mesmo, cara, você é muito esperto, inteligente, sagaz! Que sacada! Você é demais! – Éris insuflou.

– Realmente, tenho de reconhecer que sou muito bom neste jogo – admitiu com satisfação. – Certamente, essas duas juntas vão dar muito *pano prá manga*.

Em seguida, passou a analisar as fotos dos homens. Mas parecia não ter muito interesse, ao que Éris novamente provocou:

– Não perca muito tempo com a escolha dos homens. Seu negócio não é ficar analisando homens. Ora, escolha alguns musculosos, porque as mulheres gostam. Escolha também alguns trogloditas para provocar confusão, coloque também nesse balaio alguma diversidade para provocar conflitos.

Mais uma vez fiquei impressionado com o grau de sintonia entre encarnado e desencarnado, porque o homem respondeu em voz alta à sugestão recebida mentalmente:

– Sim, lógico, por que perder tempo com homens? Vou logo escolher alguns bonitões, musculosos, trogloditas, inserindo também no programa alguém que seja contraditório e *do contra* que venha provocar discussões e conflitos. Genial! – o profissional concluiu seus pensamentos.

Definida aquela questão, o produtor voltou seus olhos para o perfil das moças às quais havia ficado em dúvida quanto à escolha. Novamente a sugestão de Éris prevaleceu.

– Já que as duas são lindas e maravilhosas, por que você não assiste novamente ao vídeo das moças?

– Nossa, que boa ideia tive! – respondeu mentalmente. – Vou assistir àquilo que me agrada e depois separar para discutir com os demais membros da produção. Mas o que vai prevalecer mesmo, é minha vontade!

– Lógico! Você é o chefe, é quem determina, quem manda prender e quem manda soltar, e fim de papo – provocou o obsessor.

Satisfeito com seus pensamentos e ideias que julgava serem suas, o homem levantou-se e colocou o vídeo. A plateia invisível não gostou de ver interrompida a exibição do filme erótico e protestou em algazarra. Todavia, Éris foi duro e incisivo:

– Calem a boca, vocês! Afinal, estão aqui apenas para contribuir e complementar com a energia vibratória do ambiente.

Causou-me estranheza a reação do *manipulador* em relação aos seus comandados.

O Instrutor esclareceu:

– Em prol do equilíbrio e da segurança necessários aos trabalhos espirituais focados no bem, necessário se faz a presença de médiuns preparados para que fiquem na retaguarda vibratória com objetivo de dar sustentação ao ambiente espiritual, propiciando que o ambiente físico fique saturado por energias vibratórias positivas e elevadas. Assim também nos ambientes onde se desenrola práticas negativas, a presença de *figurantes* tais quais os que estamos presenciando, oferecem sua contribuição porque alimentam e dão consistência aos fluidos negativos que saturam o ambiente. Isso facilita, sobremaneira, o envolvimento, e o resultado é o que estamos assistindo.

– De um modo geral, onde se reúnem pessoas propensas ao mal, que emitem pensamentos negativos, os espíritos que comungam os mesmos objetivos são atraídos naturalmente pela lei da sintonia. Por conseguinte, podemos concluir que sempre irão se aproximar espíritos afinados com aqueles objetivos, que irão engrossar e ampliar as energias negativas. Dessa forma, os encarnados invigilantes acabam por se enredar nas malhas do laço traiçoeiro da grande onda que gravita no espaço. A diferença no presente caso – complementou o instrutor –, é que a presença dos figurantes foi escolhida a dedo pelo manipulador-mor, que direciona com inteligência sua ação, dada a importância do resultado que se propõe, a serviço das hostes trevosas.

Éris já havia concluído sua tarefa da noite, retirando-se do ambiente com visível demonstração de satisfação. Certamente, aquele seria mais um programa que atenderia aos interesses das trevas.

No ambiente, permaneceram os figurantes, sob a tutela da sintonia dos pensamentos do encarnado que comungavam interesses mútuos com aquela turba que dividia o ambiente em algazarra e festa.

– Este homem... – esclareceu o instrutor – ... tem dinheiro, influência, poder e poderia se dar ao luxo de exigir e ter a mulher que desejasse, enfim tem tudo à sua disposição que o poder propicia. Todavia, falta-lhe algo que o dinheiro não compra: a paz de espírito. Só consegue dormir altas horas da madrugada depois de muitas doses de destilados importados, acompanhado em seus sonhos pelos bagunceiros de plantão que dividem seus desejos, anseios e pesadelos.

As últimas palavras do Instrutor deixaram-me pensativo. Realmente – pensei comigo mesmo –, de nada adianta o ser humano ter poder, grana, fama e glória se não tiver paz de espírito.

Acompanhando meus pensamentos, o Instrutor complementou:

– Sem dúvida, Virgílio. De um modo geral, poucos dão o devido valor à paz de espírito. A criatura simples no dia a dia trabalha em seu honesto labor, e no final do dia ao retornar à bênção do lar encontra a paz e o aconchego da família, dos seus filhos e entes queridos. Na simplicidade da vida, alegra-se com o sorriso dos filhos, conforta-se no abraço da esposa e depois repousa a cabeça no travesseiro e adormece serenamente. Isso é utopia ou simplesmente poesia? Não, podemos afirmar com certeza que muitas pessoas dariam tudo para terem a bênção de dormir, de repousar, de ter paz de espírito.

– Em verdade, Virgílio, o grande problema é que muitas vezes as pessoas esquecem do ensinamento do Cristo: *Dai a Cesar o que é de Cesar e a Deus o que é de Deus.* Vivem intensamente no mundo material, correm atrás de quimeras, de objetivos mundanos, procura-se a fama, a glória, o poder e o dinheiro a qualquer custo. Os que conseguem, desfrutam por algum tempo das sensações efêmeras da glória passageira e os que não conseguem, entram muitas vezes em graves distúrbios que abalam profundamente o ego, a autoestima e a confiança. Comumente acabam por se desestruturar emocionalmente, adentrando o perigoso campo da depressão e a outras fobias ao que os asseclas de Érebo e Polifemo estão atentos para atuar com muito sucesso, porque de um modo geral o próprio encarnado facilita o trabalho dos obsessores que são muito bem direcionados pelos *manipuladores.*

O Instrutor fez breve pausa para em seguida prosseguir:

– Por outro lado, aqueles que alcançaram seus objetivos materiais, se não tiverem o equilíbrio espiritual necessário na recomendação do Cristo: *Dai a Deus o que é de Deus*, como dissemos anteriormente, desfrutarão por algum tempo, exaustivamente, sensações máximas de gozo que o poder e a glória mundana propiciam. Irão manifestar suas neuroses e desejos do poder absoluto em seus feudos, porque o poder temporal permite e, no fundo, essas pessoas se comprazem no absolutismo, pois gostam de mandar e ser obedecidas.

– Todavia, a falta do preenchimento do outro lado da moeda, no que se refere ao mundo espiritual, o ser humano com o passar do tempo acaba por sentir profundo fastio de si mesmo, a sensação de não ter mais o que fazer e realizar. Perde os anseios, os encantos e os objetivos mais nobres. O poder, o mando e a glória contribuem para corromper muitos que acabam procurando formas alternativas para compensar suas frustrações e excessos de si mesmo, isso é: egoísmo exacerbado. Alguns se entregam à fuga pela utilização de tóxicos, outros aos destilados refinados, outros ainda aos desvarios da personalidade, outros mais às neuroses, fobias, depressão, síndromes de toda espécie, pagando a peso de ouro consultas de profissionais renomados da psiquiatria, e depois acabam por se entupir de medicamentos que, muitas vezes, em vez de solucionar agravam ainda mais o problema, porque em toda essa situação que estamos relatando existem dois componentes que jamais poderiam ser negligenciados pela psiquiatria moderna na real cura dos pacientes: O lado espiritual da moeda referida no ensinamento de Jesus, pois o ser humano apenas se equilibra quando está em equilíbrio entre mundo físico e espiritual, no dai a César o que é de César e a Deus o que é de Deus. O segundo aspecto que não podemos deixar de ressaltar, que é o lado obsessivo, em que as hostes do mal adentram sem pedir licença nem bater às portas, uma vez que os próprios interessados escancaram portas e janelas e as deixam à disposição de poderosas forças invisíveis que se instalam e de lá não saem simplesmente com ação medicamentosa dos calmantes que *espantam as moscas, mas não curam as feridas.* O dia em que a psiquiatria considerar como fundamental em seus estudos a análise do componente espiritual, certamente atingirá seus objetivos mais profundos na solução dos intrincados problemas da mente e da personalidade humana, porque nenhum ser humano vive dissociado da parte espiritual, que é intrínseca à sua própria personalidade.

Anotei cuidadosamente as ponderações do Instrutor que eram muito oportunas e profundas.

Na noite seguinte, estivemos em outros locais onde decisões eram tomadas em função de programação da mídia televisiva no que tange ao direcionamento das mensagens a serem veiculadas através de novelas, programas humorísticos e outros variados.

O Instrutor informou que nosso objetivo não era naquele momento descrever em detalhes as nossas observações levadas a efeito nos bastidores do lado espiritual, mas ressaltar até que ponto as influências do mundo invisível refletem no mundo material, especialmente no caso de uma mídia tão poderosa como a televisão. O que pudemos verificar era algo simplesmente assustador, pois a sintonia era extremamente estreita entre manipuladores e manipulados, tal qual uma simbiose perfeita em que as ondas-pensamento fluíam no mesmo diapasão vibratório de tal forma que se confundiam entre si. Certamente, o encarnado invigilante detinha plena convicção de que as ideias que fluíam por sua mente eram produtos de sua criatividade, inspiração e inteligência. Os comandados de Tánatus e Éris exerciam sua influência com espantosa facilidade. Não pude deixar de recordar o questionamento de Kardec aos bons espíritos: Os espíritos influem sobre nossos pensamentos e nossas ações?[53]

Chegamos a um local onde se encontravam reunidos diretores e produtores de determinada emissora de televisão, cujo propósito era discutir um novo formato para um programa com apelo popular, oferecendo diversão e entretenimento de gosto duvidoso aos jovens, que eram seu público-alvo. O diretor daquele programa, sob influência de Éris, se manifestava irritado, exigindo números de audiência mais animadores e resultados mais positivos em termos financeiros, uma vez que o programa estava perdendo pontos diante da concorrência, além do risco de perder patrocínio.

– Quem comandava aquela reunião no lado espiritual era Éris, sendo que os demais componentes que compunham a retaguarda eram espíritos de muita competência, em termos de envolvimento e manipulação. Sob os auspícios da horda trevosa, as ideias começaram a fluir aos borbotões. "Pegadinhas" de mal gosto, piadas chulas e gincanas desprovidas de qualquer senso. Mas a ideia sugerida pelo diretor, sob inspiração de Éris, foi a que mereceu aplausos: modelos bonitas, dotadas de corpo escultural e seminuas deveriam fazer parte da programação no palco, dançando e rebolando, expondo seus atributos físicos.

---

[53] *O Livro dos Espíritos* – Perg. 459.

A ideia foi aprovada sob aplausos. O diretor do programa concordou que o programa poderia até ser de mau gosto e apelativo, contudo deveria atingir seus objetivos, isto é: levantar a audiência.

Estivemos também em outros ambientes, e por vezes pudemos observar que a influência do lado invisível era mais sutil, mais discreta, mais inteligente. Programas em que se procurava dar uma aparência de variedades, informações e até cultura, também podíamos identificar a presença dos comandados de Tánatus, que lustravam em seus comandados encarnados a ideia da modernidade, dos conceitos avançados para mesclar mensagens subjetivas e maliciosas de forma sutil, de tal forma que o público assimilasse tais ideias como reais e verdadeiras.

O que pude notar era que em determinadas situações, a influência das hordas negativas eram acintosas e em outras eram mais discretas. Diante de minha observação, o instrutor esclareceu:

– Ambas as influências são perniciosas, dada a sutileza da influência maligna. Entretanto, a mais perigosa é a mentira que vem disfarçada de verdade.

Não foi diferente por outras emissoras por onde passamos, com raras exceções. Em locais onde se discutiam programas de cunho educativo, podíamos identificar a presença de bons espíritos, que procuravam inspirar diretores e produtores bem-intencionados.

Em uma dessas reuniões, pudemos observar o profundo dilema dos diretores e produtores:

– É uma tarefa inglória produzir algo que sabemos não terá audiência do público.

O diretor ficou pensativo diante das palavras de seu produtor. Os recursos eram escassos e a ditadura da baixa audiência não permitia grandes investimentos nem sofisticar o programa.

Pude observar que a equipe encarnada estava sob inspiração de bons espíritos e procuravam motivar a minúscula equipe de profissionais com energias positivas e ideias criativas.

Reconheci no comando da equipe espiritual um conhecido professor de minha época. Era o professor Carvalho, conhecido por sua dedicação e seu idealismo no exercício da educação que ele tanto amava e pela qual dedicou sua vida.

Cumprimentei-o com alegria, e o professor visivelmente emocionado me abraçou:

– Ah, Virgílio! Quando me lembro de nossa época em que os educadores eram respeitados e valorizados sinto saudades e tristeza ao mesmo tempo. Hoje vejo no nosso país, que será no futuro, o coração do mundo e a pátria do Evangelho, a educação esquecida e relegada em segundo plano por governantes displicentes com algo tão sério, confesso que me dá vontade de chorar. A educação é a base da sociedade e da prosperidade, porque permite que o indivíduo se liberte pelo conhecimento.

O professor fez pequena pausa para enxugar duas lágrimas que brotaram discretas de seus olhos, para em seguida prosseguir em tom de tristeza:

– Talvez seja por essa razão que nossos governantes não invistam em educação. Povo educado raciocina e não mais se sujeita às mentiras dos políticos desonestos e não mais os elege.

Fez nova pausa para prosseguir:

– Sinto pena de nossos colegas, os professores de hoje, Virgílio. Verdadeiros heróis, que lutam com enormes dificuldades materiais, falta de incentivo profissional, financeiro, e rotineiramente são afrontados pelos próprios alunos mal-educados que os agridem porque, sob a vigência de leis equivocadas, permitiram-se distorções morais de jovens que primeiramente deveriam primar pela educação e bons modos. Leis bem-intencionadas é verdade, mas que na prática se tornaram inócuas, pois os legisladores desatentos não providenciaram as correções necessárias, permitindo que as leis, que em tese deveriam proteger os adolescentes, abrissem espaços perigosos onde a astúcia das trevas aproveitou, em benefício próprio, para arrebanhar muitos jovens para caminhos tortuosos e pantanosos, cujo retorno é extremamente difícil e doloroso, pela facilidade da inimputabilidade penal. Isso tem gerado distorções perigosas sob a complacência de políticos desatentos da dita ala *progressista*, que não se importam com o clamor de muitos. Quero deixar claro que não se trata de uma ideia trôpega de simplesmente punir o adolescente infrator, mas criar mecanismos ágeis que permitam oferecer alternativas para que os jovens não se sintam atraídos pela facilidade do crime sem responsabilidade, nem da vida descompromissada, uma vez que a educação não vem cumprindo seu propósito conforme a proposta constitucional, que é prover o ensino como direito de toda criança e adolescente.

Eu também me senti tocado e comovido com as palavras do professor Carvalho, que prosseguiu:

– Juntamente com amigos bem-intencionados de nossa esfera, temos procurado inspirar a criação de programas de cultura envolvendo de forma benéfica, através da inspiração, esses amigos encarnados, para que aproveitem o recurso da televisão que é um poderoso veículo de comunicação de massa para atingir um grande número de crianças, jovens e até mesmo adultos, por meio de programas que possam levar diversão e cultura e ao mesmo tempo conceitos de moral e responsabilidade. Mas aqui também temos enfrentado muitos problemas, Virgílio, porque infelizmente, a televisão depende de recursos financeiros, que são muito elevados.

– Infelizmente, lamentou o professor, a marca da besta é um flagelo que atinge diretamente a televisão educativa, pois depende dos recursos dos patrocinadores, e sem audiência não há recursos nem patrocínios. A besta estende seus tentáculos,[54] domina o meio e se diverte sabendo que programas educativos tendem à estagnação e ao ostracismo do público e das autoridades, com raras e honrosas exceções, uma vez que não possuindo a marca da besta não conseguirão prosperar, pelo menos nesse momento em que vivemos – concluiu o professor de forma enigmática.

---

[54] *Apocalipse*, cap. XIII – vers. 17.

As palavras do insigne professor comoveram-me, pois que a luta em favor do bem enfrenta enormes barreiras no mundo material, particularmente no que tange aos meios de entretenimento de massa. O poder do dinheiro é quem dita regras determinando os programas que o público deve assistir, a ditadura da audiência liquida com as boas intenções pela ausência dos recursos, e a leniência do público completa o quadro desolador da televisão educativa.

O professor prosseguiu seu arrazoado:

– Tem toda razão, Virgílio. Realmente a luta, às vezes, pode parecer inglória, porque observamos a devastação que programas negativos provocam nas mentes desatentas, interferindo diretamente nos costumes das pessoas, introduzindo hábitos estranhos que acabam por incorporar no dia a dia da população. Infelizmente, grande parte dos programas televisivos desinformam e deseducam, pois inspirados por mentes a serviço do mal trazem em seu bojo mensagens subliminares que o público desatento assimila de tal forma, que acaba por aceitar como algo natural e moderno, em termos de costumes, o que em tempos mais recuados seriam considerados verdadeiros absurdos. A luta é desigual, uma vez que conta com a complacência do ser humano, e as forças das trevas sabem disso. Entretanto, apesar das enormes dificuldades, nossa causa é justa, porque trabalhamos sob a égide do Cristo, e mesmo que os índices de audiência dos programas educativos sejam baixos, continuaremos nossa luta, recordando o grande poeta lusitano, que disse: *Tudo vale a pena quando a alma não é pequena.*[55] Cada criança, cada jovem ou adulto que sintoniza um programa educativo, é para nós motivo de alegria e comemoração, concluiu o professor Carvalho, sem conseguir ocultar em sua fala uma ponta de tristeza.

Abracei o amigo, comovido. Naquele abraço veio-me a lembrança saudosa dos bons tempos em que na condição de professores éramos respeitados, os jovens eram disciplinados e a educação era valorizada.

Havíamos concluído nossas observações. Afastamo-nos e antes de nos deslocarmos de retorno ao nosso domicílio espiritual, questionei o Instrutor. Confesso que ainda tinha algumas dúvidas a respeito da besta apocalíptica, mencionada por João Evangelista. Eu não tinha dúvidas de que a televisão realmente exercia grande influência no público através de seus programas, e era objeto de manipulação pelo mal conforme havíamos observado *in loco* as artimanhas da sedução do mal.

Mas, seria apenas a televisão a grande besta mencionada pelo Evangelista?

---

[55] O professor fez referência ao eminente poeta lusitano Fernando Pessoa.

XV

Espíritos imundos

Então vi sair da boca do dragão, da boca da besta e da boca do falso profeta, três espíritos imundos semelhante a rãs. Porque eles são espíritos malignos operadores de sinais e se dirigem aos reis do mundo inteiro com a finalidade de ajuntá-los para a peleja do grande dia de Deus todo poderoso.
APOCALIPSE – CAP. XVI – VERS. 13/14.

Quando aportamos na Colônia Irmão Nóbrega, dirigimo-nos incontinente ao salão de estudos da Biblioteca Eurípedes Barsanulfo, para conclusão do grande tema e concluirmos o assunto pertinente à alegoria da besta apocalíptica.

Confesso que aquele assunto era para mim objeto de muitas indagações. Por que o Evangelista fizera menção aos três espíritos imundos que saiam da boca do dragão, da besta e do falso profeta? O que isso tinha a ver com os dias atuais?

– Virgílio, nunca é demais repetir em benefício das criaturas bem-intencionadas e àqueles que estão como nós engajados na luta para o esclarecimento das mentes humanas, que a humanidade atravessa hoje o momento de maior gravidade, desde o princípio dos tempos da criação de nosso planeta, cujos apontamentos você teve oportunidade de analisar, no que tange aos acontecimentos que campeiam no dia a dia na crosta terrestre. Como já dissemos anteriormente, tudo isso foi previsto com grande antecedência, porque é um acontecimento natural no ciclo evolutivo da criação, e repetimos: também ocorre em todos os planetas que circundam o Universo.

– Nossa tarefa é estimular criaturas propensas ao bem para que despertem a tempo para que não sejam arrastadas nesse formidável vendaval da renovação, que irá varrer da face da Terra todas as criaturas que fizeram a opção pelo mal, seja pela falta de vigilância, pela negligência ou pela maldade, pois, como disse Jesus: *Bem-aventurados os mansos, porque herdarão a Terra.*[56] Entretanto, para analisarmos essa questão com mais abrangência, vamos nos reportar ao versículo 13 do Capítulo XVI do Apocalipse, em que o Evangelista diz ter visto sair da boca da besta, do dragão e do falso profeta três espíritos imundos, à semelhança de rãs.

O Instrutor fez breve pausa para em seguida prosseguir:

– A alegoria dos três espíritos imundos, quando o Evangelista se refere à aparência de rãs, não é apenas pelo aspecto da repugnância que provoca a simples lembrança do batráquio pegajoso, mas pelo significado profundo que nos leva a analisar primeiramente a condição evolutiva do animal que ainda rasteja sobre as quatro patas, que se compraz vivendo em charcos malcheirosos e lagos nauseabundos. É o seu habitat, é sua natureza, é sua condição evolutiva.

– Ora, não podemos dizer que a televisão é por si só a besta, todavia é o veículo do qual se servem as trevas para disseminar o mal e atingir seus objetivos nefastos. Como já vimos, as forças negativas manipulam com facilidade programas que servem aos seus interesses, e dessa forma alcançam seus objetivos através dos efeitos colaterais oriundos de três espíritos imundos que na verdade representam: A Política, a Religião e a Ciência.

---

[56] *Mateus*, cap. V – vers. 5.

– Que a política esteja representada como um dos espíritos imundos até posso compreender, mas por que a Religião? Por que a ciência? – Augusto questionou.

O Instrutor sorriu benevolente para esclarecer em seguida:

– Ora, Augusto, como você mesmo disse, é fácil entender a política na condição de um dos espíritos imundos, porque à semelhança do anuro, a política se compraz e chafurda no lamaçal da corrupção desenfreada, nos desvios e nas artimanhas dos jogos pelo poder sem escrúpulos, das mentiras escusas e atos inconfessáveis, do prazer incontrolável pelo domínio das mentes mais fracas do povo e pela exploração da ignorância. Estamos aqui nos referindo à política vislumbrada pelo Evangelista em sua visão na figura de um dos espíritos imundos. Não estamos nos referindo à política honrada, levada com seriedade, bem como aos políticos honestos e bem-intencionados, raros é verdade, mas merecedores de nosso respeito e crédito.

O instrutor fez breve pausa para continuar:

– O espírito imundo que domina a política suja assemelha-se à rã que coaxa feliz na própria lama, porque não está preocupado com desvios absurdos perpetrados no erário público, com a corrupção inconcebível dos que se locupletam em benefício próprio no enriquecimento ilícito. Em verdade, essa política suja é resultado de mentes deturpadas a serviço das trevas, pois não estão nem um pouco preocupadas com as consequências que essas atitudes provocam, como a falta da merenda nas escolas, a falta do leito que acolhe o enfermo, a deficiência na educação para os jovens, a falta de segurança ao pai de família, a falta do remédio ao doente desvalido e a ausência de recursos dignos ao idoso, que após longo período de trabalho busca os benefícios devidos na merecida aposentadoria. Enquanto o povo sofre as consequências, os mandatários políticos inescrupulosos refestelam-se nas benesses do poder e do dinheiro auferidos por meios escusos, festejando a glória do poder transitório, na ostentação da riqueza malcheirosa, porque está impregnada pela lama do mal praticado.

Augusto e eu anotávamos as observações do Instrutor com vivo interesse, que prosseguiu:

– Mais uma vez, a imundície da política, na figura do espírito imundo, propaga-se através da televisão que lhe serve de veículo de comunicação que atinge com intensidade, torpedeando as massas na artimanha da inversão de valores, transformando a mentira em verdade e a verdade em mentira de forma tão insidiosa, que consegue enganar a maioria. Quem pode pelejar contra a besta?[57] Mas, para finalizar, não podemos esquecer a afirmação do Evangelista quando salienta que são espíritos malignos operadores de sinais e que se dirigem aos reis do mundo. Ora, quem opera sinais tem poder e se dirige aos reis e governantes do mundo, na alusão de João, se não a política e os políticos?

Em seguida o Instrutor prosseguiu:

– Quanto à religião, aqui temos um ponto muito importante a considerar: Todas as religiões sérias, que se

---

[57] *Apocalipse*, cap. XIII – vers. 4.

preocupam em conduzir seus fiéis seguindo os preceitos do amor de Cristo e de Deus, são dignas do nosso maior respeito. Não são a essas religiões que estamos nos referindo aqui. Aliás, é importante que se destaque, pois um dos espíritos imundos teve origem na boca do falso profeta e isso é sintomático, porque, a serviço das trevas, o falso profeta utiliza-se das palavras do Cristo para enganar as pessoas e nações, espalhar dúvidas, desentendimentos e se locupletar indevidamente dos fiéis incautos. Todavia, o maior perigo consiste nas mentiras que prega, porque a mentira mais perigosa é aquela que se confunde com a verdade, uma vez que traz em seu interior o brilho enganador disfarçado de verdade para ludibriar, se possível, até os próprios escolhidos. Precisamos estar atentos ao espírito imundo das vertentes religiosas que, por falsa interpretação de seus textos sagrados de seus líderes, justificam e pregam o absurdo da violência injustificável. Deus é Único. E é a essência do amor e da misericórdia, e jamais compactuaria com qualquer tipo de violência.

As palavras do Instrutor provocaram em mim profundas reflexões, considerando fatos ocorridos e divulgados pela mídia, a respeito de assassinatos a sangue frio por parte de uma vertente religiosa, que tem levado pavor ao mundo diante das cenas cruéis veiculadas em horário nobre da televisão.

– Oportuna sua observação! – disse-me o Instrutor que acompanhava meus pensamentos. – Temos mais uma vez de alertar que nesses fatos lamentáveis que chocam o mundo está presente a ação insidiosa e invisível das trevas que encontraram sintonia em mentes doentias e desequilibradas, para que em nome de uma religião pudessem perpetrar barbáries justificadas por interpretações equivocadas desses irmãos, sob a tutela invisível do mal, que os fazem acreditar que estão fazendo a vontade de Deus eliminando a vida dos *infiéis*. É mais uma artimanha das trevas que tem por objetivo provocar uma guerra denominada *santa*, cujo final deverá ser catastrófico se não houver alguma mudança de rumo, porque o mundo ainda não sabe como lidar e resolver essa difícil e perigosa situação que tende cada vez mais à deterioração. Não é sem razão as palavras do Evangelista, quando afirma que os espíritos imundos irão ajuntar a todos para a batalha do grande dia! Isso já está acontecendo!

– E quanto à ciência, Instrutor? – Augusto questionou.

O Instrutor Ulisses sorriu benevolente diante da pergunta do novo discípulo.

– Pode parecer um paradoxo, pois a ciência a serviço do bem propicia conforto, bem-estar e longevidade ao ser humano através das descobertas científicas no campo da medicina e da tecnologia. Então, por que a ciência é considerada também um dos espíritos imundos?

O Instrutor fez uma pausa oportuna, para prosseguir:

– Porque, infelizmente, também a ciência, quando manipulada por mentes comandadas pelas hostes das trevas leva ruína e destruição ao ser humano, colocando em risco a segurança do próprio planeta. Vamos apenas citar alguns exemplos: Quando através de mensageiros encarnados, a ciência nos trouxe os avanços da aviação, o propósito era propiciar conforto e fraternidade, encurtando as distâncias entre os povos. Quando a ciência descobriu que a morfina e outras drogas continham propriedades medicinais, era para ser utilizada com a piedosa finalidade de amenizar a dor de enfermos em estados terminais de doenças crônicas. Quando se descobriu que o álcool tinha propriedades medicinais e de assepsia, sua utilização também deveria ter sido para fins nobres e necessários ao bem-estar do ser humano. Quando a ciência conseguiu isolar o núcleo do átomo provocando a reação em cadeia, o objetivo era trazer ao ser humano uma energia poderosíssima, que deveria ser utilizada para fins pacíficos em prol do bem-estar de toda humanidade.

– Não precisamos nos alongar em demasia para que fique evidente a deturpação dos valores originais e dos propósitos científicos, uma vez que o avião foi utilizado por ferramenta impiedosa nas guerras, dizimando milhões de inocentes, entre crianças e idosos nos terríveis bombardeios. No que tange à morfina, infelizmente sua utilização também foi deturpada pelo ser humano, sendo utilizada como droga que vicia, que entorpece, que escraviza e que mata tantas criaturas pelo mundo afora. Quanto ao álcool, tornou-se uma droga perigosíssima através de bebidas refinadas e destilados consumidos com glamour, instigados pelas propagandas maciças veiculadas pelos meios de comunicação; e até mesmo da cachaça barata, consumida nos botecos e bodegas da periferia, que levam milhares de vidas à ruína, destroçam lares, destroem relacionamentos e matam o futuro de tantas criaturas envolvidas no fatídico e incontrolável vício da bebida.

Enquanto Augusto e eu fazíamos nossas anotações, o Instrutor fez breve pausa para prosseguir:

– Quanto à energia atômica, a ciência movida por interesses pequenos e mesquinhos transformou-a em arma de destruição em massa. A ciência a serviço dos poderosos, manipulados pelas hostes invisíveis das trevas, vem tentando há algumas décadas provocar conflitos que levem à destruição da humanidade e do planeta. A detonação dos artefatos atômicos, na Segunda Grande Guerra, colocou em risco a segurança do planeta e do próprio sistema solar, uma vez que se houvesse um novo conflito mundial as explosões seriam em escala incontrolável que provocaria um desequilíbrio planetário, cujas consequências seriam difíceis de prever.

– As Hostes do Cordeiro têm envidado os melhores esforços no sentido de evitar que uma catástrofe dessa proporção venha a ocorrer, cujas consequências atingiriam dimensões inimagináveis em termos de destruição, aniquilando boa parte da raça humana, antecipando perigosamente um processo que ainda se encontra em curso, uma vez que tudo deve ocorrer de forma natural, para que as criaturas tenham tempo e oportunidade para fazerem suas escolhas, à direita ou à esquerda do Cristo. A colheita do trigo deve ser efetuada no momento certo para que o diligente ceifeiro possa separar com tranquilidade o joio do trigo.

O Instrutor havia mencionado os esforços levados a efeito pelas Hostes de Jesus no sentido de evitar que o ser humano imprevidente, em um momento de intempestuosidade, pudesse ter dado início a um conflito generalizado, como a terceira guerra mundial.

Não precisei questionar, pois o Instrutor que acompanhava meus pensamentos complementou:

– Isso tem acontecido ao longo de muitos lustros, Virgílio. Com a supervisão e o amparo das Hostes Superiores, logo que terminou o conflito da Segunda Grande Guerra, foram promovidas reencarnações de espíritos em alguns países-chaves, com missão específica de manter a paz de um planeta conturbado, onde as forças das trevas encontravam farto canal de transmissão e sugestões. Dessa forma, depois de um perigoso período que caracterizou a guerra fria, no qual o mundo experimentou crises gravíssimas, particularmente com o confronto entre as duas maiores potências atômicas do planeta, assumiram o poder em países estratégicos homens equilibrados que, inspirados pela Espiritualidade Superior, puderam finalmente colocar um fim às ameaças da eclosão de uma guerra nuclear. Sob a tutela e inspirados pelos emissários do Cordeiro, finalmente caiu o muro de Berlim, o Ocidente se aproximou do Oriente e grandes arsenais de armas nucleares foram destruídos. O mundo experimentou um período de calmaria e paz aparente, porque as forças do mal não desistem jamais, passando a instigar e a influenciar governantes de alguns países para que construíssem novos artefatos nucleares, ocasião em que o risco de grupos terroristas armados se apoderarem desses armamentos começou a se tornar muito real, trazendo mais uma vez essa grave ameaça que paira sob a humanidade.

Os esforços das Hostes sob a égide de Jesus nesse momento se desdobram para que esse risco seja evitado, uma vez que mentes desequilibradas, sob influência e jugo das trevas, laboram utilizando-se de conceitos religiosos equivocados para que a humanidade se entregue ao ódio insano diante das crueldades praticadas na execução impiedosa de prisioneiros, o que tem levado o mundo incrédulo a sentimentos de desforra e ódio. É exatamente isso que desejam as forças das trevas!

As palavras do Instrutor trouxeram-me muitas reflexões. Lembrei-me do período da guerra fria em que as tensões chegaram alguns momentos ao clímax, que qualquer um dos homens mais poderosos do mundo poderia apertar um botão, colocando em risco todo o planeta.

– Esse risco realmente ocorreu, Virgílio. Só não se efetivou, porque apesar do estado de ânimo extremamente exaltado entre as maiores potências da época, houve um momento de reflexão entre os envolvidos, em decorrência da intensa atuação da Espiritualidade Superior, de forma que provocou em uma das partes um recuo estratégico prevenindo uma quase inevitável eclosão de forças destrutivas, antes que se chegasse a um momento irreversível em que seria impossível retroceder, uma vez acionados os mecanismos que disparavam os mísseis mortíferos. Aquele foi um momento de solene silêncio e profunda gravidade que a humanidade viveu.

O Instrutor fez breve pausa e prosseguiu:

– O ser humano, quando galga posições de responsabilidade de governo diante de uma nação não é ao acaso. Já foram preparados para aquela missão, mas infelizmente o ser humano é falho. Diz o pensamento com muita sabedoria: *Quer conhecer uma pessoa? Dê poder a ela.*

– Aqueles que são investidos de poder de mando, particularmente quando dirigem uma nação, muitas vezes fraquejam em seus ideais diante das oportunidades que o poder faculta. Como já dissemos anteriormente, o poder embriaga, o poder corrompe, o poder faz com que criaturas bem-intencionadas ofereçam brechas mentais que permitem às forças das trevas aproveitarem para insuflar desejos inconfessáveis e, infelizmente, muitos escorregam na casca de banana. Temos visto muitos exemplos a esse respeito, o que é uma pena, porque essas criaturas irão resgatar de forma dolorosa o mal praticado e as consequências dos desvios promovidos. As forças comandadas por Érebo e Polifemo aguardam ansiosamente a desencarnação de cada um. Eles não fazem ideia dos tormentos que os aguardam do outro lado, depois da grande travessia!

– Todavia, quando oramos e pedimos pelos governantes e por todos aqueles que têm a responsabilidade do mando, as forças do bem atuam buscando profundamente nos escaninhos e nos meandros dos labirintos insondáveis da mente do governante embriagado pelo poder, os valores que lá estão escondidos e procuram de alguma forma acessar o lado bom que cada um traz, mesmo que eclipsados temporariamente. Foi o que aconteceu naquele momento de gravidade que o mundo experimentou na década de sessenta, quando as duas maiores potências mundiais se encontravam na iminência de detonar a terceira e última guerra mundial, pois seria um final melancólico para a maioria da humanidade. Um dos governantes raciocinou por um instante, e foi o bastante para permitir que as Hostes do bem agissem com rapidez e o inspirasse para que recuasse(*). Assim, aconteceu e o restante nós já sabemos.

Depois daquelas palavras do Instrutor, quedei-me em silêncio meditativo, imaginando a gravidade daquele momento que a humanidade viveu e a dimensão do trabalho das Hostes Espirituais Superiores, no sentido de preservar a humanidade a despeito da incompreensão do ser humano que ignora a grandiosidade da obra de Deus e o esforço dos espíritos que laboram em favor do bem, para que a cada manhã o sol desponte no horizonte, que a luz possa varrer as trevas, para que a natureza continue dadivosa oferecendo oportunidades renovadoras à vida, que as flores continuem desabrochando nos campos, os pássaros oferecendo seu canto e sua graça, que a chuva continue a fertilizar a terra.

(*) Trata-se daquele momento tenso vivido entre Estados Unidos e Rússia no episódio dos mísseis russos em Cuba, ocorrido na década de 1960. – Nota do médium.

Tudo para que o ser humano possa viver em paz e ter o sentimento de gratidão com o Criador, que a cada manhã tudo renova em nossas vidas.

Infelizmente, muitos de nós ainda passamos desatentos pela vida, na condição de passageiros distraídos e relapsos, envolvidos em sentimentos de, fracasso, revolta, ingratidão e egoísmo, pois ainda não aprendemos a viver a vida em sua plenitude, tirando de cada momento a oportunidade para realizar, ser feliz e se esforçar no bem comum, aprendendo a esquecer as próprias mazelas para estender as mãos e levantar os caídos e amparar os mais necessitados.

Um dia chegaremos lá, afinal, esse é o destino do ser humano: a perfeição. Seja pelo amor ou pela dor! A escolha é livre.

XVI

O lago de fogo

O diabo, o sedutor deles foi lançado para dentro do lago de fogo e enxofre, onde também se encontram não só a besta como o falso profeta e serão atormentados dia e noite por séculos e séculos.
Apocalipse – Cap. XX – Vers. 10.

Quanto, porém, aos covardes, aos incrédulos, aos abomináveis, aos assassinos, aos impuros, aos feiticeiros, aos idólatras e a todos os mentirosos, a parte que lhes cabe será no lago que arde com fogo e enxofre, a saber: a segunda morte.
Apocalipse – Capítulo XXI – Vers. 8.

~ ~

Passados alguns dias, o Instrutor Ulisses enviou-me uma mensagem para que comparecesse ao grande salão do Edifício da Evolução Para Todos os Planos. Quando lá cheguei, o amigo recebeu-me com um sorriso de satisfação:

– Tenho uma notícia muito interessante a lhe transmitir – avisou-me o Instrutor. – Sei que irá apreciar muito, pois se trata de uma oportunidade ímpar, relacionada a esse trabalho que está finalizando, para encaminhar aos nossos irmãos encarnados.

Confesso que me senti tomado por muita curiosidade, certamente um resquício das inúmeras imperfeições que ainda não me desvencilhei, mas como já havia adquirido a virtude da paciência, permaneci calado, porque o Instrutor em seguida esclareceu:

– Você sabe que nosso trabalho, bem como o de outros irmãos bem-intencionados, devotados ao bem e ao esclarecimento, é acompanhado pelas Esferas Superiores da Espiritualidade. Dessa forma, nossos irmãos maiores, considerando a gravidade do momento e, acima de tudo, a oportunidade do esclarecimento aos nossos irmãos encarnados, autorizaram nossa visita ao novo planeta, que será o berço que acolherá nossos irmãos que daqui serão banidos, para que possamos transmitir nossas impressões de forma mais autêntica e fidedigna aos irmãos encarnados, para efeito de estudo e alerta muito oportunos.

Confesso que a emoção tomou conta do meu íntimo. Não consegui conter as lágrimas que brotaram naturalmente de meus olhos, denunciando meu sentimento de alegria e gratidão. Era uma oportunidade, um privilégio a que não me considerava merecedor.

– Diante de Jesus e do Pai Eterno, todos somos devedores, Virgílio. Nenhum de nós pode se considerar merecedor, mas a tarefa exige, e nós somos os servidores imperfeitos que o Divino Mestre se utiliza para levar essa mensagem de tamanha importância aos nossos irmãos encarnados.

Apesar de toda alegria e contentamento, minha cabeça ficou fervilhando com mil questionamentos que brotavam incessantemente em meus pensamentos. Tinha conhecimento que o planeta a ser visitado se encontrava a alguns anos luz de distância. De que forma poderíamos chegar até lá? Sabia também que espíritos das esferas mais elevadas se deslocam à velocidade do pensamento, mas particularmente eu não detinha elevação nem conhecimento para deslocamentos a tamanha distância.

O Instrutor sorriu benevolente diante de meus pensamentos.

– Você não deixa de ter razão, Virgílio. Todavia, nossa viagem foi autorizada por instâncias superiores, de forma que não seremos nós que nos deslocaremos, mas seremos conduzidos contando com o amparo daqueles que, pelo grau de elevação alcançados, já dominam as técnicas e os recursos necessários a essa grande viagem. Fique tranquilo, prepare-se adequadamente porque amanhã à noite nos reuniremos no Salão do Intercâmbio Espiritual para essa grandiosa experiência.

Fiquei pensativo com as palavras do Instrutor advertindo que eu deveria me preparar adequadamente. O que isso significava? Como eu deveria me preparar?

– Sim, todos nós devemos nos preparar, Virgílio. Da mesma forma quando partimos em missão para regiões de trevas, temos de estar devidamente preparados para o que vamos assistir, bem como para as vibrações que iremos enfrentar. Informo-te que, mesmo em aspectos diferenciados, o mesmo acontecerá com essa viagem.

O Instrutor fez breve pausa, e eu aguardei pacientemente que ele prosseguisse:

– Pois bem, esse evento guarda dois aspectos importantíssimos. Primeiro: para essa viagem temos de nos preparar em oração e elevação de nossos pensamentos e sentimentos. A experiência no deslocamento à velocidade do pensamento exige um grau de desmaterialização máximo, que ainda não possuímos. Por meio do recurso da oração e do pensamento, teremos de buscar a condição mais sutil possível de nossa condição espiritual, pois dessa forma, estaremos em melhor sintonia com as Esferas Superiores. Segundo: o impacto da visão *in loco* do planeta é muito agressivo. É um planeta ainda em condições primitivas e seu diapasão vibratório é extremamente denso e pesado, característico do grau evolutivo daquele orbe. Dessa forma, vamos nos preparar adequadamente para que amanhã, exatamente às 21:00 horas, estejamos a postos para essa experiência memorável que, certamente, jamais apagaremos de nossa memória.

Assim aconteceu.

No dia seguinte, segui para o Bosque das Águas Claras onde procurei ficar em meditação, ouvindo o canto dos pássaros que chilreavam notas musicais alegres que invadiam todo espaço. Deitei-me sobre o gramado verde observando o céu azul e a luz do sol que inundava o infinito. Fechei os olhos e orei emocionado, sentindo que suave calor invadia meu íntimo, enchendo de alegria meu coração que pulsava vibrante. Em pensamentos repletos de alegria e gratidão agradeci a Jesus por aquela oportunidade, rogando ao Divino Mestre que pudesse me tornar digno diante do seu amor, e que eu pudesse ser instrumento fiel naquela tarefa a que, por acréscimo de misericórdia, eu fora privilegiado.

Faltavam apenas quinze minutos, quando cheguei ao Salão do Intercâmbio Espiritual. Lá estavam o Instrutor Ulisses e outros companheiros de elevada hierarquia da Colônia Irmão Nóbrega. Fui recebido com muito carinho e respeito, atitude típica de irmãos superiores que já venceram as quinquilharias dos sentimentos pequenos.

– Seja bem-vindo, Virgílio! – saudou-me um dos irmãos de elevada condição espiritual.

– Esse é nosso irmão Flávius! – esclareceu-me o Instrutor. – É um dos responsáveis por essa nossa viagem.

Sob orientação de Flávius, fizemos um círculo com as mãos juntas, enquanto o Amigo Espiritual proferia uma prece muito sentida. Observei que todos nós ficamos inundados por uma luz de tonalidade azul-claro e nuances lilás que desciam do alto da abóbada, iluminando todo ambiente. As fácies de Flávius foram se tornando iluminadas enquanto a luz se propagava por todos nós. Observei maravilhado que eu também estava ficando fosforescente, enquanto sentia poderosa energia percorrer meu corpo perispiritual, com calor intenso e indizível bem-estar.

– Mestre Jesus – proferia Flávius em sua prece –, te rogamos que nos abençoe nessa grandiosa jornada que por sua misericórdia fomos agraciados. Permita-nos Senhor, ter a sabedoria e a humildade para traduzir em palavras de amor e advertência o resultado dessa experiência, para que o ser humano encarnado tenha uma pálida ideia de seu amor e misericórdia infinitos por todos aqueles que ainda recalcitrantes, nesse momento de transição planetária, persistem em percorrer caminhos tortuosos. Te rogamos, Senhor, que possa nos revestir de sua singela sabedoria, do modo quando desceu na escuridão de nosso planeta de expiação e provas para contar histórias através das parábolas inesquecíveis. Enfim, Te rogamos, Senhor, que nossa jornada seja acima de tudo de amor e misericórdia, para que o ser humano busque o redil do Bom Pastor, envolvido pelo sentimento de alegria e desejo de estar contigo, mas que outros também procurem a segurança do seu cajado, mesmo que premido pelo receio e pelo medo do lago ardente. Assim seja!

Naquele instante, transpondo as barreiras das Esferas Superiores, um espírito de aparência feminina, de beleza ímpar, materializou-se em nosso meio. Todos nós nos curvamos respeitosos e emocionados diante daquela figura maravilhosa que se fazia presente em nosso ambiente.

Flávius cumprimentou-a com respeitosa reverência.

– Seja bem-vinda, em nome de Jesus, irmã Clarissa! Estamos todos muito felizes com vossa presença!

Irmã Clarissa com simplicidade contagiante cumprimentou-nos com graça e respeito.

– Ora, Irmão Flávius, o amor do Cristo nos une a todos pela simplicidade do amor e dos sentimentos. Diante de Jesus somos todos irmãos menores.

Em seguida, abraçou-nos com demonstração de humildade e afeto genuíno próprio de sua condição espiritual. Quando me abraçou, me senti envolvido por forte emoção. Meu coração pulsou descompassado e minhas pernas vergaram e instintivamente me ajoelhei diante de Irmã Clarissa! Minha emoção havia extravasado em lágrimas que brotavam de meus olhos, de forma que eu não conseguia segurar. Irmã Clarissa amparou-me enquanto eu osculava suas mãos em atitude de carinho e profundo respeito.

– Irmão Virgílio, levante-se! Sou apenas uma humilde servidora do Cristo, alguém que também errou muito, e que o infinito amor de Jesus um dia me amparou, me resgatando das profundezas do abismo. Não somos melhores que ninguém, apenas já vencemos algumas barreiras da inferioridade que alguns de nossos irmãos ainda lutam para vencer, para que um dia no futuro também se transformem em humildes servidores do bem.

A simplicidade de Irmã Clarissa era contagiante. Sabia que era um espírito de esferas mais elevadas que vinha até nós em nome do Divino Mestre em missão de amor e caridade.

Eu estava cheio de dúvidas a respeito de como nos deslocaríamos a distância tão grande, mas não tinha coragem de perguntar. Observando meu interesse, o Instrutor veio em meu auxílio.

– Irmã Clarissa! – inquiriu respeitoso. – Nosso irmão Virgílio está incumbido de levar os esclarecimentos aos nossos irmãos encarnados e gostaria de fazer algumas perguntas. A senhora concorda em esclarecer o nosso irmão?

Irmã Clarissa voltou-se para mim com um sorriso divino estampado em sua fisionomia. Seus olhos irradiavam bondade e compreensão.

– Estou às ordens, Irmão Virgílio. Temos acompanhado seu trabalho com muito respeito, bem como o de outros irmãos de boa vontade. Pergunte o que deseja saber.

Encorajado pela simplicidade daquele espírito tão bondoso, disse que sabia da complexidade que envolvia o deslocamento para vencer aquela distância astronômica, que em meu conceito era algo inimaginável. Aleguei que também tinha conhecimento que existiam civilizações muito evoluídas pertencentes a outros sistemas que já dominavam técnicas avançadíssimas em que os deslocamentos ocorriam através de dobras no tempo e no espaço, bem como já haviam desenvolvido aparelhos que se utilizavam da energia magnética que permitiam voar à velocidade superior à luz. Entretanto, aleguei, que mesmo com o domínio dessa tecnologia, deslocar-se em uma viagem a um planeta pertencente a outro sistema solar, como era o caso em questão, demandaria alguns anos luz. Haveria como explicar de forma que pudesse transmitir aos encarnados qual seria o processo de nossa viagem? De que forma isso se daria? Compreendo, ponderei, que na condição de desencarnados, não havia termos de comparação, todavia teríamos de vencer uma distância real para alcançar um planeta na esfera material localizado a milhões e milhões incontáveis de quilômetros de nosso orbe terrestre.

Irmã Clarissa sorriu benevolente diante de minhas dúvidas.

– Em primeiro lugar, Virgílio, é compreensível que existam dificuldades para raciocinar em termos de distância, quando nos encontramos ainda reféns da matéria e do tempo. Espíritos que já venceram a barreira da matéria se libertaram dessas limitações, considerando que habitam dimensões diferentes a que circunscreve aqueles que ainda estão afeitos à esfera material de um planeta que gira em torno de seu eixo e que faz seu giro cósmico pelo espaço em torno da estrela a cujo sistema pertence. Cria-se a limitação do tempo e do espaço e raciocina-se em quilômetros ou anos luz, para expressar distâncias astronômicas em escala cósmica. É natural que assim seja.

Nosso caso é diferente, como você mesmo já adiantou. Na condição que nos encontramos, a matéria que envolve nosso corpo perispiritual, embora seja extremamente sutil, representa um sério empecilho para nosso objetivo. Dessa forma, estaremos provendo os recursos necessários para que através de nosso concurso possam efetuar essa viagem sem que sejam derrogadas as leis superiores do conhecimento, nem as da matéria.

– É extremamente complicado explicar através de palavras terrenas a complexidade do processo, entretanto, vamos procurar simplificar o máximo possível para facilitar o entendimento de nossos irmãos encarnados, fazendo uma analogia utilizando a similaridade da tecnologia terrena. Como já dissemos, a matéria mesmo que rarefeita sofreria impactos violentíssimos que levaria à desintegração molecular quando submetida ao processo de deslocamento, semelhante ao que vamos experimentar. Por essa razão, será criado, através de energia mental superior, um módulo de segurança para que todos os que estejam a bordo nessa viagem possam ser levados com absoluta segurança, incólumes aos efeitos do deslocamento. Você não deve se preocupar como isso efetivamente ocorre, nem com o tempo que será demandado. Mesmo porque vocês não terão consciência do que ocorre, pois estarão adormecidos e inconscientes. Quando despertarem, já estaremos em segurança no planeta que é o destino de nossa viagem.

Observei que irmã Clarissa procurava se expressar sempre de forma muito cuidadosa ao mencionar que nós ainda nos encontrávamos em condição de materialidade perispiritual, posicionando-se como se ela também estivesse na mesma condição. Todavia, sua envergadura espiritual era elevada, pois Irmã Clarissa era habitante de Esferas Superiores. Apenas que, momentaneamente, por necessidade daquela missão, se encontrava materializada em nosso meio, em virtude de condensação de fluidos sutilíssimos que lhe permitiam se fazer presente em nossa faixa vibratória.

Após essas palavras, irmã Clarissa convidou-nos a darmos as mãos formando um círculo. Ato contínuo, nossa irmã convidou-nos à união de pensamentos acompanhando sua prece. Da abóbada do ambiente onde nos encontrávamos, começou a se formar uma cúpula de energia fosforescente que se materializava e se propagava à medida que Irmã Clarissa prosseguia em sua prece.

A beleza da cúpula que se formava e que eu registrava em minha retina espiritual era de uma beleza que eu não conseguia descrever em palavras humanas. Sentia que aquela energia transcendia a tudo que eu já tivera oportunidade de observar antes, considerando que, diante de meus olhos, aquela energia translúcida assumia forma tangível com contornos harmônicos em forma oval. Imaginei que aquele seria o módulo de segurança a que Irmã Clarissa havia se referido minutos antes.

Não demorei muito em minhas observações, porque a convite de nossa Irmã, fechamos os olhos em estado de oração e adormecemos profundamente.

Quanto tempo demandou em termos de comparação com o tempo terrestre? Não fazia a menor ideia, porque perdera completamente a noção de tempo e espaço. Certamente, no momento oportuno Irmã Clarissa traria o esclarecimento que necessitava em minha curiosidade de aprendiz. O que pude notar em minha limitada percepção é que o estado de adormecimento foi profundo, sem sonhos ou qualquer lembrança. Parecia-me que o tempo havia parado e que tudo no Universo havia ficado na condição estática e imóvel. Seria apenas minha impressão ou alguma confusão mental que eu tivera quando daquele deslocamento? Na limitação de minha percepção, a impressão que eu tinha é de que havia adormecido por breves segundos ou minutos e quando voltei à consciência, à semelhança de alguém que acorda após uma noite de sono intenso e profundo, estava um tanto quanto confuso sem ter ideia exata do dia nem onde me encontrava, se era sábado, domingo ou uma segunda-feira, como muitas vezes acontecera comigo quando encarnado. Pelo menos, era essa a impressão que experimentei.

Todavia, não tive tempo para mais divagações, pois através das paredes translúcidas do módulo de segurança, podia descortinar uma visão absolutamente fantástica que se estendia diante de nossos olhos.

Observei que o Instrutor Ulisses parecia estar também em estado de graça. Irmã Clarissa ao nosso lado transmitia-nos a segurança da irmã amorosa que se preocupa com a segurança de seus irmãos menores.

– Estão todos bem? – ela nos perguntou com um sorriso.

Flávius e o Instrutor Ulisses aquiesceram e eu os acompanhei. Irmã Clarissa não esperou que eu formulasse qualquer questionamento, respondendo à minha indagação de segundos antes.

– Caro Virgílio, não temos meios comparativos para precisar em termos de raciocínio terrestre quanto tempo demandou essa viagem. Posso apenas te assegurar que foram apenas breves momentos, nada mais. Um dia você irá entender o que efetivamente aconteceu. Por ora, apenas tenha a compreensão que simplesmente aconteceu. É o que nos importa.

Não me detive mais em questionamentos improdutivos. Irmã Clarissa havia deixado claro que eu ainda não tinha condições de entendimento para assimilar e transmitir aos nossos irmãos encarnados algo que para mim ainda era incompreensível. Um dia quem sabe!

Fiquei impressionado com a dimensão do planeta que se apresentava à nossa frente. De coloração avermelhada, parecia-me abrasado por um calor escaldante em função da luz que recebia da estrela a qual aquele planeta estava afeito em seu giro gravitacional.

– Apresento-lhes, irmãos, o planeta que será o berço de nossos irmãos que virão da Terra! – Irmã Clarissa esclareceu-nos. – Sua dimensão física é quase dez vezes superior ao volume do planeta terreno e a estrela ao qual gravita é mais de uma centena de vezes maior que o sol terrestre. Esse planeta encontra-se ainda em estado primitivo e a região equatorial encontra-se em estado de ebulição, onde existem manifestações vulcânicas intensas que expelem lavas a grandes altitudes, além de gases sulfurosos e gêiseres incandescentes.

Imediatamente, veio-me à mente as palavras do Apóstolo João em sua visão apocalíptica dizendo que a besta, o dragão, o falso profeta, os mentirosos, os idólatras e todos os demais reprovados, seriam lançados no lago de fogo e enxofre onde haveria choro e ranger de dentes.[58] – Exatamente, Irmão Virgílio! – prosseguiu Irmã Clarissa. – João observou em sua visão simbólica o local para onde seriam desterrados os que hoje no planeta terreno procuram a porta larga da vida, vivendo as sensações dos sentidos materializados sem se importar com as consequências. Esse planeta, que será o berço desses irmãos, é extremamente inóspito em comparação às condições da Terra. Nenhum ser humano nas condições físicas, de que é dotado no ambiente terrestre, teria condições de sobreviver nesse ambiente. Nossos irmãos que para cá migrarão, terão suas constituições perispirituais readequadas para as condições climáticas apropriadas ao novo planeta. Aqui é o lago de fogo onde o enxofre incandescente explode incessantemente nas erupções vulcânicas que cobrem a crosta planetária na região equatorial.

Sinceramente, encontrava-me em estado de profunda admiração por tudo que podia ver. Diante de meus olhos desfilava o planeta que em sua visão o Apóstolo João havia mencionado como uma estrela em fogo, denominando-a

---

[58] *Apocalipse*, cap. XX – vers. 10; cap. XXI – vers. 8.

de *Absinto*. Da distância em que nos encontrávamos era possível observar o lento giro daquele gigantesco planeta avermelhado, à semelhança de uma brasa incandescente suspenso no espaço cósmico.

Meu coração pulsava de alegria e gratidão pela oportunidade que por acréscimo de misericórdia me fora facultada, para os estudos de um humilde aprendiz diante da graça Divina!

Cerrei meus olhos, e com o coração pulsando de gratidão, orei agradecido ao Senhor da Vida!

XVII

Absinto

O terceiro anjo tocou a trombeta e caiu do céu sobre a terça parte dos rios e sobre a fonte das águas, uma grande estrela ardendo como tocha. E o nome dessa estrela é Absinto e a terça parte das águas se tornou como absinto e muito dos homens morreram por causa dessas águas, porque se tornaram amargas.

Apocalipse – Cap. VIII – Vers. 10/11

É uma necessidade reviver na terra? – Não, *mas se não progredirdes, podeis ir para outro mundo que não seja melhor e que pode mesmo ser pior.*

O Livro dos Espíritos – Pergunta 174

∾ ∾

Ainda me encontrava absorto em meus pensamentos, observando aquele colosso suspenso no espaço, bem à nossa frente, à semelhança de um descomunal gigante incandescente.

Meus pensamentos eram de perplexidade: como aquele planeta naquelas condições poderia oferecer possibilidade de vida, mesmo que primitiva, aos nossos irmãos terrenos que para lá seriam destinados?

– Em verdade, Virgílio... – adiantou-se no esclarecimento Irmã Clarissa. – As condições de vida material, nesse planeta, é diferente da vida que conhecemos na Terra, como já dissemos há instantes. Os espíritos que para cá migrarem, deverão sofrer algumas alterações na constituição perispiritual para se adaptarem e poderem reencarnar nas condições adequadas à vida existente nesse planeta. Todavia, existe um detalhe que poderemos observar mais cuidadosamente quando estivermos mais próximos do solo, porque esse planeta tem uma característica muito íntima e particular que o diferencia da Terra. É que a região equatorial é muito ampla em termos de dimensão física do planeta, região onde as convulsões planetárias se manifestam mais intensas. Todavia, à medida que se afasta do equador e se aproxima dos trópicos tanto na direção sul quanto norte, as condições climáticas vão se tornando mais amenas, de tal forma que a vida se manifesta plena nas regiões tropicais mais próximas dos polos.

Os esclarecimentos de Irmã Clarissa eram oportunos e extremamente valiosos. Observei que tanto Flávius quanto o Instrutor Ulisses também faziam anotações que imaginei, deveriam ter objetivos diferentes do meu.

O Instrutor Ulisses, sempre solícito, esclareceu-me com sua peculiar bondade:

– Também nós – disse se referindo a ele e a Flávius – temos muito que aprender, Virgílio. Entretanto, o objetivo de nossa viagem contigo é o de estreitarmos os entendimentos com nossos irmãos afeitos à esfera espiritual desse planeta. Você terá a oportunidade de acompanhar as reuniões que faremos nas esferas apropriadas, no momento oportuno.

Meu sorriso de alegria refletia a imensa gratidão que sentia por viver um momento tão importante de minha vida, no que se refere ao estágio de estudos e aprendizado que fora agraciado no campo da espiritualidade.

Irmã Clarissa abraçou-me enquanto o módulo se deslocava aproximando-se do gigante vermelho. Em pouco tempo estávamos a curta distância da região equatorial. Nossa protetora, então, convidou-nos a sair do módulo protetor e nos aproximar através de deslocamento volitivo para o solo do planeta.

Assim aconteceu.

Nossa constituição perispiritual não permitia sentir materialmente a elevadíssima temperatura do ambiente, fruto de explosões contínuas de lavas que se elevavam a altitudes descomunais. No solo, a lava derretida se espalhava por todos os lados, assemelhando-se a um enorme lago de fogo que ardia incessantemente. Diante das explosões podiam-se observar enormes nuvens de fumaça que se espalhavam por todos os lados, soprados por ventos violentos, impregnando o ambiente com odor quase insuportável de gases sulfurosos e enxofre. Veio-me mais uma vez à memória a alusão do Evangelista a respeito do lago de fogo e enxofre onde haveria ranger de dentes.

Direcionei minha atenção para o céu, podendo observar a presença de pesadas nuvens negras de onde partiam violentas descargas elétricas seguidas do ribombar ensurdecedor, semelhante aos trovões terrestres em dias de chuva. Apenas diferia no detalhe que aquelas nuvens não eram compostas de vapor de água, mas de gases impregnados por intensa atividade elétrica que bombardeavam o espaço com flashes incandescentes, provocando ignição ao contato com os gases inflamáveis em profusão naquele ambiente.

Haveria possibilidade de encontrar água naquele planeta? Aquela atmosfera teria em sua composição oxigênio e hidrogênio?

Irmã Clarissa sorriu diante de meu questionamento mental.

– Você irá se surpreender, Virgílio. Esse planeta guarda, particularmente nas regiões mais próximas aos polos, recantos paradisíacos onde a vida se manifesta exuberante em toda sua plenitude. Aqui também é um Jardim do Éden que aguarda dadivoso a vinda de irmãos rebeldes para com o suor do trabalho e com as lágrimas das árduas lutas, resgatarem o bem, negligenciado alhures, para que no trabalho e no sofrimento, aprendam na disciplina necessária o valor das virtudes preteridas em um paraíso longínquo, perdido na imensidão do espaço cósmico. Um dia, em um futuro ainda distante, esses espíritos observarão o espaço nas noites escuras, e quando virem o brilho distante do sol terrestre, instintivamente irão recordar com sentimentos de saudades e a sensação de terem perdido um paraíso maravilhoso, em virtude de terem feito mau uso do fruto do bem e por essa razão, de lá terem sido expulsos.

Em seguida, retornamos ao Módulo de Proteção, que segundo irmã Clarissa, tornava-se necessário para facilitar o deslocamento do grupo.

À medida que nos afastávamos da região equatorial, em demanda aos trópicos na direção norte, podia-se notar que as convulsões planetárias se amainavam de tal forma que quando atingimos a região tropical do planeta, o clima apresentava-se mais ameno. Podia-se observar a distância em que nos encontrávamos, algumas formações nebulosas de tonalidades cinza que, às vezes, pareciam assumir uma coloração com tendência para um azul-escuro. A distância em que nos encontrávamos era considerável, o que por um lado nos permitia uma visão mais ampla das manifestações climáticas sem, no entanto, ter condições de uma análise melhor para definir que tipo de atividade climática era aquela. Chamou-me atenção uma extensa área onde a concentração de nuvens era intensa, formando em seu centro um enorme funil espiralado à semelhança de uma gigantesca tempestade tropical que costuma ocorrer no Hemisfério Norte da Terra. Sem delongas, Irmã Clarissa veio em meu auxílio com precioso esclarecimento:

– Ainda há poucos instantes você questionava se haveria nesse planeta a existência de oxigênio e hidrogênio, não é mesmo, Irmão Virgílio? – ela me perguntou com um sorriso.

Aquiesci feliz pela atenção de Irmã Clarissa.

– Pois bem, ocorre um fenômeno muito interessante nesse planeta. Os polos são excessivamente gelados, o que vale a dizer que lá existe água em estado sólido. Todavia, a região equatorial ainda é excessivamente quente, com as atividades vulcânicas intensas, como você pode verificar, gerando nuvens de gases sulfurosos que assolam a superfície equatorial e se estendem para os trópicos onde ocorre o encontro de gases extremamente quentes com os ventos que sopram dos polos, excessivamente frios, carregados de partículas compostas de oxigênio e hidrogênio em profusão. O resultado é o que você está observando, porque geram tempestades violentíssimas com ventos que varrem impiedosamente a região equatorial. A fúria devastadora dos elementos naturais permite a higienização climática da região tropical do planeta, cuja atividade ininterrupta por milênios sem fim, permitiu a formação de mares e oceanos onde a vida primitiva se manifesta intensa como um grandioso laboratório de vida, que irá enriquecer cada vez mais esse grandioso Jardim do Senhor!

Irmã Clarissa havia informado que a vida se manifestava de forma primitiva. Qual era o real significado daquela informação? Seria talvez semelhante ao processo ocorrido na Terra com organizações unicelulares que evoluíram e se tornaram organismos mais complexos? Era esse o tipo de vida que se manifestava no planeta?

Irmã Clarissa mais uma vez sorriu com bondade para em seguida responder ao meu questionamento mental.

– Sem dúvida, Irmão Virgílio, o processo é muito semelhante ao que ocorreu na própria Terra, mesmo porque apesar das diferenças, esse planeta guarda afinidades e muita similaridade com o orbe terrestre, motivo pelo qual para cá migrarão os espíritos rebeldes reprovados na seleção final do joio e do trigo. A vida se origina na água em organizações unicelulares, mas já evoluíram muito em um processo ainda incompreensível para os seres humanos. Todavia, estamos nos referindo especificamente à região equatorial, onde você observou há pouco a manifestação das atividades dos elementos que se transformam em furacões e tempestades. Essas tempestades geram energia que propiciam a oportunidade para a manifestação da vida em sua forma mais primitiva.

Irmã Clarissa fez breve pausa para em seguida prosseguir:

– Entretanto, nas regiões mais próximas aos polos, a vida já se manifesta de forma mais complexa com a presença de seres primitivos desse planeta, que ainda na condição de antropoides já se diferenciam dos demais animais aqui existentes, porque já exibem a condição de raciocínio, mesmo que rudimentar, mas que se destacam porque já assumiram a postura ereta, muito semelhante ao *homus erectus* terrestre.

As informações de Irmã Clarissa traziam-me esclarecimentos extremamente valiosos. Confesso que me encontrava em estado de encantamento e graça com a oportunidade de apreciar de perto a beleza e a grandiosidade da Criação Divina, naquele planeta tão distante e ao mesmo tempo tão próximo de nós humanos. Diante de meus olhos, estendia-se um imenso laboratório onde mãos invisíveis laboravam sob o amor infinito do Pai Eterno, atentos à riqueza de cada detalhe da vida que se manifestava em sua forma mais primitiva e cada vez mais complexa.

O Criador em sua sabedoria infinita havia criado o Universo, as estrelas, seus planetas, e o trabalho de povoar cada recanto e cada jardim é uma tarefa de amor a qual nós humanos ainda estamos distantes do entendimento. Aquele planeta que iria receber nossos irmãos terrestres, reprovados na grande transição, era na verdade um berço abençoado oferecendo a oportunidade para eclosão da vida em sua plenitude, sob as bênçãos do Criador.

Sob o comando de Irmã Clarissa, o Módulo de Proteção se aproximou penetrando nas camadas mais densas da atmosfera daquele planeta, exatamente onde a tempestade se fazia mais intensa. Penetramos no que seria o olho do furacão. Embora nossa presença se manifestasse em dimensão diferente à dimensão material daquele planeta, podíamos perfeitamente avaliar a extensão da tormenta à medida que penetrávamos mais profundamente no interior da tempestade em direção ao solo. Nosso deslocamento ocorria tranquilo, incólume, embora, às vezes, tivesse eu a impressão de que seríamos varridos pela fúria tempestuosa dos ventos. Irmã Clarissa, Flávius e Ulisses observavam minha apreensão injustificada, uma vez que jamais seríamos atingidos sob qualquer hipótese, pois, apesar de nos encontrarmos no centro daquelas ocorrências, nosso estado dimensional era diferenciado do estado material da presença física do planeta. Talvez por conta de minha condição, ainda muito afeito à matéria, havia me esquecido temporariamente que nos encontrávamos em condição vibratória diferenciada.

Todavia, o que sentia era muito real, pois a Cápsula Protetora, à semelhança de um veículo transparente, transmitia-me a impressão de estar suspenso no espaço em meio à mais terrível tormenta que tivera eu a oportunidade de presenciar e vivenciar, situando-me exatamente no olho do furacão. Era assim que eu sentia.

Sinceramente, encontrava-me tomado por intensa emoção e meu coração pulsava descontrolado no peito. Amorosa, Irmã Clarissa aproximou-se estendendo as mãos em direção ao meu tórax, envolvendo-me em fluidos salutares. Senti naquele instante um bem-estar indizível, muita serenidade e uma sensação de muita paz que envolvia meu íntimo. A tempestade continuava rugindo e os ventos soprando com violência, mas em meu coração a paz se fazia presente.

Em pouco tempo, vencemos as nuvens mais densas, e o Módulo se aproximou da superfície onde intensa chuva se fazia presente em um imenso oceano com ondas encapeladas que pareciam se elevar centenas de metros acima do nível das águas.

Sob o comando de Irmã Clarissa, o Módulo deslocou-se horizontalmente à grande velocidade, e em pouco tempo vencemos enorme distância de forma que rapidamente alcançamos enorme crosta rochosa que separava as águas da superfície sólida do planeta. Chegávamos à região continental do planeta.

– Nessa região – esclareceu Irmã Clarissa –, trava-se uma luta titânica entre forças gigantescas oriundas da natureza, no encontro incessante dos ventos gelados provenientes do Norte com os ventos incandescentes que sopram da região equatorial. Como resultado, ocorre tempestades gigantescas originadas pelo embate de forças descomunais e antagônicas que geram energia, que bombardeiam a atmosfera, que aglutinam moléculas de oxigênio, hidrogênio e carbono em um processo químico natural, e que acabam por se transformar em água, contribuindo para a higienização atmosférica e térmica dos elementos. As águas originadas dessas tempestades contêm elevado teor de acidez que, à semelhança do absinto, torna tudo amargo. Esse processo deve prosseguir ainda por incontáveis milênios até que, após longa e exaustiva ação das precipitações, acabarão por criar condições mais favoráveis para depuração dos elementos, tornando então a água mais saudável, uma vez que a vida em todos os quadrantes do Universo acaba se adaptando às próprias condições climáticas de cada planeta. O mesmo processo ocorre com a região sul, onde os ventos polares gelados provocam o mesmo fenômeno que aqui presenciamos.

Sentia-me na condição do discípulo imperfeito, que não tinha absolutamente nenhum mérito para merecer tamanha oportunidade de aprendizado.

– Nenhum de nós tem merecimento, Virgílio! – disse Irmã Clarissa em resposta aos meus pensamentos. – Diante da Misericórdia Divina, somos todos devedores. A você fica a responsabilidade de levar aos irmãos domiciliados na crosta terrestre essa experiência, traduzindo sua emoção e observações em palavras compreensíveis ao entendimento de cada um. Nesse aspecto, você não foi escolhido por acaso, uma vez que não existem improvisos nas dimensões Espirituais Superiores e nada ocorre por acaso. Dessa forma, prossigamos com amor e alegria no coração, procurando traduzir suas observações e ensinamentos com equilíbrio e ponderação e muito senso crítico. Essa não é uma oportunidade que foi oferecida tão somente para você, Flávius e Ulisses, mas para todo ser humano que tem olhos para ver e ouvidos para ouvir, como nos orientou o Divino Amigo!

Prosseguimos em nossa incursão planeta adentro. À medida que nos afastávamos do oceano e penetrávamos mais para o interior, rumo ao polo norte, as nuvens foram se tornando mais raras, e podíamos notar a imensa luminosidade na tonalidade amarelada de um imenso sol que brilhava intensamente no céu.

Era possível identificar que aquela região oferecia um clima mais ameno, onde as precipitações pluviais se faziam menos intensas e mais amenas. Nosso voo guardava certa distância em termos de altitude. Todavia, mesmo a distância era possível distinguir que em algumas regiões havia presença de vegetação que se manifestava mais intensa, além do que, tinha eu a impressão da presença de rios, ao observar formas caprichosas de meandros que serpenteavam pelo solo à semelhança dos rios terrestres.

Diante de minhas observações, Irmã Clarissa veio em meu auxílio com importantes informações:

– Essas regiões, por onde estamos sobrevoando, Virgílio, guarda muita similaridade em termos de clima com as regiões tropicais terrestres. Embora aqui possamos encontrar oxigênio, a temperatura ainda se mantém muito elevada para os padrões terrestres, e a água apresenta-se com elevado teor de acidez que a torna amarga. Vamos também encontrar na atmosfera grande quantidade de gás carbônico, e em quantidades menores enxofre e um misto de gases sulfurosos.

– Se existem água e oxigênio, podemos deduzir que existe vida nessa região. Que tipo de vida poderia ser encontrada por aqui? – eu perguntei, vivamente interessado.

– Está correto em sua dedução, Virgílio, pois já existe vida em sua forma mais complexa nessa região. Vamos nos aproximar mais da crosta para fazer uma breve incursão que permita a você apreciar e observar *in loco* as condições de vida e os habitantes naturais desse planeta.

Sob o comando de Irmã Clarissa, aproximamo-nos da crosta e da mesma forma anterior, deixamos o veículo para que pudéssemos apreciar adequadamente os seres que povoavam aquele gigantesco planeta, futuro berço daqueles que forem da Terra expulsos.

Em primeiro lugar, causou-me profunda admiração a presença de uma floresta com gigantescas árvores, cuja tonalidade de suas folhas tendia para um tom meio amarelado, à semelhança da coloração da ferrugem que conhecemos. Pude observar a presença de répteis que exibiam couraça, à semelhança de nossas tartarugas, mas com grande agilidade se locomoviam pela floresta.

Percorremos em deslocamento volitivo moderado para que pudéssemos apreciar os detalhes daquela imensa floresta. Não apenas as folhas exibiam a tonalidade amarelada, mas também as cascas que revestiam os troncos exibiam uma coloração que tendia para o amarelo e o roxo.

– A tonalidade amarelada da folhagem e a coloração que tende ao amarelo-arroxeado dos troncos e caules – esclareceu Irmã Clarissa –, deve-se ao fato da fotossíntese se processar em uma atmosfera onde proliferam misturas de oxigênio, gás carbônico, gases sulfurosos e enxofre. Podemos afirmar – prosseguiu –, que o solo desse planeta é rico em ferro e enxofre, o que contribui para essa coloração. Ao longo dos anos, este solo sofrerá algumas transformações, formando camadas de detritos provenientes da própria floresta que se transformará em húmus que, aos poucos, irá modificar a natureza do solo, bem como os ingredientes de que se alimentam essas plantas. Tudo evolui, e com a natureza não é diferente. Consideramos que transcorridos alguns milhares de anos, contando o tempo desse planeta, a atmosfera estará mais purificada e, à medida que isso ocorrer, haverá predominância do oxigênio e a folhagem irá adquirir gradativamente a coloração esverdeada a que nos acostumamos no ambiente terrestre.

Prosseguimos em nosso deslocamento e mais adiante, onde a floresta aos poucos foi-se rareando, pudemos pela primeira vez notar a presença dos habitantes naturais daquele planeta.

Havia algumas edificações rústicas, semelhantes às casas de barro e pau a pique que ainda existem em algumas regiões remotas da África e mesmo nos sertões brasileiros. À presença de madeira em algumas casas era possível imaginar que aqueles seres já faziam uso rudimentar de alguma ferramenta de corte.

Aproximamo-nos para bem mais observarmos a aparência estética dos nativos daquela que seria uma aldeia extremamente primitiva para as condições terrenas.

Inicialmente, causou-me espanto a estatura daqueles nossos irmãos. Todos, com exceção das mulheres e crianças, exibiam um porte atlético com mais de dois metros de altura. Peitoral forte e corpo coberto de pelos amarelados e espessos. A fronte, desmesuradamente larga, exibia olhos apertados entre as órbitas e cabelos em desalinho. Podiam-se observar entre as enormes mandíbulas dentes brancos como marfim, de onde sobressaiam os caninos, possivelmente em virtude de sua utilidade para alimentação carnívora. Os membros superiores eram compridos, quase chegando ao solo, pendiam ao longo do corpo que era sustentado por musculosas pernas.

Naquele momento, alguns se reuniam em torno de um enorme réptil que haviam abatido, arrancando grandes nacos de carne, à semelhança dos grandes felinos que estraçalham suas presas com os dentes para se alimentar.

Gritos e urros – essa era ainda a forma rudimentar de comunicação entre eles. Ainda estavam distantes da utilização da palavra articulada.

Diante de minhas observações, Irmã Clarissa mais uma vez trouxe-me esclarecimentos providenciais:

– Na verdade, Irmão Virgílio, esses irmãos encontram-se ainda no que poderíamos enquadrar como se fosse na Idade da Pedra Lascada, em termos comparativos com a evolução terrena. A vinda dos irmãos terrestres para esse planeta representará a todos uma oportunidade evolutiva extraordinária. Os espíritos terrestres trarão, em termos espirituais, conquistas avançadas em termos de conhecimento, tecnologia e inteligência, comparativamente com os nativos desse planeta. Os exilados terrenos, certamente no princípio, irão se incomodar quando inconscientemente se derem conta de que estão encarnados ocupando corpos de seres primitivos. Embora inconscientes, experimentarão certo desconforto porque herdarão a genética dos nativos desse planeta, mesmo com seus corpos perispirituais readequados para essa reencarnação. Todavia, trarão em sua bagagem espiritual a inteligência que os fará sobressair entre os demais. Em pouco tempo, trarão os benefícios extraordinários a esse povo, como o domínio do fogo, da roda, da fala articulada, dos princípios de organização e família, embora ainda estarão guardados em suas personalidades os instintos primitivos muito parecidos com os dos habitantes nativos, motivo pelo qual terão sido da Terra expulsos. O sofrimento, as dificuldades, o sentimento de saudade de um paraíso perdido e a ação do tempo, eles cumprirão pela dor o que rejeitaram pelo amor, nesse período de transição planetária.

As palavras de Irmã Clarissa trouxeram-me a recordação de Érebo que considerava uma vitória reencarnar em um planeta primitivo.

– Nosso irmão Érebo é extremamente inteligente e sagaz, Virgílio. Todavia, não faz ideia das verdadeiras condições que o aguarda nesse planeta. Haverá uma seleção reencarnatória onde serão separados em hordas, por conta das afinidades. Alguns reencarnarão mais próximos do Equador onde haverá choro e ranger de dentes por conta da região inóspita e quente. Outros reencarnarão mais próximos aos trópicos e outros ainda nas regiões polares, onde também há vida, cada qual com sua característica diante das condições da natureza.

Fiquei imaginando a dimensão daquele planeta. Quantos habitantes primitivos existiriam naquele momento?

– Algumas centenas de milhões, Virgílio. Não podemos esquecer que por sua característica muito peculiar, as mesmas condições que estamos observando no Hemisfério

Norte existem no Hemisfério Sul e, todos se encontram povoados por nativos do planeta.

Realmente, era comovente observar as condições de vida daqueles irmãos. Recordei que em obra anterior[59] tive a oportunidade de compreender que no início evolutivo da humanidade terrena, antes da vinda dos capelinos, a Terra se encontrava em condições análogas. Todavia, apesar das condições primitivas, era visível o sentimento de carinho que as mães instintivamente demonstravam ao acariciar os filhos no ato de amamentar. Era também visível a forma mais suave e harmônica das mulheres em relação aos homens, que apresentavam formas mais grotescas e abrutalhadas. Todavia, observei que apesar das formas grotescas e abrutalhadas daquelas criaturas, aqueles irmãos exibiam uma expressão de completa inocência. Eram criaturas extremamente simples e ignorantes em sua constituição física e mental.

Irmã Clarissa sorriu diante de minha observação e acrescentou:

– Deus criou o homem simples e ignorante, Virgílio. O que você está constatando aqui é a mais verdadeira expressão que traduz com a mais profunda fidelidade esse ensinamento.

Após ouvir as últimas palavras de nossa orientadora, quedei-me em silêncio meditativo observando e admirando a grandiosidade da Obra Divina. Fiquei imaginando

---

[59] Irmão Virgílio faz referência à obra *Jesus o divino amigo* – Capítulo: "Mistérios do Infinito". – Petit Editora.

que quando o ser humano observa o céu estrelado, nas noites escuras, não imagina que nos pontos brilhantes que faíscam tão distantes no infinito há a existência de tantos mundos maravilhosos e incríveis, onde a vida se manifesta em toda sua grandeza e pujança, sob os auspícios e a misericórdia do Criador.

Planetas mais evoluídos e outros tantos como esse que ora nos encontrávamos em visita de aprendizado.

XVIII

A Nova Jerusalém

Vi também a cidade santa, a Nova Jerusalém que descia do céu da parte de Deus, ataviada como uma noiva adornada para seu esposo.
APOCALIPSE – CAP. XXI – VERS. 2

Então, veio um dos sete anjos que tem as sete taças cheias dos últimos sete flagelos e falou comigo dizendo: vem, mostrar-te-ei a noiva, a esposa do Cordeiro. E me transportou em espírito até uma grande e elevada montanha, me mostrando a santa cidade, Jerusalém que descia do céu da porta de Deus.
APOCALIPSE – CAP. XXI – VERS. 9/10

Ainda me encontrava em estado de meditação quando Irmã Clarissa nos chamou à razão:

– Caros irmãos! Estaremos em seguida nos dirigindo para uma nova dimensão desse planeta. Iremos visitar uma Colônia Espiritual com características muito peculiares, diferente das que conhecemos e que estamos habituados na Terra, considerando o estado evolutivo do planeta. As Colônias que aqui existem, foram criadas para atender à necessidade específica e funcionar como laboratórios experimentais, habitadas por espíritos de elevada condição espiritual, considerando que a eles foram delegadas responsabilidades para o acompanhamento do desenvolvimento da vida nesse planeta.

Elevamo-nos no espaço a bordo do Módulo de Segurança. Em questão de minutos aportamos a uma grande cidade cintilante, suspensa no espaço à semelhança de cristal que reflete a luz que recebe. À distância, parecia-me uma cidade prateada onde havia vários edifícios que se destacavam por sua harmonia estrutural e arquitetônica.

Aproximamo-nos do Edifício Central que se destacava dos demais por seu pórtico majestoso e cintilante, na tonalidade azul-claro.

Quando o Módulo estacionou na entrada do Edifício Central, observei a presença de pequena comitiva de espíritos luminosos à nossa espera. Descemos imediatamente, e Irmã Clarissa foi saudada com alegria e reverência respeitosa, destinada a espíritos que já fizeram por merecer tal deferência.

Eu já havia observado situação semelhante em outras ocasiões, de forma que não me surpreendi ao observar que aqueles irmãos não utilizavam a linguagem articulada para se expressarem. O diálogo se desenvolvia através do pensamento que se irradiava pela sintonia mental, de forma que era possível a perfeita compreensão, independentemente do idioma diferenciado por meio do qual, eventualmente, cada um estivesse se expressando.

– Eu vos saúdo em nome de Jesus Cristo – cumprimentou Irmã Clarissa!

– Nós também te saudamos em nome de Cristo, Irmã Clarissa. Sejam todos muito bem-vindos! – todos nos cumprimentaram, com um sorriso de simpatia e bondade estampado em sua fisionomia.

As formas etéreas daqueles espíritos reproduziam nossa condição humana em condições mais sutilizadas e luminosas, muito semelhantes à própria aparência de Irmã Clarissa. O sorriso nos lábios, o brilho nos olhos e a luz que irradiavam na altura do tórax, eram as principais características daqueles irmãos de esferas mais elevadas que nos recebiam naquela iluminada Colônia.

Todavia, guardava em meu íntimo alguns questionamentos. Aqueles irmãos pertenciam a esferas elevadas da Espiritualidade, cuja responsabilidade era o labor no desenvolvimento da vida em todas suas formas de manifestação naquele planeta. Todos os espíritos, mesmo os de outras galáxias e de outros planetas, à medida que evoluem e se elevam seriam espiritualmente parecidos com os seres humanos terrenos?

Não tive mais tempo para divagações, porque Irmã Clarissa nos apresentava o grupo através da linguagem mental telepática, que procurarei traduzir na forma mais fidedigna possível ao entendimento humano.

– Irmão Silacônio – disse-nos mentalmente Irmã Clarissa, referindo-se ao espírito que nos recepcionava – seria em uma analogia terrena um engenheiro cuja especialidade é a biologia. Nessa grandiosa tarefa de recepção aos irmãos terrenos, tem a responsabilidade pelo aprimoramento das formas perispirituais nesse planeta. Sua missão no momento é a de desenvolver e readequar as condições perispirituais dos nossos irmãos terrenos para que o processo de reencarnação seja levado a efeito com harmonia, suavizando eventuais impactos considerando as formas mais grosseiras dos nativos existentes. Sob sua orientação, apresentamos nosso irmão Audux, que coordena as atividades no aspecto mais profundo, junto às Hostes encarregadas do trabalho mais intenso, que é o de preparar a reencarnação em massa de nossos irmãos terrenos.

Enquanto Irmã Clarissa nos orientava, secundados por Silacônio e Audux, adentramos o recinto onde havia grande espaço composto de complexos equipamentos que jamais eu havia visto um similar na Terra, sequer em nossa

Colônia. Parecia, à primeira vista, uma imensidão de hastes dispostas harmonicamente que se estendiam ao logo do enorme recinto abobadado, interligados entre si, que irradiavam uma espécie de luminosidade, à semelhança de raios energéticos que não produziam nenhum ruído audível, pelo menos em minha percepção. Todavia, era fácil perceber a energia que emanava daquelas hastes que lembravam remotamente antenas parabólicas terrestres. Minha impressão era de que se tratava de energias suaves que moldavam matéria sutil com substância leitosa e vaporosa, dando uma forma muito aproximada aos corpos dos nativos que tivera a oportunidade de observar, apenas que de forma mais suavizada.

Vários irmãos controlavam mentalmente as energias exsudadas pelas hastes, com habilidade espantosa, cuidando de detalhes mínimos naquelas formas que reproduziam órgãos dos corpos em processo de reencarnação. Observei que animando os corpos perispirituais, em estado de letargia, a presença de espíritos em condições bem mais sutis em comparação com as que havíamos observado quando na crosta do planeta.

Outra constatação, que se destacava à minha observação, é que Irmã Clarissa era uma das integrantes daquele projeto maravilhoso e ainda incompreensível para mim, pois nossa protetora demonstrava desenvoltura e conhecimento do que acontecia, no animado diálogo que desenvolvia com nossos anfitriões.

Não demorou e Irmã Clarissa trouxe os esclarecimentos de que eu necessitava.

– Em verdade, Virgílio, tanto Silacônio quanto Audux teriam a maior satisfação em fornecer os esclarecimentos que necessita. Todavia, tomei a liberdade para falar contigo, Virgílio, em virtude de estar mais próxima à linguagem terrena, o que certamente irá facilitar seus apontamentos que serão direcionados aos seres humanos encarnados.

Agradeci com um sorriso a gentileza de Irmã Clarissa que prosseguiu:

– Em resposta à sua dúvida, informo que pela graça Divina e pela bondade de Cristo também sou parte integrante desse grande projeto de intercâmbio espiritual entre os habitantes da Terra e os do Planeta Absinto. Já tive a oportunidade de estar com outros integrantes de nossa esfera, inúmeras vezes, para que o planejamento da migração em massa de espíritos da Terra seja efetuado com a mais absoluta segurança, uma vez que nos planos da Espiritualidade Superior não existe improviso.

Enquanto nos dirigíamos à parte central do Edifício Central, Irmã Clarissa complementou, enquanto eu observava o labor daqueles irmãos que nos cumprimentavam solícitos com viva demonstração de simpatia.

– Realmente, Virgílio, você pode observar um trabalho exaustivo e cuidadoso no processo de remodelagem dos corpos perispirituais. Você também já deve ter percebido a presença de espíritos de irmãos terrenos que já se encontram aqui para essa experiência. Alguns já se adiantaram à grande massa migratória. São aqueles que já não mais reúnem as mínimas condições para reencarnarem na Terra. Para cá foram conduzidos, e na condição de letargia típica de suas condições emocionais desequilibradas, já se encontram em franco processo de readequação do corpo perispiritual, que você mesmo pode observar, pois irmãos com essa responsabilidade específica encontram-se envolvidos no labor de agregar às suas condições perispirituais originais as características físicas dos nativos, bem como as energias típicas desse planeta. Em verdade, Virgílio, algumas centenas de milhares já foram para cá encaminhados pelos motivos anteriormente expostos. Esses irmãos serão os pioneiros a reencarnarem e, apesar das condições de espíritos reprovados na grande transição planetária, ao longo do processo reencarnatório, trarão significativa alteração nos corpos físicos, uma vez que já trazem uma condição mais sutilizada de seus corpos perispirituais. Esse mesmo processo aconteceu na Terra, motivo pelo qual a ciência terrena ainda não encontrou e continua sua busca pelo elo perdido da evolução humana. É que esse processo ocorreu em um laboratório espiritual como esse.

Aqueles esclarecimentos faziam com que eu mergulhasse em pensamentos e elucubrações profundas. Mas, Irmã Clarissa não permitiu que eu divagasse muito em meus pensamentos, prosseguindo em seus esclarecimentos:

– Em verdade, Virgílio, esse trabalho que está observando aqui se estende muito além da sua percepção, uma vez que, nos planos mais elevados, desenvolvem-se nesse momento, complexos processos que permitirão, no momento oportuno, a recepção de milhões de espíritos para a reencarnação em massa. Isso exige um planejamento profundo e minucioso, e é acompanhado de perto pelas Hostes Espirituais mais elevadas para que tudo ocorra conforme já foi previsto há muito tempo. Tudo obedece a princípios que regem a misericórdia, a bondade e a sabedoria divina em sua soberana vontade. Portanto, não existe espaço para improviso nem existem chances de que algo não saia conforme previsto.

Sinceramente, sentia-me agraciado com os ensinamentos auferidos. Sabia que tudo obedecia a minucioso planejamento levado a efeito pelas Esferas Superiores, comandadas por espíritos cujo estado evolutivo os colocava em comunhão perfeita com O Pai Misericordioso, e sob o influxo de Seu Amor Soberano laboravam nas minúcias e detalhes para que tudo ocorresse conforme planejado.

– Sei onde pretende chegar com seus pensamentos, Virgílio! – prosseguiu Irmã Clarissa. – Em verdade, tudo deve ocorrer conforme o planejado em termos de transição planetária, na separação do joio e do trigo, na migração em grande escala de espíritos reprovados e na reencarnação em massa desses espíritos em um planeta inóspito para as condições humanas. Tudo obedece a planejamento milimétrico, entretanto, existe algo que pode ser alterado até o último segundo do final dos tempos em relação a esses acontecimentos.

Irmã Clarissa fez breve pausa dando tempo para que eu acompanhasse seus ensinamentos, para em seguida prosseguir:

– A única coisa possível de ser alterada nesse processo refere-se ao livre-arbítrio do ser humano. Porque, em última instância, quem decide se irá permanecer na Terra na condição de *manso,* conforme Jesus nos orientou nas bem-aventuranças, ou se migrará para o lago ardente de fogo e enxofre, é o próprio indivíduo no uso de seu livre-arbítrio.

Aquelas palavras tocaram-me profundamente, levando-me a pensar na seriedade da ponderação de Irmã Clarissa. O ser humano pode ser influenciado de todas as formas, essa é a realidade no mundo de hoje. Mas não faltam alertas, nem orientações, nem roteiros seguros, nem chamamentos do próprio Evangelho do Cristo. Mas é a própria criatura que decide sempre o que deseja para si mesma, e nesse aspecto sua decisão é soberana de tal forma que o próprio Criador permite em sua misericórdia, porque afinal de contas a semeadura é livre, mas a colheita é obrigatória.

– É exatamente dessa forma que ocorre, Virgílio... – prosseguiu Irmã Clarissa. – Quando descemos no detalhe do dia a dia do ser humano que vive essa experiência depurativa, parece a nós que é um processo demasiadamente longo e doloroso, em que a pedra sob os duros golpes do buril acabará por revelar a forma perfeita que se encontra em seu íntimo, bem como a luz oculta em sua natureza, porque ela está lá, apenas precisa ser revelada, pelo amor ou pela dor. Todavia, quando observamos no contexto geral na Obra da

Criação, tudo está perfeito e obedece sempre à sabedoria da bondade e da misericórdia divina. Nos milhares e milhares de mundos que povoam o Universo infinito, esse é o processo evolutivo natural que conduzirá todos os espíritos criados simples e ignorantes à sabedoria suprema, à semelhança do próprio Criador, quando atingirem o grau máximo evolutivo segundo a vontade do Pai Eterno.

Irmã Clarissa havia me dito que aquele processo era extremamente complexo e que escapava à minha percepção, e realmente era a verdade que eu constatava, porque observei que aquela preparação e adequação perispiritual perdia-se à minha visão, por mais que me esforçasse para alcançar mais detalhes do que estava sendo levado a efeito naquele ambiente, pois se estendia muito além de minhas percepções sensoriais mais apuradas.

– Por ora – aduziu Irmã Clarissa –, para orientação e alertas aos nossos irmãos encarnados, é suficiente o que você já observou e anotou para seus relatos, Irmão Virgílio. É importante que seja esclarecido que o processo de migração já se encontra em andamento, em pequena escala para os casos acima citados, que podemos afirmar, já somam alguns milhares. Entretanto, a grande leva migratória está reservada para a seleção final, quando tiver escoado o último minuto, pois temos de estar atentos e para tal, temos de recordar o ensinamento do Cristo que nos observou: *a respeito daquele dia e hora ninguém sabe, nem os anjos dos céus, nem o Filho, apenas o Pai é que sabe.*[60] As

---

[60] *Mateus*, cap. XXIV – vers. 36.

palavras de Irmã Clarissa soaram como mais um alerta, e uma grave advertência a todos nós.

Nossa querida irmã aquiesceu em concordância com meus pensamentos, com um sorriso complacente, complementando e enfatizando:

– O dia e a hora apenas o Pai o sabe! No demais, podemos considerar que são meras especulações que devem ser observadas com muito cuidado para não termos a pretensão de querer saber mais do que Deus, mesmo porque se trata de um processo inexorável, longo e gradativo.

Chegamos a um local onde uma enorme cúpula translúcida se estendia para o alto além de minha frágil percepção. O local era impregnado de energia luminosa, assumindo em algumas posições tonalidades verde-claro, outras regiões azul-água, ainda cores amareladas em tonalidade bem sutil.

Para minha surpresa, foi nosso anfitrião Audux quem se aproximou para trazer-me esclarecimentos que vinham em forma de pensamentos que procurarei traduzir da forma mais simples possível, diante da complexidade dos ensinamentos que ele procurava me transmitir via pensamento.

– Essa cúpula que está observando agora é onde se desenvolve todas as experiências da fauna e da flora do Planeta Absinto e se estende por largo espaço de nossa dimensão espiritual. O que podemos dizer é que em seu princípio na Terra também foi assim, porque todas as experiências se renovam a cada etapa evolutiva e em cada um dos mundos que povoa o Universo – esclareceu-me Audux.

– Todas as formas de vida, seja na condição vegetal ou animal, sofrem transformações e evoluem, mas é nesse palco em nossa esfera que as experiências são levadas a efeito, primeiramente no âmbito corpuscular espiritual, para depois ter sua implementação efetivada com todo cuidado que é requerido no campo material, após a conclusão das inúmeras etapas aqui analisadas, para que tudo possa correr dentro do planejamento espiritual superior que obedecemos e seguimos à risca. Esse planeta sofrerá ainda muitas transformações em termos de clima, de temperatura, de atmosfera, de água e do próprio solo. As transmutações irão ocorrer ao longo dos milênios incontáveis, porque no Universo tudo evolui e, particularmente, nesse planeta que contará de forma positiva com a reencarnação maciça dos terráqueos que para cá estarão migrando. Para os que para cá vierem, contarão com a oportunidade misericordiosa para sua redenção espiritual e para os nativos de Absinto, a oportunidade de desfrutar das conquistas que esses irmãos para cá trarão, tanto no campo da matéria, quanto no próprio campo espiritual. No Universo, tudo é energia, tudo é evolução, tudo é movimento e tudo se resume no Amor que é a energia mais poderosa que rege o Universo. O Criador acompanha cada detalhe em todos os sentidos da Criação, porque o Pai Eterno não descansa jamais! – finalizou o amigo com um sorriso de bondade estampado em sua luminosa fisionomia.

Chegamos a um local que me parecia a região central daquela imensa cúpula onde fomos convidados a adentrar um grande recinto de forma abobadada. Observei que havia algumas formas de poltronas que destoavam do ambiente por parecerem materializadas. Irmã Clarissa sorriu diante de minha observação, esclarecendo:

– Isso tudo foi preparado em consideração a nós, Virgílio, porque esses irmãos não mais necessitam de móveis, mesmo que semimaterializados por energia para se acomodarem e descansarem.

Lógico que irmã Clarissa também não necessitava, mas para que não nos sentíssemos de alguma forma desconfortáveis, ela também se incluía naquela condição.

Foi muito prazeroso sentar em uma confortável poltrona, observando que Silacônio, Audux e Irmã Clarissa faziam o mesmo.

Foi Silacônio quem telepaticamente nos dirigiu a palavra, que procurarei traduzir da forma mais fidedigna possível, da mensagem que em minha percepção consegui assimilar.

– Irmãos, é para nós motivo de muita alegria recebê-los nesse planeta que temos a imensa e a grata responsabilidade de cuidar das etapas evolutivas necessárias, que ocorrem desde o início quando da condensação das energias cósmicas, para que pudesse tomar a forma esférica materializada e aqui começar a serem implementados e implantados os gérmens da vida que proliferaram sob o amor do Criador e o acompanhamento direto do Cristo Planetário.

– O intercâmbio espiritual entre os responsáveis maiores de nossa esfera e os da esfera terrena já ocorre há muito tempo, porque todos os planos da Espiritualidade Superior são interligados pela sintonia e comunhão do amor com o Criador. Irmã Clarissa já participa conosco há muito tempo e tem também trazido importante parcela de contribuição para que todo esse processo seja concluído conforme a vontade do Criador e de Cristo, o nosso e o vosso, pois são eles os responsáveis desde o princípio até a consumação dos tempos pelo vosso planeta e pelo nosso. Para vós, indicou com o olhar o Instrutor Ulisses e Flávius, deverão doravante contribuir em visitas mais frequentes ao nosso planeta, trazendo também cada qual a sua contribuição detalhada que necessitamos, em termos do ser humano terrestre, uma vez que nesse processo é de suma importância o intercâmbio das experiências com nossos trabalhadores no campo material, acompanhando o processo reencarnatório desses irmãos que para cá já vieram, na condição de pioneiros em nosso planeta.

Observava extasiado e atento ao silêncio eloquente das palavras de Silacônio que prosseguiu:

– Quanto a você – dirigiu o olhar referindo-se a mim –, leve ao ser humano encarnado mensagens consoladoras que tanto necessitam. Espalhe mensagens de alerta para que a criatura humana encontre em seu coração motivos para se transformar intimamente pelo amor e assim herdar uma nova era, a terra prometida, a Nova Jerusalém!

Quando Silacônio mencionou a Nova Jerusalém, meu coração pulsou descompassado pela emoção. Ouvir daquele irmão tão elevado, de um planeta tão distante, a menção ao Evangelista no Apocalipse, deixou-me emocionado.

Silacônio sorriu na expressão mais sublime do amor que aquele irmão maior era portador.

– Sim, irmão, a expressão Nova Jerusalém simboliza uma nova era, uma nova vida em que o amor de Deus reina em todos os corações! A expressão que uso poderá não ser exatamente igual, mas seu pensamento captou exatamente o simbolismo equivalente em sua linguagem daquilo que desejei expressar em meu pensamento.

Sorri desconcertado e agradecido diante do amor que Silacônio irradiava em sua simplicidade. Sentia que o pensamento daquele irmão fluía de tal maneira que eu conseguia captar com facilidade, de acordo com minhas possibilidades de entendimento, que procurei registrar com a mais absoluta fidelidade.

– A Nova Jerusalém – prosseguiu ele –, não significará uma terra sem problemas e espíritos perfeitos. Pelo contrário, os aprovados no grande exame final, certamente terão intenso trabalho para a reconstrução de um planeta que terá sofrido todo tipo de agressão em sua estrutura física, em sua atmosfera, em sua fauna e flora. Em sua insanidade, o ser humano, antes do exame final deixará o planeta exaurido em suas fontes, agredido em suas nascentes e seus oceanos em suas riquezas naturais.

– Todavia, os eleitos que lá ficarem já serão portadores da luz do Cristo que iluminará seus corações. Embora estejam longe da perfeição, serão portadores da principal conquista espiritual, que é a mansuetude do espírito. Haverá de ser unir em esforços pelo bem, na vibração do amor, na alegria do Criador, edificando uma nova terra onde a candeia de Deus haverá de brilhar dia e noite, porque as trevas não mais existirão e a bondade haverá de imperar nos corações humanos! Imagine – sugeriu ele – um lugar onde a paz irá imperar, onde a alegria será pura e verdadeira e existirá boa vontade e o desejo sincero na vontade de servir! Os corações haverão de vibrar incessantemente na sintonia do amor do Pai Eterno! A Terra é um planeta abençoado que traz em seu bojo uma humanidade que saberá iluminar a Nova Jerusalém na Luz do Cristo, para um futuro ditoso e venturoso, transformando-o em mais um planeta onde existirá uma civilização feliz que cantará odes de louvor e alegria ao Criador!

Enquanto Silacônio fazia sua locução silenciosa, meu pensamento sob a sugestão do querido amigo viajava na imaginação, pensando no futuro árduo, porém ditoso que aguardava o ser humano que haveria de herdar a Terra!

Bem-aventurados os mansos e pacíficos, porque eles herdarão a terra, nos asseverou Jesus nas bem-aventuranças![61]

---

[61] *Mateus*, cap. V – vers. 5.

XIX

Epílogo

Então ouvi grande voz vinda do trono dizendo: Eis o tabernáculo de Deus com os homens, porque Deus habitará com eles. Eles serão povos de Deus e o próprio Deus estará com eles. Ele enxugará dos olhos todas as lágrimas e a morte não existirá já que não haverá luto, nem pranto, nem dor porque tudo já passou.

Apocalipse – Cap. XXI – Vers. 3/4.

~ ~

Passados alguns dias após o retorno de nossa viagem, o Instrutor Ulisses convidou-me para uma reunião no Edifício Central de nossa Colônia, no Salão dos Ensinamentos para Todos os Planos, às 21:00 horas daquela noite.

Confesso que ainda me encontrava emocionalmente em estado de graça em função do aprendizado e dos ensinamentos auferidos naquela grandiosa experiência, a qual por acréscimo de misericórdia tivera o privilégio de participar. Guardava no fundo da alma o mais sincero sentimento de gratidão à Irmã Clarissa e àqueles irmãos de um planeta tão distante, que guardava afinidades tão profundas com nosso planeta, em função do intercâmbio evolutivo ora em andamento.

Fui recebido com viva demonstração de carinho e amizade pelo Instrutor Ulisses, bem como pelo irmão Flávius. Percebi que os amigos estavam muito emocionados.

Ulisses abraçou-me demoradamente, feito um irmão mais velho complacente com um irmão mais novo ainda necessitado de amparo e proteção. Em seguida, Flávius ofereceu-me também seu abraço fraternal, apertando-me ao encontro do seu peito amoroso. Senti vibrar em meu íntimo o carinho da amizade sincera daqueles amigos tão queridos.

Só, então, percebi que aquele encontro era na verdade uma despedida.

De fato, era mesmo.

O generoso Instrutor olhou-me nos olhos e pude observar que seus olhos estavam marejados de lágrimas. Também me emocionei porque certamente sentiria falta e saudades daquele amigo tão generoso e querido que tanto havia me ensinado, com seu exemplo de benevolência, tolerância e bondade.

– Meu amigo, meu irmão! – iniciou Ulisses. – Flávius e eu estaremos em seguida partindo para uma missão maravilhosa que nos foi confiada por amigos domiciliados em Esferas Superiores.

A voz de Ulisses estava embargada pela emoção. O querido amigo enxugou discretamente os olhos, respirou fundo e prosseguiu:

– Temos por você muito carinho, Virgílio. Você tem nos acompanhado nesse trabalho de levar aos irmãos encarnados mensagens edificantes e de encorajamento, e agora nessa grandiosa experiência, sob os auspícios da Espiritualidade maior, sob a égide de Cristo e a proteção direta de Irmã Clarissa, queríamos dar em primeira mão a você amigo, essa auspiciosa notícia.

Ulisses suspirou fundo, para em seguida prosseguir:

– A partir de agora o trabalho de intercâmbio com Absinto estará se intensificando gradativamente de forma que, sob a inspiração e proteção de Cristo, estaremos colaborando diretamente na preparação em parceria com nossos irmãos daquele planeta, para a recepção dos irmãos da Terra que, aos poucos, estão sendo para lá encaminhados.

Confesso que eu também me encontrava em estado de emoção, bem como Flávius que ao meu lado estava com os olhos cheios de lágrimas que pareciam teimar em não descer pelo seu rosto.

– Estamos juntos nesse trabalho há algum tempo, cujo propósito obedece às instruções superiores da Espiritualidade, levando aos nossos irmãos encarnados as mensagens necessárias de alerta, nesse período de transição planetária, que resultou na primeira obra[62] na qual transmitimos a seriedade que vive a humanidade nesse momento de solene gravidade. Podemos dizer que nos sentimos felizes porque essa etapa de trabalho está sendo concluída agora nesse momento, contando sempre com o precioso concurso de seu esforço e de sua dedicação para que nossos irmãos ainda na matéria venham encontrar novas informações, motivações e subsídios para que possam refletir adequadamente, e dessa forma buscarem o caminho da retidão, procurando escapar das armadilhas traiçoeiras das trevas que presentemente se intensificam, mais e mais.

– Nossas lágrimas... – disse, se referindo a ele e a Flávius – ... são de alegria, de reconhecimento e ao mesmo tempo de gratidão porque somos servos ainda tão

[62] O Instrutor Ulisses se refere à obra anterior intitulada: *O sétimo selo* – O silêncio dos céus. – Petit Editora (Nota do Médium).

imperfeitos, mas na tarefa do bem, o Criador apenas nos pede dedicação, amor e boa vontade. Sentimo-nos honrados em poder servir a Cristo e estar a postos em um planeta inóspito, que será o berço de nossos irmãos que daqui forem banidos para lá reencarnarem em uma nova e bendita oportunidade de redenção aos infratores que não valorizaram o fruto da árvore do bem. Nosso Amado e Divino Mestre acompanha cada etapa com desvelado amor até o final dessa etapa de transição, e podemos afiançar que, por amor incondicional, o Divino Mestre ainda acompanhará ao longo dos milênios incontáveis a peregrinação de nossos irmãos no planeta que ora os recebe na condição de berço para uma experiência evolutiva dolorosa, não como punição, mas por oportunidade redentora. Certamente, alguns retornarão ao convívio da humanidade terrena depois do aprendizado efetivado, após reencarnações proveitosas nas duras experiências do choro e do ranger de dentes, enquanto outros acabarão por permanecer por lá, adotando aquele planeta por pátria amorosa e redentora.

As palavras do Instrutor Ulisses provocavam em mim forte emoção que invadia minha alma, formando um nó que subia pela garganta. Eu não conseguia dizer nada, porque certamente desabaria em lágrimas.

– Antes de nossa partida, Virgílio, gostaria ainda de deixar algumas palavras aos nossos irmãos encarnados, para que cada um pudesse refletir muito, analisar cuidadosamente, com sabedoria e equilíbrio, para que envolvidos no amor do Cristo, alicerçados na prática do bem, amparados em atitudes positivas, sensibilizados no sentimento mais puro da alma, possam identificar as investidas traiçoeiras que as forças das trevas desfecham impiedosamente sobre nossos irmãos descrentes e distraídos, que infelizmente ainda acham que tudo isso é pura fantasia, e que o mal não existe, e que a transição planetária é obra de ficção levada a efeito por mentes fascinadas.

O Instrutor fez breve pausa, para prosseguir em sua exortação final:

– Gostaria de dizer a todas as pessoas de boa vontade que perseverem no bem, na prática do bem, e que a despeito de todos os problemas jamais desanimem no sentimento do amor incondicional, como nos recomendou o Divino Mestre. Gostaria também de dizer a todos os irmãos que tenham fé alicerçada em seus corações, independente do credo religioso, sejam católicos, protestantes, evangélicos das mais variadas agremiações, mas que creem no Evangelho do Cristo, para que estejam atentos, sem esmorecerem na fé, porque dias de tribulação virão ainda mais turbulentos, e que Jesus espera que cada um dê seu testemunho diante das dores dos dias mais acerbos, pois o prêmio para os que perseverarem até o final será a bênção de poder ver e entrar pelas portas da Nova Jerusalém.

Mais uma vez o querido amigo silenciou por instantes para em seguida dar sequência:

– Aos nossos irmãos espíritas, que o Evangelho do Cristo seja o escudo poderoso, que a prática da caridade seja sua fortaleza, que a exemplificação do amor do Divino Mestre seja sua arma e que o exemplo de paciência, tolerância, perdão e piedade seja seu sustento, porque virão dias difíceis, irmãos.

– As tormentas rugirão, os furacões açoitarão o planeta, os terremotos haverão de sacudir os continentes, vulcões cuspirão fogo e lava impiedosamente e cobrirão os céus de escuridão, secas inclementes atingirão regiões antes jamais atingidas, nevascas assustadoras trarão destruição e perigo ao ser humano que ainda incrédulo ficará procurando respostas onde jamais encontrará. Nosso alerta para que não desanimem quando ouvirem falar de guerras e rumores de guerra, de atentados terroristas inconcebíveis à condição humana, quando ouvirem os noticiários de políticos inescrupulosos que dilapidam o erário público em detrimento do povo mais necessitado. Sabemos que muitos poderão fraquejar na fé e desanimarão diante de tantos desmandos! Fiquem firmes, não desanimem, Cristo está no comando, como sempre esteve. É necessário que assim seja para que possa ser feita a separação do joio e do trigo, dos lobos e das ovelhas, dos da direita e os da esquerda! Vamos sempre recordar as palavras de João Apóstolo alertando para que naqueles dias: *Continue o injusto fazendo injustiças, continue o imundo na prática das imundícies, mas que o justo continue na prática da justiça e o santo continue a se santificar!*[63]

[63] *Apocalipse*, cap. XXI – vers. 11.

O Instrutor havia finalizado sua mensagem. Abracei o querido amigo com o coração repleto de emoção e saudades que já começava a sentir a partir daquele momento. Em seguida, abracei Flávius com o mesmo sentimento de emoção incontida.

Não conseguia dizer nada naquele momento de despedida. Nem era necessário, porque eles sabiam o profundo sentimento de carinho que ia em meu coração.

Saí do edifício e caminhei em direção à praça central de nossa Colônia, onde árvores frondosas e flores dos mais diversos matizes enfeitavam aquele Jardim Espiritual do Éden. No ar, suave brisa trazia uma canção longínqua que deixava meu coração repleto de emoção.

Prestei atenção para à melodia que era trazida por aquela suave brisa da noite. Era a Serenata de Schubert que se expandia pelo espaço na vibração elevada do ambiente, e se propagava pelo espaço.

Cheguei a um espaço entre flores e me ajoelhei. Olhei para o céu que se estendia diante de minha visão limitada e admirei milhares de estrelas que cintilavam no firmamento na alegria do Criador.

Uma forte emoção tomou conta da minha alma e não mais resisti. Chorei emocionado enquanto as lágrimas desciam pelo meu rosto, agradeci a Jesus pela misericórdia e por seu amor infinito, para que a humanidade pudesse despertar em tempo para buscar o refúgio sagrado no suave aprisco do Divino Pastor!

No espaço, milhares de estrelas, nebulosas e galáxias faiscavam e tremeluziam como uma resposta do Criador falando comigo no silêncio da minha alma:

Meus filhos amados, o meu amor por todos vocês é infinito. Eu sei que pelo amor ou pela dor todos evoluirão e um dia estarão comigo, e nesse dia poderão compreender a extensão e a dimensão de meu amor por cada um, mas que vocês ainda, na condição espiritual que se encontram, não têm consciência do profundo significado desse amor! Por ora, na condição de crianças espirituais que ainda são, filhos que eu tanto amo, alguns ainda entregues à rebeldia do meu amor, terão de aprender pela dura experiência da dor a caminhada que conduz à minha morada! Eu os abençoo sempre, na luz do meu amor que envolve todo Universo!

Com os olhos em lágrimas, agradeci mais uma vez a oportunidade de poder servir em nome de Cristo e em nome do Criador, pedindo sempre que o ser humano possa despertar em sua consciência, porque ainda é tempo!

Mas o tempo urge!

Ondas energéticas pensamento harmônico

Centro de Força
Frontal

* Ilustração baseada na descrição da visão psíquica do médium Antonio Demarchi, durante a psicogra

Energia vibratória formas-pensamento 666

Centro de Força
Frontal

ustração baseada na descrição da visão psíquica do médium Antonio Demarchi, durante a psicografia.

Nas Bênçãos de Chico Xavier

Antonio Demarchi

Este livro traz lindos casos sobre a vida de Chico Xavier, tão rica de ensinamentos e de bons exemplos. Com riqueza de detalhes, leveza e sensibilidade, o médium Antonio Demarchi brinda-nos com maravilhosas reflexões para aplicação em nosso dia a dia.

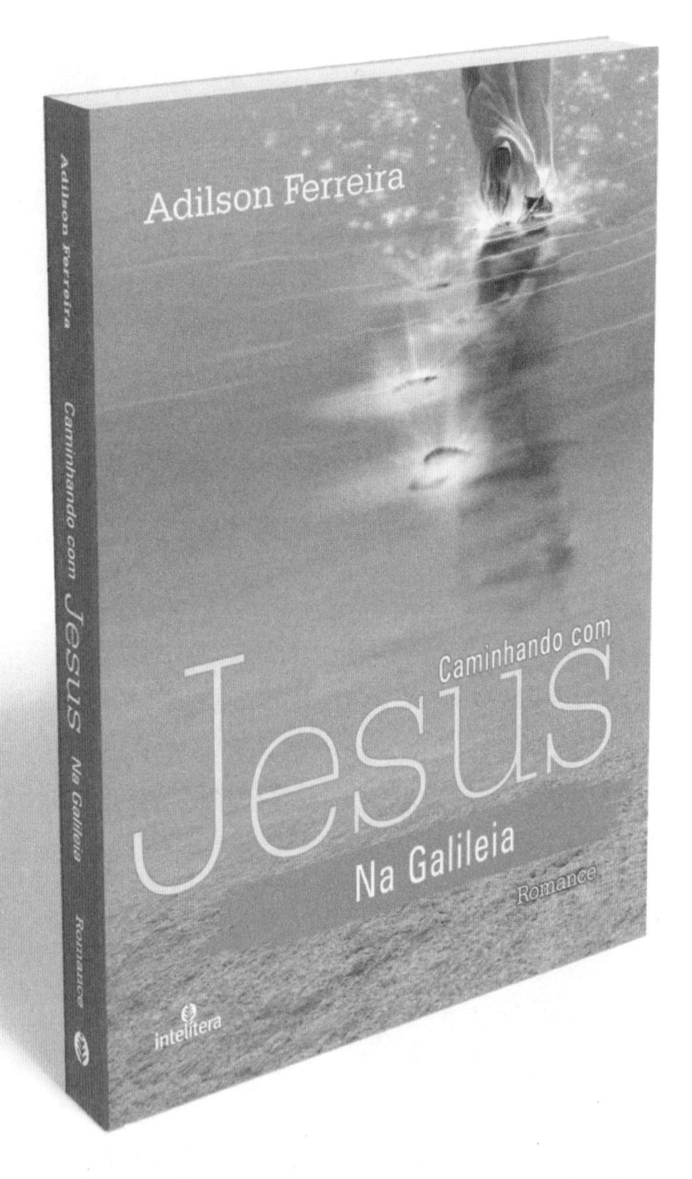

Caminhando com Jesus na Galileia

Adilson Ferreira - Prefácio de Severino Celestino

Você fará uma fantástica viagem pelo tempo, ao lado de David, um repórter do século XXI, seguindo todos os passos de Jesus pela Galileia.

O Médico Jesus

José Carlos De Lucca

Ao ter este livro, o leitor se sentirá como alguém que está prestes a se consultar com o médico mais habilidoso de todos os tempos.

Para receber informações sobre os lançamentos da
INTELÍTERA EDITORA,
cadastre-se no site

 www.intelitera.com.br

Para saber mais sobre nossos títulos e autores, bem como enviar seus comentários sobre este livro, mande e-mail para

 atendimento@intelitera.com.br

Conheça mais a Intelítera

youtube.com/inteliteraeditora

 facebook.com/intelitera

soundcloud.com/intelitera

Este livro foi impresso na
LIS GRÁFICA E EDITORA LTDA.
Rua Felício Antônio Alves, 370 – Bonsucesso
CEP 07175-450 – Guarulhos – SP
Fone: (11) 3382-0777 – Fax: (11) 3382-0778
lisgrafica@lisgrafica.com.br – www.lisgrafica.com.br